U0041066

水滸傳‧梁山英雄榜

傅錫壬‧編撰

出版的話

時報文化出版的《中國歷代經典寶庫》已經陪大家走過三十多個年頭。無論是早期的紅底燙金精裝「典藏版」，還是50開大的「袖珍版」口袋書，或是25開的平裝「普及版」，都深得各層級讀者的喜愛，多年來不斷再版、複印、流傳。寶庫裡的典籍，也在時代的巨變洪流之中，擎著明燈，屹立不搖，引領莘莘學子走進經典殿堂。

這套經典寶庫能夠誕生，必須感謝許多幕後英雄。尤其是推手之一的高信疆先生，他秉持為中華文化傳承，為古代經典賦予新時代精神的使命，邀請五、六十位專家學者共同完成這套鉅作。二○○九年，高先生不幸辭世，今日重讀他的論述，仍讓人深深感受到他對中華文化的熱愛，以及他殷殷切切，不殫編務繁瑣而規劃的宏偉藍圖。他特別強調：

中國文化的基調，是傾向於人間的；是關心人生，參與人生，反映人生的。我們

的聖賢才智，歷代著述，大多圍繞著一個主題：治亂與廢與世道人心。無論是春秋

戰國的諸子哲學，漢魏各家的傳經事業，韓柳歐蘇的道德文章，程朱陸王的心性義

理；無論是貴族屈原的憂患獨歎，樵夫惠能的頓悟眾生；無論是先民傳唱的詩歌、

戲曲，村里講談的平話、小說……等等種種，隨時都洋溢著那樣強烈的平民性格、

鄉土芬芳，以及它那無所不備的人倫大愛；一種對平凡事物的尊敬，對社會家國的

情懷，對蒼生萬有的期待，激盪交融，相互輝耀，繽紛燦爛的造成了中國。平易近

人、博大久遠的中國。

可是，生為這一個文化傳承者的現代中國人，對於這樣一個親民愛人、胸懷天下的

文明，這樣一個塑造了我們、呵護了我們幾千年的文化母體，可有多少認識？多少

理解？又有多少接觸的機會，把握的可能呢？

參與這套書的編撰者多達五、六十位專家學者，大家當年都是滿懷理想與抱負的有志

之士，他們努力將經典活潑化、趣味化、生活化、平民化，為的就是讓更多的青年能夠了

解繽紛燦爛的中國文化。過去三十多年的歲月裡，大多數的參與者都還在文化界或學術領

域發光發熱，許多學者更是當今獨當一面的俊彥。

三十年後，《中國歷代經典寶庫》也進入數位化的時代。我們重新掃描原著，針對時

代需求與讀者喜好進行大幅度修訂與編排。在張水金先生的協助之下，我們就原來的六十多冊書種，精挑出最具代表性的四十種，並增編《大學中庸》和《易經》，使寶庫的體系更加完整。這四十二種經典涵蓋經史子集，並以文學與經史兩大類別和朝代為經緯編綴而成，進一步貫穿我國歷史文化發展的脈絡。在出版順序上，首先推出文學類的典籍，依序有詩詞、奇幻、小說、傳奇、戲曲等。這類文學作品相對簡單，有趣易讀，適合做為一般讀者（特別是青少年）的入門書；接著推出四書五經、諸子百家、史書、佛學等等，引導讀者進入經典殿堂。

在體例上也力求統整，尤其針對詩詞類做全新的整編。古詩詞裡有許多古代用語，需用現代語言翻譯，我們特別將原詩詞和語譯排列成上下欄，便於迅速掌握全詩的意旨；並在生難字詞旁邊加上國語注音，讓讀者在朗讀中體會古詩詞之美。目前全世界風行華語學習，為了讓經典寶庫躍上國際舞台，我們更在國語注音下面加入漢語拼音，希望有華語處，就有經典寶庫的蹤影。

《中國歷代經典寶庫》從一個構想開始，已然開花、結果。在傳承的同時，我們也順應時代潮流做了修訂與創新，讓現代與傳統永遠相互輝映。

時報出版編輯部

英雄好漢上梁山

傅錫壬

閱讀《水滸傳》和研究《水滸傳》是兩種不同的途徑。但必須先對《水滸傳》的故事產生興趣，則是兩者都不可或缺的先決條件。我之所以改寫《水滸傳》，讓它變成《梁山英雄榜》這本小書，就是想讓第一次接觸《水滸傳》的讀者，引發興趣。

一般《水滸傳》的通行本是明末清初的時候，金聖歎推出的，並自稱為古本的七十回《水滸傳》，他自己評點，也稱「第五才子書」。其實，它已經把《水滸傳》中最精彩的故事都保存了，從此七十回本就成為《水滸傳》的定本。後來胡適的朋友汪原放用新式標點符號把《水滸傳》標示一遍，由上海亞東圖書館排印出版，因為有了標點，就更便於閱讀。

一、擬話本的小疵

不過這部書保持不少話本的面目，話本是說話人賴以謀生的工具，所以就必須具備若干說書的技巧，畢竟與小說的寫作技巧不盡相同。它的瑕疵是：

（一）重要情節與對話的一再重複：例如王婆設計潘金蓮的毒殺親夫武大郎。先用王婆的口氣敘述，再以潘金蓮的行動描寫，在小說處理上，破壞了懸疑的氣氛。這種描述的方法，對說書人來說，自有其臨場的需要，但對成功的小說而言，則是敗筆、贅筆。

（二）人物刻劃的分散和多歧：這種情形有二：一是故事情節中幾個性格較為突出的人物，如魯智深、李逵、武松、宋江、林沖……幾乎在許多章回中都出現，使讀者在閱讀中，必須不斷重組對他們的描述印象。二是人物太多，自然描寫上不能周到。胡適說：

倘使施耐庵當時能把那歷史的梁山泊故事，完全丟在腦後；倘使他能忘了那「三十六大夥，七十二小夥」的故事；倘使他用全副精神來單寫魯智深、林沖、武松、宋

江、李逵、石秀等七、八個人，這部書一定格外有價值。

但是，畢竟《水滸傳》是長篇擬話本小說，有它的時代性。如今既要縮減又改寫長篇擬話本為中篇小說，胡適的意見是是可以嘗試讓它實現的。所以我把七十回本，約五、六十萬言的《水滸傳》改編成十五萬字左右的今本，確實是一種野人獻曝的大膽嘗試。

二、《梁山英雄榜》的改編重點

我首先拆散了原書章回的劃分，純以故事的情節、人物做整體的考量。但為保持原書的精神和菁華，仍舊利用《水滸傳》中原有文字所表現的神韻和氣勢，故事的情節只作若干輕微的變更。每篇新的章節，都另擬新的題目，以點化出若干新的主題與新的涵義。

第一章「心魔」：也就是原書的楔子。所謂「魔由心生」，洪信到龍虎山求張天師時，所遇到的龍（蛇）、虎種種幻象，都是由於洪信的內心不誠敬所引起。而且從鎮魔殿中，由於洪信的內心不誠敬而放出去的魔君，雖然殺人不眨眼，卻在全書中沒有殺過一個善

人，所以這些魔君，是惡人心目中的強盜，卻是善人心目中的英雄。所以「魔」之是否被視為「魔」，也因心之所向而定。

第二章「禍根」：也就是原書高俅發跡的部分。高俅是東京開封府汴梁宣武軍中的一個浮浪破落戶子弟，自小不守家業，結果因為踢毬踢得好被端王看中而發跡。端王就是宋徽宗，徽宗朝宣和末年，各地人民困於苛政，時有暴動。所以高俅的發跡，顯然是暗示「亂由上生」。自高俅引出王進，從王進引出史進，再寫一百零八人，如果說梁山泊一百零八人是禍，那麼高俅的發跡就是「禍根」。

第三章「緣」：也就是原書中有關魯智深幾個章回的總和。從魯達打死鎮關西、出家為僧、大鬧五臺山、怒打小霸王到火燒瓦官寺等。魯達出家時，長老就說「智深與我佛有緣」，後來智深離開文殊院，長老送他四句偈子是：「遇林而起，遇山而富，遇水而興，遇江而止。」不也正暗示他與梁山泊也有「緣」嗎？而且魯智深打小霸王也是以「說因緣」為藉口，所以魯智深的故事脫不了一個「緣」字。

第四章「逼上梁山」：也就是原書中有關林沖的幾個章回。林沖是八十萬禁軍教頭，只因妻子漂亮，被高俅的螟蛉子高衙內看上，而無端敕配滄洲。高俅父子仍不放過，派人尾隨，要置他於死地，於是林沖被逼殺人，最後投奔梁山。這是《水滸傳》主題──官逼

民反——的典型例子。

第五章「寶刀、市虎、功名」：也就是原書中楊志賣刀、比武等情節。楊志一心想求取功名，金銀花罄時，只得賣刀湊集盤纏，結果偏偏遇上無賴的市虎牛二，被逼殺人。但楊志對求取功名的慾望未減，遂為梁中書所用，表現得更為積極。賣寶刀、殺市虎皆因熱中功名而引起，所以命篇為「寶刀、市虎、功名」。

第六章「生辰綱」：這是《水滸傳》中一場計劃周密的好戲，表示梁山英雄已經不是烏合之眾，也是軍師吳用第一次顯露才華。「綱」是古人擔綱運送貨物之意。「生辰綱」是梁中書送給岳父蔡京的生日禮物。楊志的功名美夢，就在這一役中破滅。楊志的命運好像跟「綱」結了緣，先是失了「花石綱」，再是失了「生辰綱」。

第七章「緊急追緝令」：這一章是上一章故事的延續。「生辰綱」被劫是一件大事，所以告示的「追緝令」一道接著一道，先是大名府梁中書的書札，再是東京太師府的專差，逼著何濤循線索追查，也是梁山泊英雄第一次與官兵的正式接觸。石碣（ㄐㄧㄝˊ jié）村中的一役，使梁山威名遠播，奠定了它的霸業基礎。故事中何濤的偵查方法有一點像刑警的查案。

第八章「招文袋」：也就是原書中宋江殺閻婆惜的故事。宋江所以要上梁山也植因於

此。宋江先是把晁蓋的書信和金子放在袋裡，後來卻又把這麼重要的袋子遺忘在閻婆惜家中，所以這招文袋是造成小說步入高潮的關鍵。「招文袋」之對閻婆惜而言，竟成了「招魂袋」。

第九章「景陽岡」：是原書武松打虎的部分。《水滸傳》中不包括「市虎」在內，就出現過許多次打虎的故事，有李逵殺四虎、解珍獵虎、武松打虎。其中以李逵殺四虎最為感人，而武松景陽岡打虎最為膾炙人口。

第十章「人頭祭」：也就是原書中武松殺了西門慶、潘金蓮，取了人頭祭祀武大郎的情節，是武松投奔梁山的遠因，也是《水滸傳》中最精采的部分。因為「梟首」是我國古老的刑法，而「馘（ㄍㄨㄛˊ guó）耳」更是充滿血腥與神祕的祭典。武松這種原始性的復仇心態，震撼人心，也具有小說驚悚的效果。

第十一章「黑牛與白鯊」：也就是原書中李逵鬥「浪裡白條」張順的情節。李逵長得黝黑，又是牛脾氣，且力大如牛，所以稱它為黑牛。張順皮膚白皙，又精於水性，活像海裡的大白鯊。當二人在潯陽江中纏鬥在一起時，《水滸傳》的描寫是「一個顯渾身黑肉，一個露遍體霜膚」；兩個打做一團，絞作一塊，黑白分明，煞是好看。

第十二章「劫法場」：也就是原書中潯陽樓宋江寫反詩、戴宗送假信、梁山好漢劫法

場等幾個章回的組合，其中劫法場是整個故事的高潮。宋江從此就上了梁山，在《水滸傳》中，這是一場大戲，氣勢磅礡。

第十三章「天性」：也就是原書中假李逵窮徑和黑玄風李逵沂嶺殺虎兩段情節的組合。李逵雖然是《水滸傳》中殺人最多的魔君，但他孝心未泯。當他看到宋江接父親來奉養，公孫勝又去探望母親，不禁想起了自己還有老母在家鄉受苦，也要去接到梁山來快活。後來李鬼卻用奉養九十老母為藉口騙了李逵，以及李逵的母親被大蟲喫了時的激情、悲憤，凡此種種都發之於李逵的至孝天性。

第十四章「劊子手」：也就是原書楊雄殺潘巧雲的故事。這個故事中主角的身分有個共同處，楊雄是個專業殺人的劊子手，他的岳丈潘公是退休的屠夫，他的義弟石秀是家學淵源的現職屠夫，都是殺豬的劊子手。這些劊子手聚在一起，終於把「放下屠刀，立地成佛」的裴如海和頭陀都殺了；把偷漢的潘巧雲並丫鬟迎兒也像豬一般地殺了。

第十五章「尾聲」：作為改寫本的總結。原書七十回「忠義堂石碣天文」，已經把梁山泊一百零八人的名字都刻在石碣上，和楔子中挖開石碣放走魔君的情節正好前後呼應。也藉石碣的兩側，揭示了《水滸傳》的主題——「忠義雙全，替天行道」。

結語

總結我改寫《水滸傳》的企圖有三：（一）能否有一本文字比七十回本更簡潔，而又能引起讀者對全書的興趣？（二）能否賦予該書新的主題與新的評價？（三）能否藉此與電影藝術結合，以吸引更多的愛好者？

水滸傳◆梁山英雄榜　目次

英雄好漢上梁山

第一章　心魔

宋仁宗嘉祐三年的春天，江南流行著一種怪病，罹患的病人，先是惡寒，全身戰慄，隨之又發燒而全身冷汗直冒，發病時間有周期的間歇性。經過長時期安居樂業的百姓，都像失去了抵抗力似的，紛紛病倒。蔓延的速度像一陣春風，從江南直吹到河南的開封、洛陽一帶。各州縣由於醫療設備不足，都紛紛向朝廷請求救援。

包拯──這開封府的青天大老爺，親自坐鎮，用盡了自己的俸祿，不斷地添購藥材，可是怪病的傳染似已不可遏止，開封城裡、城外的軍民已死亡大半。

在開封府衙門的廊廡下、屋簷旁，已躺滿了呻吟哀號的病患，空氣中瀰漫著一股濃烈的湯藥味。

嘉祐三年三月的清晨，天剛破曉，待漏院①前車水馬龍，冠蓋相屬，但文武百官面部

的表情都十分嚴肅而凝重，氣氛也顯得格外陰霾、沉重。五更三時，天子癡肥的身軀剛出現在紫宸殿上，階下的人叢中已響起一陣騷動。宰相趙哲，參政文彥博都已雙雙並肩跪在階下，口中齊聲奏道：

「目前天下瘟疫盛行，軍民病死大半，請陛下急頒大赦令，減輕賦稅、禳除天災，救濟蒼生百姓。」

天子聽後，大為震驚，立刻下令翰林院起草詔書，一面大赦天下，一面免除賦稅。並且指示在京師的所有宮觀寺院中修設禳（ㄒㄧ　xì）事，禳除天災。不料，瘟疫反而流行得更為猖獗。

仁宗皇帝眼看百姓的痛苦哀號，心如刀割，終日憂鬱，幾番臥病，一再地召集百官議事。一日，正在和百官計議時，班列中走出一員大臣，天子細看，原來是參知政事范仲淹。他奏道：

「依臣子愚見，恐怕只有宣召張天師到京師，修設三千六百份羅天大醮，奏聞上帝，或能解救天下百姓的災難。」

天子應允點頭，立刻叫翰林院起詔，天子御筆親書，並附了御香一炷，命令殿前太尉洪信，星夜前往江西信州的龍虎山，請張天師來朝廷禳除瘟疫。

洪太尉領了聖敕，背了詔書，盛了御香，帶了隨從數十人，離開了京師的南門，馬不停蹄地奔向信州的貴溪縣。整整走了三天兩夜，才到了信州。當地的大小官員聽說了，都到城郭外列隊迎接，並且急忙派人通知龍虎山上的上清宮主持道人，準備接詔。

第二天，洪太尉和相隨的大小官員，在許多上清宮道眾的鳴鐘擊鼓、香花燈燭、幢幡寶蓋的迎接下，直到了宮門前才下馬。而上清宮中的主持②更親率著道童、侍從，前迎後引，把詔書接到了三清殿的中堂供奉著。洪太尉高聲朗道：

「請天師接詔。」

「稟知太尉，天師此時不在本宮。」主持真人一邊答話，一邊卻想到：「天師果然料事如神。我就照著他的吩咐辦事，也好大大折磨你一番。」

「太尉不知，這代祖師號叫『虛靖天師』，性情清高，不喜歡迎接之事。他獨自在龍虎山頂蓋了一座茅庵，在上面修真養性。」主持真人看到太尉心焦，卻暗自好笑。

「但是今天有詔書在此，一定要見到天師才行。」太尉已經顯得有些焦慮。

「既然天師在山頂的庵中，又如何不請來相見，也好開宣詔書呀！」太尉說。

「這代祖師雖然住在山上，但是他的道行很高，能騰雲駕霧，蹤跡不定。就是貧道也難得一見，又如何派人去請呢？」主持真人剛說罷，太尉已急得跺腳。心想：「皇帝聖旨

在此，如果不能請到天師，那麼前途豈不都完了。」嘴上卻說：

「這可怎麼辦呢？如今京師瘟疫流行，如果天師不能即時前往禳除天災，恐怕天下百姓就受苦了。」

「天子既是要救萬民百姓，我想只有一個辦法或許可行。」主持真人說。

「請你快說，無妨！」太尉說。

「為表示誠意，請太尉立刻齋戒沐浴，更換布衣，不可以帶隨從，必須獨自一人，背著詔書，點燃御香，步行上山，禮拜叩首，或許可以見到天師。不過，萬一誠心不夠，還是徒勞。」真人心想：「你若依著，便有好戲可見。」太尉聽了就待發作，大怒說：

「我從京師一路素食到此，怎能說心不誠一呢？唉！罷了，罷了，現在一切都依你，明日及早登山便是。」當晚太尉遣走了大小官員回縣，留下幾個隨從，只得在三清殿旁，覓了個乾淨的齋房睡了。

翌日破曉時分，道童已經準備香湯，請太尉起來沐浴。換了一身乾淨的衣服，腳下穿了一雙麻鞋草履，喫了素齋，取過丹詔③，用黃羅包袱包好，背在脊梁上，手裡提著銀手鑪，裡面燃著御香。主持真人和道童送太尉來到了後山。真人指著滿布叢棘、亂石交錯的崎嶇山徑，說：

「請太尉就從此處開始登山。為拯救萬民百姓，一路上千萬不能心生後悔、退縮之意，只顧志誠地爬上去。」

太尉別了眾人，嘴裡念著天尊寶號，獨自一人，邁開大步，挺起胸膛往山上走去。走了一會兒，盤旋了幾座山坡，眼看山徑越來越狹，坡度也越來越陡，只得攀援著路旁的葛藤往上爬。約莫又走了幾個山頭，二三里多路，發覺手已痠了，腿也軟了，實在已經走不動了。嘴裡雖沒說話，心中卻想著：

「我是朝廷貴官，在京師時，睡的是裯褥，喫的是佳餚，還覺得厭倦。何曾穿草鞋走過這種山路，受過這種折磨。如果不是皇帝的詔書在此，又關係到自己的仕宦前途，我管他什麼張天師在哪裡！」

太尉隨即在路旁一塊大青石上坐下，脫下草鞋，用手揑著腳趾頭，一陣陣的痠痛，從腳底直透進心扉，舒了一口氣，人都覺得有些懶了。

這時突然看見山凹裡颳起一陣強風，吹得青綠的樹葉紛紛落下。風沒停，那松樹背後，奔雷似地大吼一聲，撲地跳出一隻吊睛白額的錦毛大蟲來。洪太尉大喫一驚，叫了聲「啊呀！」人往後栽了一觔斗。說也奇怪，那隻大蟲只在洪太尉的身邊左盤右旋，也不咬人，咆哮了一會兒，就往草叢裡一鑽，不見了。洪太尉倒在大樹根旁，嚇得面如土灰，卅六個

牙齒，捉對兒廝打，心頭一似十五個吊桶，七上八下地響，混身像中風般麻木，兩腿一似鬥敗的公雞，口裡連聲叫苦。大蟲走後，大約一盞茶時，才勉強站了起來，撿起地上的香爐，重新燃了龍香，定了定神。心想：「此回如果見不到天師，回去也沒好受。」於是歎了口氣，拍去身上的枯枝敗葉，繼續上路。

大約又走了二三里路，看看烈日正頂著樹梢，肚子不覺已經有些餓了。就在樹蔭下坐著，取出乾糧，正待要喫時，只覺得迎面吹來一陣腥風，奇臭無比，衝得太尉只想吐，定眼看時，山邊竹藤裡，簌簌地響，搶出一條吊桶般粗的，滿身雪花似的蛇來。太尉見了，撇下手中乾糧，叫了聲「休矣！」拔腿想跑，可是兩條腿像被釘了釘子，想移動個半步也困難。眼睜睜地看著大蛇爬過來，把自己纏做一堆，大蛇昂著頭，兩隻眼裡閃著金光，張開巨口，吐出紅信，不停地把毒霧往太尉臉上噴。太尉緊閉著嘴，屏住呼吸，都快被自己憋死了。那大蛇看了洪太尉一會兒，往山下一溜，也就不見了。

太尉此時才吸了口氣，甦醒過來，打了個寒慄，伸手一摸，一身的雞皮疙瘩還沒有消退，胯下已自濕了一片。嘴裡叫聲「慚愧！」心想：「這分明是牛鼻子道人有意戲弄我。如今為了皇帝詔書，我都忍了，等我辦完差事，再與你計較。」從草堆裡尋回了包袱、銀爐。重新整飭一下衣服、巾帽，準備繼續上路。這時忽然聽到松樹背後，隱隱約約傳來幾

聲清脆悅耳的笛聲，太尉心想：「莫非又是什麼作怪？」順手從地上抓起了一根碗口般粗的木棒，瞪著兩眼一瞬也不瞬地往松樹後看，只見一個道童，倒騎著一頭黃牛，橫吹著一管鐵笛，笑嘻嘻地從松樹後繞過來。太尉見了，猶不放心。指著道童大聲說：

「喂！你是誰？」

道童卻不理不睬，只顧吹著橫笛。太尉一連叫了幾聲，道童才呵呵大笑，拿鐵笛指著

洪太尉說：

「這位可是洪太尉？想必來見天師？」

太尉一聽，又是一驚。說道：

「你是什麼人？居然知道得如此清楚！」

道童笑著說：

「我清晨在草庵中服侍天師時，聽天師說：『當今天子派了個洪太尉，帶著丹詔③御書到山中來，宣我上開封做三千六百份羅天大醮，祈求上蒼禳除瘟疫。我如今就騎著仙鶴去了。』這時恐怕天師已經不在庵中。你千萬別再上去，山中毒蛇猛獸甚多，會傷了你的性命。」

「你不要說謊！」太尉怕又是在戲弄他，追問不休。而道童笑了笑，也不回答，又自

顧吹著鐵笛，轉過山坡去了。太尉追趕不上，想到剛才所受毒蛇猛獸之苦，也就只得再尋到舊路，急急忙忙地奔下山去。

三清殿的方丈④坐下，洪太尉滔滔不絕地說得起勁，隨從們都聽得目瞪口呆，把太尉看成了英雄。只有主持真人心裡暗笑，「太尉竟是隱瞞了這許多事實。」而嘴上卻說：

「可惜太尉錯過，這個道童正是天師。」

「他若是天師，怎會如此年輕？」太尉似是不信。

「這代天師，非同小可。雖然看起來年幼，其實道行很高。他是得道的人，四方顯化，極是靈驗，所以世人都稱他為道通祖師。」真人解釋著。

「唉！我竟如此有眼不識真師，當面錯過。」太尉的聲音很低沉，有些悵然。

「太尉且請放心。既然祖師已經去了開封，等你回去時，恐怕這場醮事，都已經辦完了。」真人看太尉似已放心，就恭恭敬敬地將丹詔收藏在御書匣內，留在上清宮中，把龍香就三清殿上燒了。當晚在方丈內大擺齋供，設宴飲酌，好好地款待太尉。

次日早膳剛用罷，主持真人率著提點執事和道眾，來請太尉遊山。太尉大喜，步出道院，後面跟著許多隨從，前面有二個道童引路，在宮前宮後，賞玩了許多景致。原來三清宮的建築雄偉極了⋯左邊廊下有九天殿、紫微殿、北極殿⋯；右邊廊下有太乙殿、三官殿、

驅邪殿。太尉把諸殿都一一參觀了。走到了右廊的盡頭，突然發現一座殿宇，建造得十分奇特。四周都是搗椒紅泥牆，正面的兩扇朱紅色大門上，掛著一道胳膊般粗的鎖，門縫上交叉地貼著十數道封皮，封皮上都是重重疊疊的朱印。簷前懸著一面硃紅漆金字的牌額，上書「伏魔之殿」四個金字。太尉好奇，指著門問：

「這是什麼殿？」

「這是前代老祖天師鎮鎖魔王之殿。」真人答。

「那上面為什麼貼了這麼多封皮？」太尉又問。

「喔！據說從老祖大唐洞玄國師封鎖魔王在此開始，以後每傳一代天師，都親手添上一道封皮，使子子孫孫不得妄開。否則走了魔王，聽說他十分厲害，會到處去作惡。到現在已經傳了八九代，沒一個敢開，於是就用銅汁灌到鎖裡，把它鑄死了。如今，誰也不知道裡面的情形。小道來這裡主持，已經三十多年，也只是聽聞而已。」真人答。

洪太尉聽了，反而覺得更為好奇。加上受了山上的幾番折磨，膽子反而壯了。就叱令隨從說：

「你們快替我把門打開，我倒要看看魔王是什麼模樣！」真人一聽，不覺慌了，撲通一聲，跪在地上，說：

「大人千萬開不得！先祖天師一再叮嚀，任何人不得擅開。」

太尉笑著說：

「又是一派胡言。分明是你們想故弄玄虛，煽惑百姓，故意安排這種地方，假稱鎖著魔王，來顯耀你們的道術。我就是不信，快快替我打開。」

「這個殿門開不得呀！開不得呀！否則讓魔王傷害了百姓，後果不堪設想。」真人擋住了殿門，不停地叫著。這時太尉像著了魔似地，突然大怒。指著真人大罵：

「你們若不打開給我看，回到朝廷，先奏你們阻擋宣詔，違抗聖旨，故意不讓我面會天師。再奏你們私設魔殿，蠱惑軍民，看你們誰擔當得起！」

主持真人畏於太尉的權勢，只得叫來幾個工人，用鐵椎把鎖打爛，但卻沒有一個人敢伸手去撕那殿門上貼著的封皮。太尉飛起一腳，踢在門上，「嘭」的一聲，殿門開時落下一陣塵土。

大家一起走進門裡，黑漆漆不見一物。太尉叫隨從拿了十幾個火把點燃，四處一照，竟空無一物。只看見在屋子中央豎著一個石碣，大約有五六尺高，下面是一隻石龜跌坐，大半已經陷在泥裡。太尉用火把一照，看到前面都是龍章鳳篆、天書符籙，沒人認得。照到那背後時，卻看到鑿著四個真書大字——「遇洪而開」。

洪太尉看到這四個大字時，不禁大喜。就說：

「你們前時一再阻擋我打開門，而數百年前就已經把我的姓鑄在這裡。所謂『遇洪而開』，分明是叫我來開嘛！還不快快替我把石碣掘起，好見魔王！」

十幾個從人，高舉起鋤頭、鐵鍬，就待要掘，主持真人發了瘋似地奔到前面，把石碣抱住。嘴上叫著說：

「掘不得！掘不得！萬一走了魔王，恐會傷人。」

太尉這時哪裡肯聽，大叫一聲「滾開！」十幾個隨從拿著鋤頭、鐵鍬一齊上，先把石碣放倒，再掘石龜，大約花了一盞茶時間，才把石龜掘出；再掘下去，不到三四尺深，見到了一片大青石板，有一丈見方。眾人合力把石板扛起，看那石板底下，竟是一個萬丈深穴。當眾人都伸長脖子，探頭往下望時，突然聽到由穴內傳來「刮喇喇」一陣巨響，只見一團黑煙從穴裡翻滾上來，掀塌了半座殿角。那股黑氣直衝到半天高，散成百十道金光，往四面八方射去。

大家一時都放聲大叫，丟了鋤頭、鐵鍬，爭往殿外跑，翻的翻、滾的滾，都擠做一堆。洪太尉更是嚇得面如死灰，正要往廊階下跑時，一回頭和主持真人撞個滿懷，跌做一團。

太尉伸手一把抓住真人衣襟，顫抖地說：

「這跑的是什麼妖魔？」

真人歎口氣說：

「唉！天數啊！天數！太尉有所不知，當初老祖天師，在此鎮住了三十六員天罡（gāng）星和七十二座地煞星，共是一百零八個魔王。如今跑了，必會擾亂凡間生靈，傷害百姓，真不知如何是好？」

太尉聽罷，渾身冒了一陣冷汗，一句話也不說，急急收拾行李，星夜趕回京城去了。

【註釋】

① 待漏院：宋朝官員朝見皇帝的朝房。皇帝五更臨朝，官員半夜就要進宮，在朝房裡等候。古人的計時都用銅壺滴漏。待漏就是等待的意思。

② 主持：是僧院、道觀中的負責人。

③ 丹詔：詔，皇帝發出的文書，丹詔指皇帝用朱砂親筆寫的詔書。

④ 方丈：僧寺、道院主持人住用的房間。也可以用作對僧寺、道院主持人的稱呼。

第二章　禍根

東京開封府的殿帥衙門裡，到處張燈結綵，氣象一新，非常熱鬧。上上下下都為著新的太尉的到府視事而忙碌不休。新太尉斜倚在大廳的太師椅上，接受僚屬一一參拜。

「八十萬禁軍教頭王進何在？」唱名剛畢，太尉已睜大了眼睛暴怒。

「王教頭半個月前已因病請假，於今尚未痊癒，在家休養中。」階下有人忙著答話。

「胡說！今天是什麼日子，竟敢不來接受點校，這分明是藐視上官。來人啊！快替我拿來！」太尉暴叫如雷，拍得桌子格格作響。牌頭①一看情況不妙，領了命令匆匆趕赴王教頭家。剛到達門前，已聞到陣陣的湯藥味，推開房門，只見王進臉色憔悴，躺在床上，旁邊是他六十多歲的母親在親侍湯藥。門開時一陣微風吹動著她滿頭的白髮，牌頭不待王

進母子開口，已自動把來意說了。王進心想：「我臥病在床也不是假，太尉怎能如此不近

情理。但是如果不去，又怕連累了牌頭。」於是勉強支撐坐起，穿了衣服。臨出門時，背

後還聽到母親不住的叮嚀。

牌頭把王進攙扶著走進殿帥府前的大門，依例向新任的太尉拜了四拜，打了拱揖，王

進就低著頭站在一邊，殿內頓時鴉雀無聲。新任太尉重重地乾咳了兩聲，往地上吐了一口

濃痰。說：

「你可是都軍教頭王昇的兒子?」

「小人便是。」王進答。

「那你爹只不過是街上使花棒賣膏藥的人，又能教你什麼武藝? 一定是前任官不長眼

睛，才給了你教頭。今日竟敢大膽裝病，躲在家裡快活，不來參拜。王進，你可知罪?」

新太尉斥責著。

「小人害病乃千真萬確。不然，你可問……」王進答。

「放屁!既是生病，如何來得!」新太尉罵了起來。

「太尉呼喚，不敢不來。」王進忍耐著。

太尉突然大怒說：

「來人啊！拿下這傢伙，給我重重地打！」

眾人平日和王進都是相處得不錯的同事，看到王進如此無緣無故就挨罵，心中都不免同情。於是相互使了眼色，異口同聲說：

「今天是太尉第一天上任的大日子，權且免他一次吧！」

「今天且看眾人央求饒了你，改天再跟你理會！」太尉狠狠地說。

這時王進趕快謝罪，抬起頭來，一看，差點驚叫出聲來。方才認出這新任太尉，原來是曾經被父親一棒打翻，臥床三個月的高俅。心想：「他今天發跡，一定是為報仇來的。」不覺思潮起伏，想到……

俗語說：『不怕官，只怕管』，他這種得勢小人，豈會就此輕易把我放過。

高俅原是東京開封府汴梁宣武軍中的一個浮浪破落戶子弟，自小不成家業，只愛刺鎗使棒。但他踢得一腳好毬②，於是京師裡的人就順口叫他高毬，這人終日遊手好閒，正經事一樣不會，喫喝嫖賭件件精通。

有一回，他騙了京師首富王員外的兒子錢財，又帶他去賭錢宿妓，被王員外告到官裡，打了二十脊杖，被東京城裡父老趕出縣界。高俅無奈，就往淮西臨淮州，投奔一個開賭場的閒漢柳大郎，柳大郎也是個平生專好接濟地痞流氓，窩藏罪犯的老大。於是高俅就在柳

大郎的賭場中幫閒，一住住了三年。後來哲宗皇帝大赦天下，高俅也被赦罪。思量要回東京。

這柳大郎有個親戚在東京城金梁橋下開生藥鋪，叫做董將仕。於是柳大郎寫了一封書札，備了些盤纏，齎發高俅去投奔董將仕過活。董將仕一見是高俅，心裡厭惡極了。心中尋思：「他是犯過罪的破落戶，收留在家中，怕孩子們都學壞了。但又得罪不起柳大郎，藥鋪裡的許多名貴藥材，還多虧柳大郎託人從遠地帶來。」當時只得裝著笑臉權且把高俅留在家裡，每日酒食款待。住了十幾日，董將仕發現藥鋪的生意，一日比一日差。心想：一定是顧客厭棄高俅，為避著高俅，而有意疏遠。急得董將仕愁眉苦臉，憂鬱萬分。一日正逢學士府裡差人來抓藥，董將仕忽然心生一計，何不把高俅轉薦給小蘇學士。於是當晚設了酒食，送了一套整齊的衣服，讓高俅換了。拿出一封書簡，交給高俅。說：

「前日小蘇學士管家提起，學士府內缺了一名差人。我想把你介紹給小蘇學士，久後也好得個出身。不知意下如何？」

高俅一聽大喜，拜謝了董將仕。翌日一早，就逕投學士府。門吏收了書札，不一會兒來人把高俅引進，拜見小蘇學士。看了來信，知道高俅原是個幫閒浮浪的人。心裡想到：

「這種人我如何安置他？不如做個人情，薦他去駙馬王晉卿府裡做個親隨，駙馬爺最喜愛這

樣的人。」於是就把高俅留宿一夜。次日寫了一封書呈，派個幹人把高俅送到了王駙馬處。

王晉卿是哲宗皇帝的妹夫，神宗皇帝的駙馬，人都稱他做「小王都太尉」。他喜愛風流人物，正用得著這種人，所以與高俅一見如故，從此收留在府內做個親隨，出入如同家人一般。

一日，是小王都太尉的生辰，府中大排宴席，專請小舅端王。這端王乃是神宗天子的第十一子，哲宗皇帝的弟弟，是個聰明俊俏人物。凡是浮浪子弟們喜愛的事，他樣樣會，即是琴棋書畫、踢毬打彈、品竹調絲、吹彈歌舞，沒一項不精通。

端王酒後興起，召喚三五個小黃門③相伴，到院子裡踢氣毬。高俅看得技癢，但又不敢過去衝撞，站在從人背後侍候。也許是高俅命當發跡，時運到來，那個氣毬騰地跳起，端王接個不著，向人叢裡直滾到高俅的身邊。那高俅看氣毬過來，不由自主地使個「鴛鴦拐」把毬踢還端王。圍觀的人個個叫好。端王見了大喜，便問說：

「你是什麼人？」

「小的是王都尉親隨，奉命在此侍候。」高俅說著馬上跪下。

「你原來會踢氣毬。你喚著什麼？」端王問。

「小的叫高俅，胡亂踢得幾腳。」高俅跪著說。

「好！你便下來踢一回！」端王說。

「小的是何等人，怎敢與恩王下腳。」高俅依舊跪著。

「這是『齊雲社』④名叫『天下圓』，但踢何傷？」端王說。

「怎敢？」高俅嘴裡回話，心中卻想，若是再不下場恐怕惱了端王，反而不妙。只得叩頭謝罪，將前襟提起塞進腰帶，走下場去。才踢幾腳，端王已喝采不已，高俅只得把平生本事都使出來奉承端王。那身分、模樣，這氣毬就像膠黏在身上。端王大喜，就對王都尉說：

「這高俅踢得兩腳好氣毬，孤欲索此人做親隨，如何？」

「殿下既用此人，就送給殿下。」王都尉不假思索地回答。

端王心中歡喜，當面謝了王都尉。就帶著高俅自回王府去了。

高俅從此每天跟著王爺，寸步不離。不到兩個月，哲宗皇帝晏駕，沒有太子，文武百官商議，冊立端王為天子，是為徽宗，便是玉清教主微妙道君皇帝⑤。登基之後，一向無事。忽然有一天，對高俅說：

「朕想要抬舉你，但必須有邊功方能陞遷；就先讓你在樞密院掛個名，但仍留在身邊侍候。」

高俅聽了高興，跪在地上久久不起，連叩響頭。後來不到半年之間，直抬舉高俅做到了殿帥府太尉職事。於是他把原來名字裡的毬，改成俅。

王進尋思著，不覺已經走到家門。經高俅這一折磨，不覺疾病也痊瘉了一大半。看見母親已在餐桌上擺著一碗熱騰騰的雞湯，王進只是悶悶不已，心裡一直盤旋著，是否該把這件事告訴年邁的母親。偷偷地看了幾眼正在廚房裡忙著炒菜的母親背影，不覺「唉」一聲，歎了一口長氣。

「喔！我兒回來了。」母親似被王進的一聲長歎驚動，雙手擦著圍裙，用一種驚喜的眼神看著王進。當王進眼神接觸到母親蒼蒼的白髮時，內心不禁一股辛酸，雙腿跪了下去，母子二人抱頭大哭。王進忍不住把高俅的事全盤地說了。

室內頓時一片沉靜……

「兒啊！依娘之見，三十六著，走為上著……只是沒處去呀！」王進的母親說。

「孩兒也是這般計議。如今只有延安府老种（彳ㄨㄥˊ　chóng）經略相公⑥鎮守邊庭，他手下軍官又多曾與兒相識；他目前也急於用人，並且賞識兒的鎗棒武藝。或許只有這一條路可走？」王進答。

「計議既定，立刻行事。不過……門前兩位牌軍，是殿帥府撥來『服侍』你的，如何

021

才走得脫？」母親有些遲疑。

「不妨！母親放心，孩兒自會措置他們。」王進說完，就走進臥房，自作準備。

當日傍晚，落日的餘暉，映著空階，遠處傳來幾聲鴉叫……王進先把張牌叫進屋裡，說：

「你先喫了晚飯，我讓你一處去辦事。」

「教頭要我去哪裡？」張牌答。

「我因前日患病，在酸棗門外的嶽廟裡許了香願。如今病癒，想明天早早去還了心願。你可先去通知廟祝，教他明日早些開門，你就留在廟裡歇了吧！」

張牌答應，先喫了晚飯，就往嶽廟裡去了。

當晚王進母子二人，靜悄悄地在屋裡收拾行李衣服、細軟銀兩。大約到了五更時分，天色還未明，王進把李牌叫醒。說：

「昨晚一時大意，忘了。你先把這銀兩送去給嶽廟裡的張牌，叫他買個三牲煮熟在那裡等我，我買些紙燭，隨後就來。」

李牌接了銀兩，揉了揉惺忪睡眼，臉也沒洗就出門去了。王進等李牌走後，到馬槽裡牽出了馬，拴上車，把母親請上車，把兩個行李包袱往車上一拋。一聲馬嘶，乘勢出了西

022

華門，直取延安府馳去。

經過了一個多月的奔波，王進母子為了避免高俅的追捕，都是夜住曉行，一路上飽經風霜飢寒之苦。一日，王進挑著擔兒跟在母親的馬後，看到母親佝僂的背影，一頭被夕陽映照著的銀髮，不覺心中酸楚。想著：「母親這般高齡，早該在家含飴弄孫，坐享清福了。就為了這小人得勢的高俅⋯⋯」恨得王進咬得牙格格作響。嘴上卻說：「天可憐見！此去延安府已經不遠，高俅便是差人來也拿不著了，我母子倆終於脫了這天羅地網之厄。」母子二人一時高興，在路上不覺多走了些，錯過了宿頭，抬頭一望，前面是一片茂密的竹林，王進不覺喚了聲「糟」，心想⋯「我自己露宿林中一兩宿也無妨，可是年邁的母親，怎禁得起夜晚的風寒。」心中焦急。正覺得失望時，看到竹林深處閃爍著一道燈光。王進叫了聲「好」！牽著馬，急促往亮處跑過去。穿過了林子，果然發現有一所大莊院。周遭都是土牆，牆外有二三百株的大柳樹。王進來到莊前，敲門多時，才見一個莊客出來應門。王進放下肩上的擔子，向他施禮。

「來俺莊上有什麼事？」莊客問。

「實不相瞞，小人母子二人，因為貪行了些路程，錯過宿店，想投貴莊，暫借宿一宵，明日早早便走，依例拜納房金，萬望周全方便！」王進答。

「既是如此，且等一等，待我去問莊主太公，肯時但歇不妨。」莊客說完，門也沒掩，就走回屋裡。

不一會兒，莊客出來說道：

「莊主太公請二位進來。」

王進扶娘下了馬，挑著擔子，牽著馬韁，隨莊客走到了裡面的打麥場上，歇下了擔子，把馬拴在柳樹上，扶著母親直走到草堂上來見太公。那太公年齡在七旬以上，鬚髮皆白，頭戴遮塵煖帽，身穿直縫寬衫，腰上繫著皂絲縧，足上穿著熟皮靴。王進見了跪下便拜。

太公連忙說：

「客人休拜！你們是行路的人，辛苦風霜，且坐一坐。」等王進母子敘禮罷，坐定。

又說：

「不知二位是從哪裡來？如何昏晚到此？」

「小人姓張，原是京師人，因為做生意賠了本錢，只得帶著母親往延安府投奔親眷，不想路上貪行了路途，錯過宿店，特來叨擾。」王進撒了個謊，瞞過太公。

「不妨。如今世上哪個人頂著房子走哩！你母子二人恐怕還沒喫飯吧？」太公親切地招呼著，並且叫莊客安排飯菜。沒多時，就廳上放了張桌子，莊客托出一桶飯，四樣菜

蔬，一盤牛肉，還燙了一壺酒。太公微笑著說：

「村落中無甚相待，休得見怪。」

王進聽了感動得不覺流下淚來。起身謝道：

「小人母子二人無故相擾，此恩難報。」

「休這般說，且請喫酒。」太公勸了五七杯酒。王進母子喫罷了飯，自有莊客前來收拾碗碟。太公起身把王進二人引到客房裡安歇。

次日，陽光已照進了窗櫺，卻不見王進母子二人起來，太公覺得奇怪，就不覺走到了客房的門前。只聽得房裡傳來一聲聲痛苦的呻吟。太公輕敲房門，嘴中說著：

「客官失曉，好起來了！」

王進聽得是太公的聲音，慌忙把門打開，見太公施禮。說道：

「小人已起來多時，只是老母鞍馬勞累，昨夜心疼病發，呻吟了一夜，今天恐怕動身不得……」王進話還沒說完。太公已經說道：

「既然如此，客人休要煩惱，教你老母且在老夫莊上多住幾天。我正有個醫心疼的藥方，叫莊客到縣裡去撮帖藥來與你老母親喫，教她放心慢慢地養病。」

王進覺得太公的仁慈，真是活菩薩降世。激動地跪在地上久久不起，嘴裡不停地說：

「謝謝！謝謝！……」

時間又過去了五七日，覺得母親的病患也痊癒了。王進收拾了衣物，把客房打掃乾淨，心裡想著要走。於是踱到後槽馬房去看馬，只見空地上一個後生，赤膊的上身，身上刺著一身青龍，銀盤似的面龐，約莫十八九歲，拿了條棍棒在使弄。王進在旁邊看了半晌。不覺失口說：

「這棒使得好，只是有破綻，贏不了真好漢。」後生一聽似是大怒，把棒一收，指著

王進大叫道：

「你是什麼人！敢來笑話我的本事。俺曾經拜了七八個有名的師父，我不信功夫不如你！既敢如此大言不慚，何不來比試一下？」

話還沒完，已聽到太公的喝止聲：「不得無禮！」那後生回頭說：

「這廝⑦無端笑話我的棒法。」

太公也不答腔，只微笑地對著王進問：「客人莫不也會使鎗棒？」

「頗曉得些」。敢問長上，這位小兄弟是宅上何人？」王進向太公施禮而問。

「是老漢的兒子。」太公答。

「既然是宅內的小官人，若愛學時，小人指點他，如何？」王進答。

「老漢正是此意。」太公接著又說：「還不快過來拜見師父。」這後生聽父親對王進如

此好感，就愈覺得怒氣不平。說：「阿爹！不要聽這斷胡說！他若贏得了我手中這條棒時，

再拜不遲……」話剛停，這後生已把一條棒使得風車兒似地轉，嘴上叫著：「你來，你來！

怕的不算好漢！」而王進卻只是站著微笑，不肯動手。太公看了心裡明白，就對王進說：

「客官，你儘管放心，替我去教訓教訓小犬，殺殺他的浮躁，若是打折了手腳，亦是

他自作自受。」

王進心想這時再不出手，恐怕人家會以為我誑言，說聲：「恕在下無禮了！」話聲

剛落，那後生只見眼前人影一閃，王進已經到了他背後，後生轉過身舉棒亂打，早亂了章

法。王進不退反進，用左手往後生握棒的右手肘上一托，喊一聲「放！」那一根棍棒已經

到了王進的右手上。後生只覺得整條右手臂都麻，人卻撲地往後倒了。王進連忙撇了棒，

向前扶住說：「得罪！得罪！」那後生爬將起來，便去鎗架旁拿了條凳子請王進坐下，自

己跪下來就拜。說：「我枉自經了許多師家指點，原來不值分文！師父，沒奈何，請收留

徒弟吧！」

太公站在一旁看了大喜，捋著鬍鬚不停地讚「好」。

當晚，太公叫莊客殺了一頭羊，安排了酒食果品之類，請王進同母親一起赴席。叫兒

子正式行了拜師大禮。太公起身勸了王進一杯酒。才徐徐說道：

「師父武功如此高強，必是個教頭，小兒真是『有眼不識泰山』。」

「真人面前不說假話。小人不姓張，俺是東京八十萬禁軍教頭王進的便是。……」隨後把如何被高太尉逼迫，所以帶著年邁老母，準備逃往延安府去投奔老种經略相公的事，全盤說了。太公聽了連連歎息，道：

「老漢也嘗聽人說過，這高俅小人得勢，仗勢凌人，貪贓枉法，無惡不作。百姓對他恨之入骨。奈何朝廷重用，人人敢怒不敢言，真是禍根！師父既然在此，但請安居無妨。我這兒是在華陰縣界，喚做史家村，村中住戶三四百家都姓史。前面不遠就是少華山，是個三不管地帶。老漢這兒子從小不肯務農，只愛使鎗玩棒。自從他母親死後，更是管教不得，老漢只得隨他性子。他請了高手匠人刺了一身花繡，肩膊胸膛上，總共有九條龍，所以縣裡人都叫他『九紋龍』史進。教頭今日既到這裡，自是緣分，一發成全了他也好，老漢自當重重酬謝。」

王進聽了「哈哈」大笑。說：「太公放心。既是如此，小人一定把全身武藝都教給令郎，略示報答莊主接濟我王進母子之大恩。」

從此王進母子二人就住在莊上，每天教史進勤練十八般武藝——矛、鎚、弓、弩、

銃、鞭、鐗、劍、鏈、撾、斧、鉞以及戈、戟、牌、棒和鎗、扒，一一學得精熟。

時間不覺已過了三個多月。一日傍晚，夕陽映紅了半邊天，莊院土牆外的古柳，只剩下幾株杈杈的枯枝，在西風中搖曳。王進和徒弟史進，正在打麥場上練著鎗棒。突然自莊門外，氣呼呼的奔來一個莊客。他喘著氣，結結巴巴地說：

「少莊……主！不得了……縣城城裡，已經有東京來的……捕頭，在……在打聽王師師……父的下落。」

「果然尋到此處來啦！」王進似是早在意料之中，收了兵器，逕往屋裡走去。史進赤膊著上身，把衣服披在肩上，緊跟著師父上了石階。嘴上叫著……

「師父放心，如果高太尉的人敢到這裡捕人，我就殺了他。」

「如此反倒連累了你們。我原來一心要去延安府投奔老种經略處。那裡是鎮守邊庭，用人之際，足可安身立命。」王進一邊說一邊走進內房，請出了母親，同往廳堂向太公告辭。太公也不敢多留，吩咐下人為王進母子備了乾糧及一百兩花銀，王進請母親乘了馬，自己擔著包袱，牽了韁繩，走在前面。離開了史家莊，只見兩人的背影漸漸地消失在蒼茫的夜色之中。

古柳樹下，佇立著一個赤膊的漢子，凝視著孤寂的夜空。

【註釋】

① 牌頭：保甲制中的十戶之長，也稱組頭。

② 毬：就是球字。古時踢的球，外面是皮，裡面是羽毛。到宋朝時盛行氣毬，踢毬的動作和現在踢毽子相似。

③ 黃門：就是太監。

④ 齊雲社：宋朝時踢球的團體組織。

⑤ 玉清教主微妙道君皇帝：趙佶（宋徽宗）酷信道教，道士們恭維他，送給他這個尊號。也省稱「道君皇帝」或「道君」。

⑥ 老种經略相公：北宋時，种世衡和他的子孫，先後在西北一帶任邊防要職。其中种諤、种師道、种師中戰績最著：諤任軍職時間久；師道老年時威望甚高，百姓把他當作抗金的主要旗幟，稱他作「老种」；師中是在抗金戰役中犧牲的。本書的「老种經略」當是指种諤，「小种經略」，是指种師道。

⑦ 廝：對男子的賤稱。猶如說傢伙、小子。

第三章　緣

離甘肅渭州府經略衙門不遠處，有座小小的酒店，臘月清晨的寒風，吹得酒旗沙沙地響。虛掩的大門不時發出單調的碰擊聲，顯得格外孤寂。酒保睡眼惺忪，剛把桌椅整理了一半。突然「砰」的一聲，大門被踢開了。走進來一個彪形大漢，生得面圓耳大，鼻直口方，頰邊長了一團烏黑蜷虬（ㄑㄩㄢˊ ㄑㄧㄡˊ quán qiú）的落腮鬍鬚，身長八尺，腰闊十圍，腰邊繫了一條文武雙股鴉青縧，足穿一雙鷹爪皮四縫乾黃靴，頭上裹著芝麻羅萬字頂頭巾，腦後兩個太原府扭絲金環，上穿一領鸚哥綠紓絲戰袍，分明是個軍官模樣。酒保喫了一驚，抬頭看時，原來是經略府提轄①魯達，魯大官人。隨即露出笑臉，忙用衣袖輕拂了兩下桌面。

說：

「提轄官人，多日不見。今天可來得特別早，莫非府中又有急事要辦？」

魯達也不答腔，直接上了二樓，就牆角邊覓了個位子坐下。酒保馬上打了七角②酒，切了一盤牛肉，兩盤小菜。這是提轄老規矩，不必吩咐。酒保一面擺下酒食，一邊順手拿了張椅子坐下，陪著魯達閒聊。酒保歎了口氣說：

「唉！入冬以後，生意一日不如一日，如今圖個溫飽也不容易……」

魯達還是一語不發，只顧大口喝著酒，大塊喫著肉。酒保自覺沒趣，正要起身。突然聽到隔壁傳來女人的哭聲。而魯達猛然站起身來，把桌子一掀，「嘩啦啦」把碟兒、盞兒都撒在樓板上。酒保嚇得呆了。魯達破口罵道：

「俺今天心情已經不好，卻恁地教什麼人躲在隔壁吱吱喳喳地哭。俺也不曾欠你酒錢，你是有意觸俺霉頭！」

「官人息怒，小人怎敢教人啼哭，打擾官人喫酒。這哭的是巡迴賣唱的父女兩人，不知官人在此喝酒，一時自歎命苦也就哭了，這對父女的際遇真是可憐！」酒保慌忙解釋。

「可是作怪！你把他們叫來！」魯達說。

不多時，酒保帶來兩個人：前面一個是十八九歲的婦人，長得雖然沒有十分的容貌，也有些楚楚動人的顏色，卻不斷地用衣袖拭著淚眼。背後是一個五六十歲的老頭，枯瘦乾

�161，手裡拿著串拍板，都走到魯提轄的面前。魯達問說：

「你們是哪裡人？為什麼啼哭？」

那婦人看魯達一副凶煞相，心中害怕，發著顫抖的聲音說：

「官人不知，容奴稟告：奴家是東京人氏，原是隨同父母來渭州投奔親戚的，不想他們已搬去南京。一時盤纏用盡，母親又染病死了，沒銀錢料理葬事。不料此間有個大財主，叫做『鎮關西』鄭大官人，就用三千貫錢把奴買去為妾。我父親懦弱，和他爭執不得，他又有錢有勢。不到三個月，他家大娘子好生厲害，將奴趕了出來，還時時來追討典身錢。我父親自小曾教得奴家一些小曲兒，所以只得來這酒樓上賣唱餬口，可是每日得些錢來，大半都讓鄭大官人差人來要走了。這兩日，酒客稀少，違了他的錢限，怕他來討時，受他羞辱。父女們想起這些苦楚，無處告訴，因此啼哭。沒想到觸犯了官人酒興，望乞恕罪，高抬貴手！」

魯達心想：「天下竟有這種事！今天既然給我碰上了，我就非管它不可。」把語氣變得較緩和地說：

「你姓什麼？在哪個店裡歇息？那個鎮關西鄭大官人住在哪裡？」

「老漢姓金，小女叫翠蓮。就住在前面東門旁魯家客店。鄭大官人便是此間狀元橋下

賣肉的鄭屠，綽號鎮關西。」

魯達聽到是鄭屠時，不覺「噗喇！」一聲笑了出來。說道：

「呸！俺只道是那個鄭大官人，卻原來是殺豬的鄭屠！這骯髒無賴，卻原來這等欺負人！」

伸手往懷裡掏出二十兩銀子。說：

「老兒，你來！洒家與你這些盤纏，即時便回東京去，如何？」

「若是能夠回鄉去時，便是我重生父母，再長爹娘。只是鄭大官人如何肯放！」老漢答。

「無妨！你父女兩，此時離城就走，宿店裡的破爛衣物也不必要了。鄭屠處自由我來料理。」魯達說。

金老漢父女二人收了銀子跪下來，請教了恩人名姓，說了千謝萬謝的話，就離開了酒店，畏縮著脖子，在寒風吹拂下，朝西門外走了。

狀元橋下好不熱鬧，叫賣聲不絕於耳。從老遠就可以看到「鄭氏肉鋪」四個金色大字的招牌，在陽光照耀下閃閃生輝。占著兩間門面，擺著兩副肉案，懸著十數條豬肉，案上還擱著半頭剛剖開的肥豬。一個腦滿腸肥的胖子，正在門前櫃檯內坐著，看那十來個刀手

賣肉。

魯達走到門前，叫聲「鄭屠！」胖子見是魯提轄，慌忙走出櫃檯，叫副手拿條凳子來，說：

「提轄請坐！」

魯達不客氣地坐了下來說：

「奉經略相公鈞旨：要十斤精肉，都切做碎臊（ㄙㄠ sāo）子③，不要有半點肥的在上面。」

「使得！你們快選上肉切十斤去。」鄭屠吩咐刀手。

「不要那等骯髒廝們動手，你自與我去切。」魯達說。

「說得是！小人自切便了。」鄭屠自去肉案上揀了十斤上等精肉，細細地切做碎臊子，整整地切了半個時辰，再用荷葉仔細地包了。說：「提轄！我教人送去。」

「送什麼，且住。再要十斤肥的，不要有半點精的在上面，也要切做碎臊子。」魯達說。

「剛才切精的，我怕府裡要裹餛飩，肥的臊子何用？」鄭屠有些不解。

「相公鈞旨吩咐洒家，誰敢問他。」魯達雙眼圓睜似要發作。

「只要是合用的東西，小人切便了。」鄭屠又在半頭剛剖開的肥豬上切下了十斤肥肉，也細細地切成碎臊子，用荷葉包好。整整切了一個上午，眼看太陽都已爬到了中天。鄭屠挪動了一下癡駭（ㄞˊ ái）的身軀，說：

「來人呀！替提轄拿了，送到府裡去！」

「且慢！再要十斤寸金軟骨，也要細細地剁成臊子，不要見些肉在上面。」魯達說。

「卻不是特來消遣我吧！」鄭屠笑了起來。

魯達一聽，跳起身來，順手拿起兩包碎臊子，圓睜著眼，瞪著鄭屠說：

「怎麼！洒家特地就是來消遣你。」

話剛說完，兩包臊子肉已劈面打將下去，卻似下了一陣「肉雨」。黏了鄭屠眼睛、鼻孔、嘴巴裡都是碎肉。鄭屠一時大怒，兩條忿氣從腳底下直衝到頂門，心頭上那一把無名業火燄騰騰的按捺不住，從肉案上搶起一把剔骨尖刀，托地跳將下來。魯提轄早已拔步在當街上等著，模樣虎虎生威。眾鄰舍以及十來個夥計，沒一人敢上前來勸，兩邊過路的人也都立住了腳。鄭屠右手拿刀，左手便要來揪魯達。魯達不退反進，就勢按住左手，趕將上去，鄭屠右手的刀還來不及舉起，已感覺到小腹上一陣疼痛，被魯達飛起一腳，踢倒在大街上。魯達再搶入一步，踏在鄭屠胸脯上，舉起那醋鉢兒大小拳頭，像

雨點般落在鄭屠的臉上、身上。嘴上卻嚷著：

「洒家始投老种經略相公，做到關西五路廉訪使，才不枉叫做『鎮關西』！你是個賣肉操刀的屠戶，狗一般的人，也配叫『鎮關西』！你是如何強騙了金翠蓮的？」

只一拳，正打在鼻子上，打得鮮血迸流，鼻子已歪在半邊，卻似開了油醬鋪，鹹的、酸的、辣的，一發都滾出來。鄭屠掙不起來，那把尖刀也丟在一邊。口裡只叫著：「打得好！打得好！……」

「直娘賊！還敢應口！」魯達提起拳頭來往鄭屠眼眶際眉梢間只一拳，打得眼稜縫裂，烏珠迸出，也似開了個彩帛鋪，紅的、黑的、絳的，都綻將出來。兩邊看的人，有些膽小的，都偷偷地跑了。鄭屠擋不住，只得討饒。

「咄！你是個破落戶！若只和俺硬到底，洒家就饒了你！你如今對俺討饒，俺偏偏不饒。」魯達又是一拳，正打在太陽穴上，卻似做了一個全堂水陸的道場，磬兒、鈸兒、鐃兒，一齊響。魯達看時，只見鄭屠挺在地上，口裡只有出的氣，沒了入的氣，動彈不得，面色也漸漸地變了。魯達尋思道：「不好！俺只想教訓這廝一頓，沒想到三拳就把他打死了，洒家須喫了官司，又沒人送飯，不如及早溜了。」拔腿便走，還時時回頭指著鄭屠的屍體罵道：

「媽的！你詐死，洒家和你慢慢理會！」

魯達自從打死鄭屠後，慌忙中離開渭州，東奔西逃，正不知投到哪裡去才好？一連地走了半個多月，卻來到了山西的雁門縣。入得城來，見這市井十分鬧熱，人煙輳集，車馬軿（ㄆㄧㄥ píng）馳，一百二十行經商買賣的行貨都有，十分齊備，雖然是個縣治，勝如州府。

魯達正行走間，看見一簇人圍住了十字街頭看榜。魯達也鑽進人叢裡，但他並不識字，踮著腳，伸長脖子在湊熱鬧，只覺得榜上畫著人像，跟自己倒有幾分相似。這時只聽背後有個人大聲叫道：「張大哥！你如何在這裡？」把魯達攔腰抱住，扯離了十字路口，魯達正要發作，一看卻是渭州城酒店上救了的金老。那老兒把魯達拖到了僻靜處，才低聲說：

「恩人，你好大膽！那榜文寫著出一千貫賞錢捉你，還寫著你的年甲、相貌、籍貫。若不是老漢遇見時，卻不被做公的拿了？」

「怪不得我覺得那榜文上的人像，好像在哪裡見過。」魯達用手摸了一下後腦，若有所悟地說：「咦！你緣何不回東京去，也來到這裡？」

「恩人在上。自從恩人救了老漢，尋得了一輛車子，本想回東京去；又怕鄭屠這廝追來，亦無恩人在彼搭救，因此不上東京，隨路往北來。路上碰巧撞見一位京師老鄰居來此

地做買賣，就帶老漢父女兩口兒到這裡。還虧了他替老漢女兒做媒，結交了此間一位大財主趙員外做小妾，如今豐衣足食，皆出於恩人。我女兒常常對他孤老④提起提轄的大恩。那個趙員外也是個愛使鎗玩棒的人，聽老漢時常提起恩人武藝，也時常盼著能跟恩人見面。且請恩人到家住幾日，卻再商議。」金老把離開渭州後的經過都詳細地說了。此時魯達心中已經沒了主意。心想⋯「也好，且去了再作打算。」就跟著金老，走了約莫半里路，來到一家門前，只見金老揭起簾子叫道⋯

「我兒！快出來見過恩人。」

金翠蓮濃妝豔飾，從裡面出來。一看是魯達，連忙跪下來拜了六拜。說⋯

「若非恩人垂救，怎能夠有今日。」拜罷請魯達上樓去坐了。自己又忙著到樓下廚房裡去準備酒菜。

「不要忙了，酒家坐坐便走。」魯達有些忸怩。

「恩人既到這裡，如何肯放你走！」金老語氣堅定。

不到一盞茶工夫，翠蓮帶著一個丫鬟用方案承著幾道酒菜端上樓來。擺了一桌的鮮魚、嫩雞、釀鵝、肥鮓，還有兩碟水果，一壺燙酒。三人剛剛分賓主位坐定，只聽得樓下人聲噪雜，魯達開窗看時，只見樓下圍了二三十人，各執白木棍棒，口裡都叫著⋯「拿他

下來！」人叢裡一個官人騎在馬上，口裡大喝道：「休叫走了這賊！」魯達心想：「糟！敢是官府來捉我的。」順手拿起板凳，正準備從樓上打殺出去。

「都不要動手。」金老連忙制止。搶下樓去，直到那騎馬官人的身邊說了幾句話。那官人卻笑了起來，便喝散了那二三十人。那官人急忙下了馬，跟在金老身後，直奔上樓來，見了魯達，撲翻身便拜道：

「聞名不如見面，見面勝似聞名。義士提轄，請受小人參拜。」

魯達被這官人一拜，不覺呆在當地，忙著對金老說：

「這官人是誰？素不相識，為何一見酒家就拜？」

「他便是我女兒的官人趙員外。」金老慌忙解釋。

「義士，適才全是一場誤會。有人誤報以為金老引了什麼郎君子弟在樓上喫酒，因此引了莊客來廝打，金老既已說知，方才已把人喝散了，多有失禮之處。」趙員外也忙著道歉。

「原來如此，怪員外不得。」魯達不覺笑了。

趙員外再請魯達上坐首位。金老重整杯盤，再備酒食相待。談了些鎗法棍棒之事，十分投機。酒過三巡，趙員外說：

「此處恐不穩便，想請提轄到敝莊住幾時。」

「貴莊在何處？」魯達問。

「離此間十多里路，地名七寶村便是。」趙員外答。

「最好。」魯達答得乾脆。

於是魯達相辭了金老父女二人，和趙員外相偕，騎著馬，投七寶村去了。

魯達在趙員外莊上不覺已住了五七日。忽一日，兩人正在書院裡閒聊，只見金老急急忙忙奔來莊上，逕到書院見了趙員外和提轄。看看四處也沒下人，便對魯達說：

「恩人，只因前日在老漢處一場誤會，鬧了街坊，人都疑心，傳了開去。昨日已有三四個公差來鄰舍街坊打聽得緊，只怕要來村裡緝捕恩人。倘若有些疏失，如之奈何？」

「既然如此，洒家自去便是。」魯達馬上站了起來，意欲要走。此時趙員外忐忑不安，反覺為難，卻說：

「提轄！若是留你在此，誠恐有些山高水低，教提轄怨悵；若不留提轄時，許多面皮都不好看。趙某卻有個道理，包教提轄萬無一失，足可安身避難，只怕提轄不肯。」

「洒家是個該死的人，但得一處安身便了，做什麼不肯！」魯達說話時，顯得有些英雄氣短。

「若是如此，最好。離此間三十餘里，有座五臺山，山上有個文殊院，原是文殊菩薩道場。寺裡有五七百個僧人，為頭的智真長老，是我兄弟。我祖上曾捨錢在這裡，是本寺的施主檀越。我曾許願剃度一僧在寺裡，已買下一道五花度牒⑤在此，只不曾有個心腹之人了這條心願。如是提轄肯時，一應費用都由趙某備辦。」趙員外看魯達面有難色，再補了一句：「提轄！委實肯落髮做和尚嗎？」此時魯達只低著頭尋思：「如今我便算離去，又能投奔何處？罷！罷！罷！沒想到我魯達只有這一條路可走。」歎了一口氣，說：

「既蒙員外做主，洒家情願做和尚了。」

當時話已說完。連夜吩咐收拾了衣服、盤纏、緞疋禮物。次日一大清早，叫莊客挑了，魯達騎著馬，垂著頭，跟在趙員外的馬後，一語不發，默默朝著雲深不知處的五臺山而去。

五臺山文殊院裡傳開了一陣陣鳴鐘擊鼓聲，節奏低沉宏亮，餘音在寂靜的山野中迴盪。

法堂內眾僧雲集，約有五六百人，盡披袈裟，整整齊齊，魚貫般步入法座下合掌作禮，分作兩班。氣氛莊嚴肅穆。趙員外取出了銀錠、衣料、信香，向法座前禮拜畢，表白宣疏已罷。行童引魯達到了法座下，盤腿而坐，除下了巾幘，把頭髮分成九路綰了，淨髮人先把周遭都剃了，正要剃髭鬚時，魯達卻一臉惋惜的表情說：

「留下這些兒還灑家也好。」

眾僧一時忍俊不禁都笑出聲來。真長老在法座上高喝一聲：「大家聽偈！」隨即朗聲念道：

「寸草不留，六根清淨；
與汝剃除，免得爭競。」

長老念罷偈言，喝一聲：「咄！盡皆剃去。」淨髮人只一刀，都已剃得乾淨。此時首座呈上度牒，請長老賜法名。長老拿著空頭度牒又唱偈說：

「靈光一點，價值千金；
佛法廣大，賜名智深。」

長老賜名已罷，把度牒傳將下來。書記僧把它都填寫了，就交給魯智深收受。長老又賜法衣、袈裟，教智深穿了。監寺引上法座前，長老又給他摩頂授記。說：

「一要皈依佛性，二要皈奉正法，三要皈敬師父⋯此是『三皈』。『五戒』者⋯一不要殺生，二不要偷盜，三不要邪淫，四不要貪酒，五不要妄語。」

智深不曉得在戒壇答應用「能」、「否」二字，卻說：「灑家記得。」引得眾僧又都笑了。

智深受記已罷，趙員外請眾僧到雲堂裡坐下，焚香設齋供獻，向大小職事僧人，各上了賀禮。都寺也引智深參拜了眾師兄，又引去僧堂背後叢林裡選了佛場坐著。趙員外看大體已安頓妥善，就對長老合掌告辭。說：

「長老在上，眾師父在此：凡事慈悲！小弟智深是個愚魯直人，早晚禮數不到，言語冒瀆，誤犯清規，萬望覷趙某薄面，恕免恕免！」

「員外放心！老僧自會慢慢地教他念經誦咒，辨道參禪。」長老答。

「日後自得報答。」趙員外說罷，自人叢裡把魯智深叫到了松樹下，低聲吩咐道：

「賢弟，從今日起不比尋常。凡事自宜省戒，切不可托大。倘有不然，難以相見。保重保重！」

魯智深只是點頭不語。目送著趙員外上了轎，引了莊客，下山走了。

長老送走趙員外，也就引了眾僧回寺。而魯智深回到叢林選佛場中禪床上，倒頭便睡。

上下肩的兩個師兄，要推魯智深起來。說：

「使不得，既要出家，如何能不學坐禪！」

「洒家自睡，干你甚事？」魯智深翻了個身依然睡。

「善哉！」兩個師兄只得合掌宣了聲佛號。

「團魚酒家也喫，什麼『鱔』哉？」

「卻是苦也！」

「團魚大腹，又肥又甜，那得苦也？」

上下肩的兩個師兄，都不再理睬他，只得由他睡了。次日要去對長老訴說智深的無禮。首座勸說：

「長老說他後來證果非凡，我等都不及他。既是長老護短，你們說了也是沒奈何，休跟他一般見識。」

兩個師兄只得忍了。沒料到魯智深見沒人說他，每到晚上都攤開雙臂，像個十字般的大睡；晚上又是鼾聲如雷，吵得其他僧人無法坐禪。每逢起來小便時，更是大吵大鬧，在佛殿後面撒得遍地是屎和尿。侍者忍無可忍，就去告訴長老。說：

「智深一點也不懂規矩，絲毫不像出家人。寺院裡怎能容納這種人呢？」

「胡說！智深與我佛有緣，他日必得證果，你等都不及他。」長老依然是護著智深。

從此以後也就沒有人再敢說話了。

魯智深在五臺山寺院中不覺已經待了七八個月，又到了初冬天氣，難得是個清朗好天，智深靜極思動，穿了皂布直裰（ㄉㄨㄛˊ duó），繫了鴉青縧，穿了僧鞋，大踏步走出山門

來，信步到半山腰的亭子裡，坐在石凳上尋思道：「俺往常每日好酒好肉不離口，如今做了和尚，餓得肚子都快乾癟了，此時若能拿酒來沾沾嘴唇也是痛快。」他正想得出神，突然聽見山下傳來歌聲。唱的是：

「九里山前作戰場，牧童拾得舊刀鎗。

順風吹動烏江水，好似虞姬別霸王。」

魯智深定眼一看，只見遠處有一個漢子，挑了一副擔桶，手上拿著一個鏇子，搖搖擺擺地往山上走來，不一會兒這漢子也進了亭子。魯智深用手一指桶蓋說：

「你那桶裡是什麼東西？」

「好酒。」那漢子答。

魯智深聽說是「好酒」，嘴裡都快要爬出酒蟲來。問道：

「你的酒一桶賣多少錢？」

說罷就要伸手去揭桶蓋。那漢子手快，一把攔住。說：「和尚，你是跟我開玩笑！」

「誰跟你開玩笑！」智深答得正經。

「我這酒是賣給寺院裡的雜工們喫的。而且本寺長老曾有法旨：如果把酒賣給和尚喫了，就要懲罰。不但要追了本錢，還要趕出屋去。我們住的是本寺的房子，拿的本錢也是

本寺借的，我怎敢把酒賣給你喫」漢子說。

「你是真的不賣！」智深兩眼圓睜。

「殺了我也不賣！」那漢子嘴上答得硬，可是挑的擔子腳下像抹了油，一溜便走。而智深的動作更快，一個箭步已縱到漢子身邊，雙手拿住扁擔，只一腳，踢得那大漢掩著小腹，半天站不起來。智深把兩個酒桶提到亭子上，開了桶蓋，只顧舀冷酒喫。不多時，把一桶酒喫光了，才吩咐漢子說：

「明日到寺裡拿酒錢，我加倍給你。」

那漢子方才疼止了，又怕寺裡長老知道，壞了衣飯，只得忍氣吞聲，哪裡還敢要錢。

把酒分做兩半半桶挑了，飛也似地下山去了。

魯智深在亭子上坐了半天，酒已湧了上來，就把皂直裰脫了，把兩隻袖子纏在腰上，露著脊背，往山門上，踉踉蹌蹌地走去。兩個看門和尚遠遠看見，拿了竹棍，來到山門下，攔住智深，喝道：

「你是佛家弟子，如何喫得爛醉。你可知道和尚破戒喫酒，要打四十竹棍，趕出寺去；如果我讓你進到寺裡，也要喫十棍。你快滾下山去，免得挨打。」

魯智深酒後露了舊性，睜起雙眼，大罵道：

「直娘賊！你們要打洒家，俺便和你廝打。」

和尚一看形勢不妙，一個飛也似地入報監寺，智深以為真打，用左手一隔，右手搠開五指，往那和尚臉上只一掌，把他打到了山門下。

「洒家饒你這廝！」智深也不追。

這時監寺已聚集了火工、轎夫等三二十人，各拿著白木棍棒蜂湧而出，正好迎著魯智深。魯智深大吼一聲，好像響起一聲雷，嚇得眾人趕快躲進殿裡去，急急把門關上，智深一躍上階，只一拳一腳，門就開了，奪了一條木棒打得二三十人皮破血流，無處可逃。

突然智深背後，響起一響巨喝：「智深！不得無禮。」智深雖然酒醉，卻聽得是長老的聲音。立刻智深撇了竹棍，跪在地上。說：

「智深只是喫了兩碗酒，又不曾撩撥他們，他們竟引人來打洒家。」智深指著廊下一群跌得七零八落的人說。

「你看我面，快去睡了！」長老叫侍者扶智深到禪床上，倒下就呼呼大睡。

魯智深自從喫酒鬧事，被長老訓斥一頓以後，一連有三四個月不敢出寺門去。如今已是二月時令，天氣暴煖，智深離了僧房，信步踱出山門外，站著欣賞五臺山的勝景，見近處林木蒼翠，遠方群巒起伏，不禁喝起采來。突然聽到一陣叮叮叮噹噹的響聲順風吹上

山來，智深一時好奇，循著響聲，走到了「五臺福地」⑥的牌樓來看時，原來竟是一個市井，約有五七百戶人家。走近一看，有賣肉的、賣菜的，也有酒店、麵店。智深心想：

「早知有此所在，也不奪那桶酒喫了，自己來買不是更好！」再走兩步，看到一家打鐵店，原來叮叮噹噹的聲音就是從這裡傳來。店裡正有三個人在打鐵，熊熊燃燒的火爐中，插著幾根烏黑發亮的生鐵。智深看了喜歡。就問：

「這裡可有好鋼鐵？」

那打鐵的抬頭看見眼前是一個身軀魁梧，滿臉落腮短鬚的和尚，心裡已有幾分害怕。亂掃。

「師父請坐！要打什麼鐵器？」

「洒家要打條禪杖，一口戒刀。不知是否有上等好鐵？」智深一雙眼睛在屋子的四處亂掃。

「小人這裡正有好鐵。不知師父要打多重的禪杖和戒刀。」打鐵的漢子問。

「洒家要一條一百斤重的。」智深把手比了一比。

「哈！重了，師父。這種禪杖打成了，也恐怕不好使用呀！便是關刀，也只有八十一斤。」漢子不覺笑了起來。

「關王也是個人啊！俺難道比不上他？」智深有些焦躁。

「常人打一條四五十斤的，已十分重了。」漢子解釋。

「那就打條和關刀一樣的吧！」智深說。

「師父！肥了，不好看，又不中使。依小人看打一條六十二斤的水磨禪杖與師父。」

二人終於商量定了，智深付了五兩銀子，言明必須用好鐵打造，三天後取貨。也就離開了鐵店，走不到二三十步，看見一塊「酒」字招牌插在房簷上，智深掀起簾子，找了個桌子坐下，叫拿酒來。可是此地鋪戶的房子，也都是文殊院的產業，必須遵守長老法旨，不能將酒賣給寺裡的和尚。魯智深無可奈何，一連走了幾家，說了許多好話，一滴酒也沒沾著。不覺心裡益發地慌。心想：「再不想個辦法，如何能夠有酒喫……」一幅酒旗兒在迎風招展，智深走近一看，是家傍村的小酒店。智深走進屋裡，靠窗坐下，便叫道：

「主人家！過往僧人買碗酒喫。」

「和尚！你打哪裡來？」店家問。

「俺是行腳僧，遊方到此經過。」智深答。

「和尚！若是五臺山的師父，我卻不敢賣與你喫。」店家又補充了一句。

050

「洒家不是，你快拿酒來。」智深有些不耐。

店家看魯智深的相貌，從沒見過。說話聲音也不像本地人。也就相信了。就說：

「你要打多少酒？」

「休問多少，只顧大碗的篩來。」魯智深已有些等不及了，一口氣喫了十幾碗。又說：

「有什麼肉？來一盤下酒。」

「早些時還有牛肉，現在都賣光了。」店家說。

這時忽然飄來一陣肉香。魯智深走到空地上看時，只見牆角砂鍋裡煮著一隻狗。就回頭對店家說：

「俺看鍋裡正煮著狗肉，為什麼不賣些給洒家喫？」

「師父！我怕你是出家人，不喫狗肉，因此不來問你。」店家答。

「你且賣半隻與俺。」智深從懷裡摸出了一把碎銀遞給店家。那店家看了白花花的銀子，連忙去取了半隻熟狗肉，搗些蒜泥，拿來放在智深面前。智深大喜，用手扯了狗肉，蘸著蒜泥喫；一連又喫了十幾碗酒，喫得嘴滑，只顧討，那裡肯停住。店家看得都呆了，叫道：

「師父！停停吧！」

「洒家又不白喫你的！再拿酒來。」智深瞪起雙眼。

店家只得又舀了一桶酒來。不多時，酒又喝光了。智深打了個酒嗝，摸摸嘴，把剩下的一隻狗腿揣在懷裡，臨出門時掏了把銀子交給店家。說：

「多的銀子，明日再來喫。」

魯智深走到半山的亭子上，坐了一回，酒卻湧了上來。他跳起身來說：

「俺有好久沒使過拳腳了，覺得身體都困倦了，洒家來使幾路看看。」說著就走下亭子，捲起袖子，上下左右使了一回，不覺力氣越來越大，一拳打在亭子的柱上，只聽得

「刮喇喇」一聲巨響，把柱子打斷了，坍下半邊亭子。

寺門外看守的和尚，突然聽到半山腰一聲巨響，就探頭往山下看，只見魯智深一步一顛地走上來。兩個和尚叫道：

「苦也！這畜生這回又醉得厲害！」

慌忙躲進屋裡，把山門關上，用門拴住，在門縫裡張望。魯智深走到門前，一看山門關了，氣得用拳頭像擂鼓似的敲著。兩個守門和尚嚇得連門也不敢挨近。魯智深又敲了一回，扭過頭來，正看到一尊金剛，卻嚇了一跳，就大聲喝道：

「你這個傢伙，不替俺敲門，卻拿著拳頭嚇嚇洒家！俺可不怕你。」

說著就跳上臺基，把柵欄只一扳就斷了；拿起一根木頭，往金剛的腿上便打，簌簌地，泥土和顏色都脫了下來。守門和尚看了，急忙跑去稟知長老。

魯智深又轉過身來，看見右邊的一尊金剛，又大喝一聲跳上臺基。罵道：

「你這廝也敢張著大嘴笑俺！」

又是一陣亂打。只聽得「嘩啦啦！」一陣震天響聲，那尊金剛已從臺基上倒了下來。

魯智深看了拍著手哈哈大笑。看門的和尚又是連忙去報告長老。

「你們不要去惹他！自古『天子尚且避醉漢』，若是打壞了金剛，請他的施主趙員外來塑新的。；倒了亭子，也要他修蓋。」長老還是護著智深。

「金剛是山門之主，怎麼可以塑新的呢？」其他的和尚，已有些按捺不住。

「不要說打壞了金剛，就是打壞了殿上的三世佛，也沒奈何，只好避著他。」長老這番話一出口，其他的和尚也都只好沉默了。

魯智深看寺門依舊不開，就破口大罵道：

「他媽的禿驢們！再不放俺入來時，洒家放把火燒了這破寺！」

眾僧聽了，連聲叫苦，心想…「如果不開時，這畜生真的會做出來。」只得把門打開

了。這時正恰智深使勁在推山門，門開時，勁道用空，一個觔斗跌進門裡，爬將起來，把頭摸一摸，就直奔進僧堂裡去。揭開簾子，看見眾師兄弟們各個低著頭在打坐。智深剛到禪床邊，喉嚨裡咯咯地響，吐了遍地。

「善哉！」眾僧受不了那臭氣，都掩住了口鼻。對智深只是不理不睬。

智深吐了一回，爬上禪床，解下縧，把直裰、帶子都咇咇剝剝扯斷了，一隻狗腿就從懷裡脫了下來。

「好！好！正肚飢哩！」智深撿起狗腿便喫。

眾僧看見，把袖子遮了臉。智深旁邊的兩個和尚更是躲得遠遠地。智深看他們躲開，便故意扯下一塊狗肉往上首的和尚的嘴裡塞，那和尚把兩隻袖子死掩著臉。下首的和尚看了，心想「躲過一厄」，嘴上不覺說了聲：「善哉！」口還沒閉上，突覺嘴上已被塞進一物，他連忙往外吐，卻被魯智深把耳朵一把揪住，硬將狗肉塞下肚去。對床的四五個和尚看了，都跳過來勸。

「好啊！你們也都想喫呀！」智深說著，提起狗腿就往那光禿禿的腦袋上敲。頓時滿堂僧人都大喊起來，取了衣鉢，四處亂竄。

「智深不得無禮！」長老一聲大喝。

經此一鬧，智深酒已醒了七八分，一看是長老來了，撇了狗腿，連忙跪下。說：「長老與洒家做主！」

「智深！你連番累殺老僧！前番醉了，老僧看趙施主顏面饒了你。此番又醉了，不但亂了清規，還打坍了亭子，打壞了金剛，又攪得眾僧捲堂而走，這個罪業非小！我這五臺山文殊院，千百年清淨香火所在，如何容得你這等穢汗！」長老訓斥完，轉頭便走。眾僧人也都散了。一個偌大的佛堂，頓時顯得異常寂靜，在微明的燭火照映下，智深低著頭，孤獨一人跪在佛堂的供桌前，正在沉思。

翌日，廟院中傳出了清脆平和的鐘聲。佛堂前，長老臉上綻露出仁慈的微笑，把一封書信交給智深，用叮嚀的語氣說：

「智深！修行的歷程本極艱難，所謂：『苦海無邊，回頭是岸』。你此間絕不可住了。我有一個師弟，現在東京大相國寺主持，喚做智清禪師。我與你這封書去投他處討個職事僧做。我昨夜看了你命數，贈汝四句偈子，你可終身受用。」

「洒家敬聽偈子！」智深跪在地上，面色肅穆。

長老徐徐說出了四句偈子：

「遇林而起，遇山而富，遇水而興，遇江而止。」魯智深聽罷偈子，拜了長老九拜，

背了包裹、腰包、肚包，藏了書信，辭了長老與眾僧人，離開五臺山，到得山下，智深回頭望時，只見文殊院的寶殿背面，正升起一輪旭日，萬道霞光四射，心中不覺悵然。

魯智深背著包裹，跨了戒刀，提著禪杖，一路上往東京而去。不覺已經行了半個多月，在路上從來不投寺院去歇，只在客店內打火安身，白日間則在酒肆裡買喫。一日，正行之間，貪看了山明水秀的景色，不覺天色已晚，趕不上宿頭；路中又沒人作伴，不知往哪裡投宿？又趕了二三十里路，過了一條板橋，遠遠地望見一簇紅霞，樹木叢中閃著一所莊院，莊後重重疊疊都是亂山。智深心想。「今晚只得投莊上去歇了。」於是放快腳步，走到莊前，看到數十個莊家，在急急忙忙地搬東搬西。魯智深倚了禪杖，正要詢問。

「和尚！日晚來我莊上做甚的？」一個莊客已先發問。

「酒家趕不上宿頭，欲借貴莊投宿一宵，明早就走。」智深答。

「我莊上今宵有事，歇不得。」莊客說。

「胡亂借洒家歇一夜，明日早早就走。」智深說。

「和尚快走，休在這裡討死！」莊客已是不耐。

「怪哉！歇一夜有什麼不可，怎地便是討死？」智深偏偏不走。

「快走！快走！如果再不走，就把你捉來縛在這裡！」莊客的語氣已顯得有些暴躁。

「呸！你們好沒道理，俺又不曾說甚的，便要綁縛洒家！」智深已然大怒。

「綁了！綁！」莊客中有的喊著，也有的勸著，鬧鬨鬨噪雜起來。智深本要發作，卻又耳邊響起長老臨行時的叮嚀，一再強忍下怒火。猛聽得有人說：

「你們鬧什麼！」魯智深睜開眼睛往發話的人看去，原來是一個年近六旬的老者，拿著一根扶老杖，正走過來。

「這和尚賴著不肯走，分明是找麻煩的。」莊客們說。

「洒家是五臺山來的僧人，要上東京去幹事。只因今晚趕不上宿頭，借貴莊投宿一宵，哪裡是賴著不走！莊家那廝無禮，即要綁縛洒家。」魯智深說罷，對老者一禮。

「既是五臺山來的師父，請隨我進來。」智深跟那老者直走到了正堂上，分賓主坐下。

「師父休要見怪，莊家們不知道師父是從活佛處來的，故有得罪。老漢從來敬信佛天三寶⑦。雖是我莊上今夜有事，權且留師父歇一宵了去。」老漢說話時眉宇總是不展，似是心事重重。智深也沒注意，將禪杖倚了，起身謝道：

「感承施主。洒家不敢動問貴莊高姓？」

「老漢姓劉。此間喚做桃花村。鄉人都叫老漢做桃花莊劉太公。敢問師父法名，喚做

什麼諱字？」老者說。

「俺的師父是智真長老，與俺取了個諱字，因洒家姓魯，喚作魯智深。」智深答得恭敬。

「師父想必尚未用餐，不知肯喫葷腥也不？」老者問。

「洒家不忌葷酒，什麼都喫。」智深覺得肚子確已餓得厲害，所以答地爽快。於是太公吩咐莊客端上酒肉來款待他。魯智深也不客氣，狼吞虎嚥地把酒肉喫得一點也不剩。而劉太公卻對坐著陪他，也不言語。看智深喫完了，才說：

「今晚請師父在外面耳房中暫歇一宵。夜間如果外面熱鬧，不可出來窺望。」

「敢問貴莊今夜有甚事？」話聲一出，智深自覺唐突。

「唉！非是你出家人管的閒事。」太公歎了口氣，只是搖頭。這時智深才發現太公似有心事。就說：

「太公，緣何不甚喜歡？莫不是怪洒家來攪擾你嗎？明日洒家算還你房錢便了。」

「師父誤會了。我家時常齋僧布施，哪裡會計較這些。只是我家今夜小女招夫，以此煩惱。」太公說罷眉鎖得更緊。智深反覺不解。哈哈大笑道：

「男大當婚，女大必嫁，這是人倫大事，五常之禮，何故如此煩惱？」

「師父不知，這門婚事不是情願的。」太公說。

「太公，你真是個癡漢！既然不情願，又如何招贅做個女婿？」智深又是哈哈大笑，似乎不太相信太公的話。此時太公心想：「如果再不說出實情，還真被誤為癡漢了。」只得說道：

「老漢只有這個女兒，今年十九歲。不料近日桃花山上來了兩個大王，聚集了五七百人，打家劫舍。青州官兵也禁他們不得；一日來老漢莊上借糧，見了老漢女兒，撇下二十兩金子，一疋紅錦為定禮，選定今晚來入贅老漢莊上。我反抗不得，只能答應，因此煩惱，師父不可誤會。」

「原來如此！」智深恍然大悟。笑著說：「洒家有個道理教他回心轉意，不要娶你女兒，如何？」

「他是個殺人不眨眼的魔君，你如何能夠使他回心轉意？」太公有些疑惑地說。

「放心！洒家在五臺山智真長老處，學得『說因緣』，便是鐵石心腸，也能勸他回轉。今晚可教你女兒別處藏了。俺就在你女兒房內說因緣勸他回心轉意。」智深說得十分把握，不得不使太公相信，喜上眉梢。就說：

「好是甚好，只是不要捋虎鬚，自討苦喫！」

「放心！你只依著俺的話去做。」智深說。

「卻是好也！我家有福，遇到這位活佛下降。」太公聽得高興，叫莊客再備了酒菜，請魯智深大喫大喝一頓。智深又喫了一隻大肥鵝，二三十碗酒。看得太公和莊客都目瞪口呆。

魯智深喫喝完了，拿起禪杖、戒刀，隨著太公到了新房。叫太公自去外面安排酒席。他卻把房裡的桌椅等物，都移在一邊；將戒刀放在床頭，把禪杖倚在床邊；放下了銷金帳，吹熄了燈，脫得赤條條地，跳上床去坐了。

天色漸漸暗了，劉太公叫莊客點起了紅燭，在打麥場上放了一張桌子，上面擺著香花燈燭，備好了酒肉。到了初更時分，只聽得山邊傳來陣陣鑼鼓聲，因為劉太公懷著鬼胎，有些膽小的莊客已嚇得兩手心冒汗，都趕緊跑到莊外來看，只見遠遠地舉著四五十把火炬，照耀得如同白晝，一簇人馬往莊上飛奔而來。

劉太公忙叫莊客打開莊門，上前迎接。只見前前後後都是明晃晃的器械旗鎗，盡用紅綠絹帛縛著；小嘍囉的頭上也都亂插著野花，前面提著四五對紅紗燈籠，照著騎在馬上的大王；他頭上戴紅色的凹面巾，鬢旁插著一朵花，上穿一件金繡綠羅袍，腰上繫了一條紅搭膊，穿著一雙牛皮靴，騎著一匹高頭捲毛大白馬。那大王來到莊前，剛下馬。只見眾小嘍

囉齊聲賀道：

「帽兒光光，今夜做個新郎；

衣衫窄窄，今夜做個嬌客。」

劉太公慌忙親自捧了臺盞，斟下一杯好酒，跪在地上，眾莊客也跟著跪在後面。

「使不得，你是我的丈人，如何向我下跪？」那大王說著馬上用手去扶太公。

「休這麼說，老漢是大王治下管的人戶。」太公道。

「有理！有理！我這女婿絕不會虧待你。」大王恐怕已有了七八分醉意，呵呵大笑起

來。劉太公接了下馬杯，引大王來到了打麥場上，大王看見香花燈燭，又是飲了三杯。說

道：「泰山，何須如此迎接？」隨即下馬，叫小嘍囉把馬繫在綠楊樹上，此時鑼鼓之聲大

作，大王走上廳堂，不待坐下已然叫道：

「丈人！我的夫人在哪裡？」

「便是怕羞不敢出來。」太公答。

「且拿酒來，我要敬丈人。」大王舉起酒杯要敬太公。

「老漢且引大王去見了夫人，再回來喫酒不遲。」太公一心只想讓和尚勸他，也顧不

得儀節，拿了燭臺，引了大王，轉入屏風後，直到新房前站住。太公用手一指道：

「此間便是，請大王自入。」太公說罷，拿了燭臺，急忙地走了。

那大王推開房門，見裡面黑洞洞地。就說：「我那丈人真是個節儉的人，房裡燈也不點，由那夫人黑地裡坐著。明日叫小嘍囉去山寨裡扛桶好油來與他點。」

魯智深坐在帳子裡聽了，強忍住笑，一聲不響。那大王摸進房中，叫道：

「娘子！妳如何不出來接我？妳休害羞，明日就已是壓寨夫人。」

一頭叫著娘子，一面摸來摸去；一摸摸著了銷金帳，便揭起來；探著一隻手進去摸，一下摸著了魯智深的大肚皮，被魯智深就勢劈頭把巾帶角兒揪住，一按按下床來。那大王大喫一驚，叫道：

「娘子好大的氣力！」

卻待掙扎，魯智深右手揑緊拳頭，連耳根帶脖子只一拳，打得大王眼冒金星，嘴中卻叫著：

「做什麼打老公！」

「教你認得老娘！」魯智深大喝一聲，把大王拖倒在床邊，拳頭腳尖一齊上。打得大王大喊：「救命！」「救人！」。劉太公在屋外驚得呆了；以為這和尚正在說因緣勸大王，卻只聽見裡面喊「救人」。太公慌忙把著燈燭，引了小嘍囉，一齊搶進去。眾人在燈下一看：只見一

個胖大和尚，赤條條一絲不掛，騎在大王身上猛打。為頭的小嘍囉，大叫一聲，一齊晃著

鎗棒，蜂擁而上，去救大王。魯智深撇了大王，順手拿起禪杖，舞得密不通風，只聽幾聲

慘叫，已有多人倒在地上，其他人拔腿就跑。劉太公看了心中不停叫「苦」。

打鬧中大王乘機爬了起來，奔到門前，摸到空馬，樹上折枝柳條，托地跳上馬背，

把柳條猛打著馬屁股，馬兒只是嘶叫卻怎麼也不肯跑。大王心想：「苦也！這馬也來欺負

我！」再看馬前，原來心慌，不曾解開韁繩。連忙把它扯斷，雙腿一夾，飛奔出了莊門，

口中還罵道：

「老驢記住，不怕你飛了去！」

這一邊劉太公扯著魯智深，憂戚地說：

「師父！你苦了老漢一家了！」

「休怪無禮。且取了衣服和直裰來穿上再說。」魯智深說時，已有莊客把衣物拿來。

「我當初只指望你說因緣，勸他回心轉意；誰想你這一頓打，定是去山寨裡領了大批

人馬來殺我家！」太公急得直跺腳。

「太公休慌！俺原是延安府老种經略相公的提轄，只因殺了人，才出家做和尚。休說兩

個強盜，就是一兩千軍馬來了，洒家也不怕他。你們眾人不信時，且來提提禪杖看。」說

著把禪杖往地上一插。

莊客們哪裡提得動，不覺面面相覷。只見智深輕輕拔起，一似撚燈草一般舞動起來，莊客個個看得傻了。

「師父休要走了，快想個辦法救我們一家！」太公說。

「太公放心，俺死也不走。」智深說。「不過酒家一分酒力一分本事，十分酒力十分本事。」

「快快拿上等好酒來！」太公吩咐莊客備酒。

桃花山上的大頭領，正坐在寨裡為二頭領即將娶個壓寨夫人回來而高興。卻聽得寨門外一片噪雜。大頭領連忙走到寨門一看，只見二頭領的紅巾也沒了，身上綠袍扯得粉碎，下得馬，倒在廳前，喘了半天才舒了口氣說道：

「哥哥救我！」

「怎麼了？」大頭領問。

「兄弟下得山，到他莊上，入進新房裡去，沒想到老驢已把女兒藏了，卻教一個胖大和尚躲在他女兒床上。我卻不提防，才被打成這個樣子。哥哥替我復仇。」二頭領說。

「原來如此，你且去休息，我替你去拿了這賊禿！」說完就率了大批人馬，吶喊著下

山，再去桃花村為二頭領報仇。

這時魯智深正在莊上喝酒，忽聽莊客來報道：

「桃花山的大頭領已率著嘍囉殺來了！」

「你等休慌。洒家只要打了一個，你們就把他縛了，解去官衙領賞。快拿俺的戒刀來！」

魯智深把直裰脫了纏在腰上，提了禪杖，跨了戒刀，大踏步，出到了打麥場上，只見大頭領騎著馬站在火把叢中，看見智深，便挺著長鎗，高聲喝道：

「禿驢！還不過來受縛？」

「骯髒混蛋傢伙！叫你認得洒家厲害。」智深大怒，掄起禪杖，著地捲將過去。那大頭領連忙用鎗逼住，大叫道：

「和尚！休要動手，你的聲音好熟，可否通個姓名？」

「俺姓魯名達，原是老种經略帳前提轄，如今做了和尚，叫做智深。」

智深剛說完，那大頭領哈哈大笑，跳下馬來，撇了鎗，跪倒便拜。說道：

「哥哥別來無恙。」

智深怕他使詐，立刻後退了幾步，收住禪杖，借著火光，定眼看去，原來竟是舊相識，江湖上使鎗棒賣藥的李忠。劉太公一看魯智深與大頭領竟是同夥，嚇得臉色蒼白，站著動

彈不得。魯智深看了連忙說：

「太公別怕。這是我舊時兄弟。」

太公這才戰戰兢兢地走過來，打了招呼，把魯智深、李忠都請進屋裡。魯智深問李忠說：

「剛纔被俺打的漢子不知是誰？」

「哈哈！他是人稱『小霸王』的周通。」李忠說時不覺笑了起來。這一場鬧劇就此收場。

魯智深離開桃花村後，不覺已走過數個山坡，眼前展現著一片廣大的松林。智深沿著山路，走不到半里，抬頭一看，矗立著一所敗落的寺院，山風吹得鈴鐸發出單調的聲音。山門上有面剝蝕的牌額，隱約還可看見四個暗灰的金字，寫著「瓦官之寺」。魯智深又行不到四五十步，經過了一座石橋，走進寺裡，就往知客寮走去。只見大門也沒了，景象荒蕪。智深心想：「偌大的寺院，怎麼如此敗落？」不覺已到了方丈前，看見滿地的燕子糞，門上掛了一把銹蝕的鎖，上面密布著蜘蛛網。智深又走到香積廚一看，鍋也沒了，竈頭都塌了。再轉到廚房後面的一間小屋裡，卻看到幾個面黃肌瘦的老和尚，蜷曲地畏縮在牆角邊。魯智深先是一驚，隨即施禮道：

「俺是過往僧人，特來討頓飯喫。」

幾個和尚，面露驚懼之色，慌忙用手連連搖動，叫他不要高聲說話。其中一人，倚著牆角慢慢支撐起身體說：

「我們已三日不曾有飯落肚，哪裡有飯給你喫呢！」

「這寺院可是發生了什麼怪異之事？」智深覺得老和尚不像撒謊。老和尚回答：

「原來瓦官寺裡有眾多和尚，也有十方來的香火。只因後來，來了一個雲遊和尚引著一個道士，把寺院霸占了。他們橫行霸道，胡作非為，嚇走了香客。年輕的和尚都跑了，只留得我們幾個老弱的和尚走不動，才留在寺裡挨餓。」

「為何不去官府告他？」智深有些激動。

「唉！師父不知。這裡離衙門又遠，便是官軍也禁不得他。他這和尚、道士好生了得，都是殺人放火的強盜。和尚姓崔，法號道成，綽號『生鐵佛』。道士姓邱，排行小乙，綽號『飛天夜叉』⑧。師父還是快快的離去！等他們回來時，就有性命之憂！」老和尚歎著氣說。正在這時，突然由風中傳來了一陣香味。智深嗅著鼻子，尋到了後面，看見一個土竈，上面蓋著一個草蓋，熱騰騰的香氣就從這裡透出來，揭開蓋子一看，竟煮著一鍋粟米粥。智深大聲罵道：

「你們這些老和尚真沒道理！只說三天沒喫飯，如今卻煮了一鍋粥，出家人怎能說謊！」

幾個老和尚一看智深尋到了粥，心中暗暗叫苦，卻不約而同的分手把碗碟、鉢頭、杓子、水桶都搶在手裡。魯智深肚子餓得發慌，急中生智，一眼瞄見竈旁有個破漆盆，立刻用雙手捧起鍋子往漆盆中一倒。那幾個和尚一齊蜂擁而上，都來搶粥喫，卻被魯智深推倒在地。端起破盆纔喫了幾口。只聽得老和尚們說道：

「苦也！我等恐怕要在黃泉道上做餓鬼了！」說完，都抱頭哭了起來。

魯智深看到這種景象，哪裡還嚥得下，把破漆盆輕輕放下，幾個和尚一擁而上，搶成一團。正在這時，聽到外面傳來了沙啞的歌聲。魯智深連忙出來，躲在破牆角後，看見一個道士：頭戴皂巾，身穿布衫，腰繫雜色縧，腳穿麻鞋，挑著一副擔子，一邊裝著魚和肉，一邊擱著一瓶酒。口裡唱著：

我無妻時猶閒可，

你無男子我無妻。

你在東時我在西，

智深料想這必定是那個「飛天夜叉」邱小乙了。就提著禪杖，躡手躡腳地跟在後面，道士不知後面有人，只顧走入方丈後牆裡去。智深跟進一看，卻見在綠槐樹下放著一張桌子，桌上鋪著盤饌，三個酒盞、三雙筷子。當中坐著一個胖和尚，生得眉如漆刷，臉似墨裝，一身橫肉，胸脯下露出個黑茸茸的肚皮。旁邊坐著一個年輕婦人，那道士放下了擔子，也就一旁坐下，對那婦人毛手毛腳起來。

魯智深氣得兩眼圓睜，暴喝一聲：

「狗男女！光天化日之下，幹得好事！」

把禪杖點地一按，人已飛了出去，身形剛落地，腳下已覺一陣疾風捲來。只見和尚、道士兩人手上各拿著朴刀，舞得水洩不通，貼地翻滾。魯智深叫聲：「來得好！」腰身一挺，禪杖落實，人卻倒立了起來。只聽得一陣金鐵交鳴之聲，把和尚、道士握刀的虎口，振得發麻。魯智深禪杖再起再落，卻正好落在邱小乙的腦袋上，鮮血四迸，倒地死了。胖和尚一看不妙，拔腿就跑，剛跑到橋上，已被魯智深飛起一杖，翻落橋下。

翌日，魯智深把崔道成和邱小乙的屍體，抬到松林後挖個坑埋了。回到寺院裡四處尋

找了一回，在佛龕後面找到了大批崔道成和邱小乙搶奪來的金銀財物。智深教訓了婦女幾句，也不殺她，給了些銀子，放她自去。把其餘的錢財都交給幾個老和尚，要他們重新修蓋廟寺，重整山門。自己提了禪杖，背了包袱，往東京大相國寺而去。當智深踏著從松葉間透下的絲絲陽光時，心情覺得格外的輕鬆、舒暢，這是魯智深從來未曾有過的感覺。

【註釋】

① 提轄：軍官名。宋時在各州郡設置，負責統治軍旅，訓練、校閱，督捕盜賊，肅清治境。

② 角：盛酒的器具。古時用獸角做成，可以盛一定的分量的器具。

③ 臊子：碎肉。

④ 孤老：娼妓對長期固定的客人，非正式夫妻關係中婦人對男人的稱呼。

⑤ 度牒：宋朝時政府出賣空頭僧、道度牒。買了度牒通過了寺、觀，在度牒上填了名字，憑它做執照，繞算正式出家的僧、道。免地稅、免兵役。有錢有勢的人，可以買度牒送給別人，讓別人去做僧、道；他認為這是替他出家，是自己修行的好事。這個出家的僧、道，在寺觀中的一切費用，在某段時期內，由他負擔。

⑥福地：謂神仙居住的地方。

⑦佛天三寶：佛教中指佛、佛法經典、僧人為三寶。

⑧飛天夜叉：佛教的神話，夜叉是天神的名稱。有兩種，一種住在地上的叫「地夜叉」；一種能在空中飛的叫「天夜叉」。

第四章 逼上梁山

東京大相國寺的廟產，酸棗門外的菜園內，一個長著滿臉落腮短鬍的胖和尚，正舞動著一把渾鐵禪杖，頭尾長五尺，重六十二斤，呼呼風生，沒半點兒破綻。四周圍著二三十個破落戶的潑皮，大家一齊喝采。忽然牆外傳來一聲喝讚：「端的使得好！」胖和尚聽得，連忙收住了手，看時，只見牆缺角邊立著一個官人，頭戴一頂青紗抓角兒頭巾，腦後兩個白玉圈連珠鬢環，身穿一領單綠羅團花戰袍，腰繫一條雙獺尾龜背銀帶，腳穿一對磕爪頭朝樣皂靴，手中執一把摺疊紙西川扇子。生得豹頭環眼，燕頷虎鬚，八尺長短身材，三十四、五年紀。胖和尚抱拳施禮道：

「不知軍官是誰？何不請來相見？」

那官人，微微一笑，雙足點地，人已跳過牆來，也拱手作禮道：

「在下八十萬禁軍鎗棒教頭，人稱豹子頭林沖便是。不知師兄何處人氏？法諱喚做什麼？」

「洒家是關西魯達，只因誤殺了人，情願為僧。年幼時也曾來過東京，認得令尊林提轄。」

答話的胖和尚原來就是魯智深。

二人就在槐樹底下坐了，談得十分投機，就此結拜為兄弟。

「教頭今日，緣何到此？」魯智深問。

「恰纔與拙荊一同來隔壁嶽廟裡燒香還願。林沖聽得使棒聲，尋來看得入了迷。已叫使女錦兒自和拙荊去廟裡燒香，林沖就在此間相等，不料遇得師兄。」林沖說。

「洒家初到這裡，正沒相識，得這幾位大哥每日相伴；如今又蒙教頭不棄，結為兄弟，十分好了。」智深說完，便叫人再添酒來相待。恰纔飲得三杯，只見使女錦兒，慌慌張張，紅了臉，在牆缺角叫道：

「官人！休要坐了！娘子在廟中和人口角！」

「在哪裡？」林沖急忙站起。

「正在五嶽樓下來，撞見個詐奸的人把娘子攔住了，不肯放！」錦兒用手往五嶽樓一

指。

「師兄！暫時失陪，休怪！休怪！」林沖說了一句。人已跳過牆上缺角，和錦兒迤邐奔嶽廟裡來。搶到五嶽樓看時，看見好幾個人，拿著彈弓、吹筒、黏竿，都立在欄杆邊；扶梯上一個年少的後生獨自背立著，把林沖的娘子攔著。說：

「妳且上樓去，和妳說話。」

「清平世界，是甚道理，把良人調戲！」林沖的娘子紅著臉，異常激動地說。

林沖趕到跟前，把那後生肩胛一扳過來。喝道：

「調戲良人妻子，當得何罪！」恰待下拳打時，認得他是高太尉的螟蛉子高衙內。

——原來那高俅新發跡，不曾有親兒，因此把阿叔高三郎的兒子過繼為子，本是叔伯兄弟，卻與他做了乾兒子，因此高太尉十分愛惜他。——那廝在東京倚勢豪強，專做淫垢人家妻女的事。京師人懼怕他的權勢，誰敢與他爭吵？都叫他「花花太歲」。林沖一看，把手軟了下來。而高衙內卻不曉得她就是林沖的娘子，反而罵林沖說：

「林沖，干你甚事，你來多管！」

林沖一聽，氣得兩眼圓睜，就要發作。眾多閒漢，恐怕事情鬧大，一齊攏過來七嘴八舌地把林沖勸住，把高衙內哄出廟上馬走了。

林沖帶著妻子和使女剛轉出廡廊下，只見魯智深提著禪杖引著二三十個破落戶，大踏步搶進廟來。

「師兄，那裡去。」林沖一聲叫住。

「我來幫你廝打！」智深睜大著眼四處尋找。

「罷了！他是本管高太尉的衙內，不認得荊婦，一時無禮。自古道『不怕官，只怕管』，權且讓他這一次。」林沖怕智深鬧開事來，只得用話阻止他。

「你怕他，洒家可不怕他，俺若再撞見他時，少不得三百禪杖。」智深說話時顯得已是醉了。林沖眾潑皮把智深扶了回去，自己也領娘子和錦兒回家，心中只是鬱鬱不樂。

高衙內自從在廟裡見過林沖的妻子以後，就像著迷似的，每日念念不忘，鬱悒不樂。

過了兩三日，衙內有個幫閒的名叫富安，見衙內終日在書房中閒坐，心中早已猜著了他的心事。就走近衙內的身邊說：

「衙內近日面色清減，心中不樂，必然有件不悅的事。」

「你如何省得？」衙內略覺驚訝。

「小子一猜便著。」富安搖晃著腦袋，很有把握地說。

「你猜我心中是什麼事？」衙內面露喜色。

「衙內可是思想那『雙木』的，這猜得如何？」富安故作神秘地說。

「你猜得是，只是沒個辦法得到她？」衙內說完不覺面露笑容。

「有何難哉！衙內怕林沖是個好漢，不敢欺他；這個無傷。他現在帳下聽使喚，怎敢惡了太尉？小子自有妙計，使衙內能夠完成心願。」富安說。

「我也見過不少女子，不知怎的只愛她。能得她時，我自重重賞你。」衙內說出了心事。

富安聽得衙內說「必有重賞」，方才獻上一計說：

「門下的心腹陸虞候①陸謙，和林沖最好。明日衙內躲在虞候樓上深閣，擺下些酒食，叫陸謙假意去請林沖喫酒，到時卻把他直接請到『樊樓』②酒鋪去喫。小子便去對林沖娘子說：『妳丈夫和陸謙喫酒，一時重氣，悶倒在樓上，叫娘子快去看哩。』誘她來到樓上，婦人家水性，見了衙內這般風流人物，再著些甜話兒調和她，不由她不肯。小子這一計如何？」

「好計！好計！就今晚著人去喚陸謙來吩咐。」衙內不禁喜上眉梢，喝采起來。

當晚衙內就叫人去隔壁把陸謙請來，陸謙無可奈何，只得答應，為了討衙內歡心，卻也顧不得朋友交情了。

翌日，已時左右，林沖心中納悶，懶得上街。突然聽到門外有人叫道：

「教頭在家嗎？」

林沖出來看時，原來是陸虞候，慌忙應道：

「陸兄何來？」

「特來探望，兄長何以連日街上不見？」陸謙說。

「心裡悶，不曾出去。」林沖愁眉深鎖。

「我同兄長去喫三杯解解悶！」陸謙說時，已自拉著林沖衣襟往外走。此時林沖的娘子趕到布簾下說：

「大哥！少飲早歸！」

林沖與陸謙出得門來，街上閒逛了一回，就來到一家叫「樊樓」的酒鋪，叫了幾道酒菜，喫喝起來。陸謙故意和林沖說些閒話，拖延時間。林沖喝了八九杯酒，覺得肚子脹，就站起來逕自下樓去小解，一看茅廁上有人先占了，而內中又急得慌，就出了店門，投東小巷內尋個僻靜處去淨了手，回轉身，剛走出巷口，只見使女錦兒叫道：

「官人，尋得好苦，沒想到你在這裡！」

「什麼事？」林沖急著問。

「官人和陸虞候走了不到半個時辰，只見一個漢子慌慌忙忙奔來，對娘子說：『我是陸虞候鄰舍，你家教頭與虞候喫酒時，只見教頭一口氣不來，便撞倒了。叫娘子快去看視。』娘子心急，叫隔壁王婆看了家，和我跟著漢子去，直到太尉府前巷內一戶人家上至樓上，只見桌子上擺著酒菜，不見官人。恰待下樓，只見前日在嶽廟裡胡鬧的那個後生出來道：『娘子少坐，你丈夫來也。』」錦兒慌忙下得樓時，只聽得娘子在樓上叫『救人！』因此我到處尋找官人不見，正撞著賣藥的張先生道：『我在樊樓前，見過教頭和一個人進去喫酒。』因此我奔到這裡。官人快去！」錦兒一口氣把經過說了。

林沖一聽，大喫一驚，也不顧使女錦兒，三步做一步，跑到陸虞候家，搶到胡梯上，卻關著樓門。只聽得娘子叫道：「清平世界，如何把我良人妻子關在這裡！」又聽得高衙內道：「娘子，可憐見俺！便是鐵石人，也告得回轉！」林沖怒火中燒，在胡梯上，大叫道：

「大嫂開門！」

那婦人聽得是丈夫聲音，拚命衝過去開門，高衙內乘機開了窗，跳牆走了。林沖上得樓上，卻已不見了高衙內，連忙問娘子說：

「可曾被玷汙了？」

「不曾！」娘子答時，眼中不禁流下淚來。

林沖心中惱怒，把陸虞候家打得粉碎，把娘子與使女送回家中，拿了一把解腕尖刀，直奔到樊樓前去尋陸謙，也不見了，又回到陸謙家中守了一夜，也不見回來，林沖只好回家。如此過了十幾天，林沖把這件事已淡忘了。

一天，林沖從府裡回來，經過閱武坊巷口，見一條大漢，手裡拿著一口寶刀，立在街上，口裡自言自語地說：

「不遇識者，屈沉了我這口寶刀！」

林沖也不理會，只是低著頭走。那大漢又跟在背後說：

「好口寶刀，可惜不遇識者！」

林沖心裡雖有些疑惑，但仍是自顧走著路。這時又聽得大漢在背後說道：

「偌大一個東京，沒一個識得軍器的！」

林沖這才回過頭來，那大漢突然「颼」的一聲把那口刀掣將出來，明晃晃的奪人眼目。

「拿將來看！」林沖不覺脫口而出。

「好刀！你要賣幾錢？」林沖看罷大喫一驚道。

「索價三千貫，實價二千貫。」大漢說。

「價是值二千貫，只是沒個識主。你若一千貫肯時，我買你的。」林沖還了個價。

「唉！金子做生鐵賣了！罷，罷！」大漢歎口氣說。

「可跟我來家中取錢給你？」林沖說著，自引了大漢回家將銀子折算還他。順口問大漢道：

「你這口刀那裡得來？」

「小人祖上留下。只因家中敗落，沒奈何，拿出來賣。」大漢說。

當林沖再要詢問些問題時，這大漢無論如何也不肯說，只推說怕辱沒先人。林沖怕傷人自尊，也就不再問。等大漢走後，林沖還把著那刀口口細細欣賞，口中不絕讚道：

「端的把好刀！只聽得高太尉府中也有一口寶刀，不知比起我這口寶刀來如何？」

次日，已牌時分，來了兩個自稱是高太尉府中的家人，見了林沖就說：

「林教頭！太尉知道你買了一口好刀，叫你拿去和他府裡的比一比，看哪口好？」

林沖心想：「又是什麼多口的報知了！」心中甚是不願，但又怕得罪太尉，只得拿了寶刀，跟著二位走。路上林沖卻問二人道：

「我在府中不認得你們？」

「喔！小人是新近參隨。」二人答。

不知不覺間已經走到了高太尉府前，進了府，林沖立住了腳。只聽二人說：

「太尉在後堂內坐等。」

林沖又轉入屏風，來到後堂，又不見太尉，林沖又站住了腳，兩個又說：

「太尉就在裡面等你。」

林沖又跟著轉入了兩三重門，一看周遭全是綠欄杆；兩人又引林沖到了堂前，說道：

「教頭！你在此稍等，等我進去稟告太尉。」

說畢，兩人就轉進後堂。林沖拿著刀，立在簾前，等了約一盞茶時，仍不見人出來，心裡有些疑惑。探頭入簾看時，只見簾前額上有四個青字，寫著「白虎節堂」，林沖一看大驚，心想：「糟了！這白虎節堂是商議軍機大事處，如何敢無故擅入！」急待回身，只聽得急促的靴履聲、腳步聲，有一個人從外面進來。林沖一看，正是高太尉，趕忙執刀向前施禮。卻被高太尉大聲喝道：

「林沖！你私闖節堂，可知朝廷法度？而且手拿凶器，莫非是來行刺大臣？」

林沖正待躬前分辯，兩廂房裡已走出二十餘人把林沖綑綁起來。林沖嘴裡不斷喊冤，

可是太尉哪裡肯聽，被解送到了開封府細細拷問。雖然林沖把經過的詳情都說了，可是還是被加了刑具，推入牢裡監下。不到三天，林沖的罪已定讞，被斷了二十脊杖，刺了面頰，遠配滄州牢城。

開封府前，兩個防送公人——董超、薛霸，押著林沖緩緩地走著，林沖的項下鎖了一副七斤半重團頭鐵葉的護身枷，剛走不遠，只見眾鄰舍和林沖的丈人張教頭都過來接著，把林沖和兩個公人，都請到了州橋下酒店裡坐著。張教頭叫了酒席款待兩個公人，又齎發了不少銀兩。這才說：

「請二位官人一路上多照顧小婿！」

林沖聽到這話，激動地站了起來，執手對丈人說道：

「泰山在上：年災月厄，撞了高衙內，喫了一場屈官司。今日有句話，上稟泰山：自蒙泰山錯愛，將令嬡嫁事小人，已經三載，不曾有半些兒差池，雖不曾生半個兒女，也未曾面紅耳赤，半點相爭。今日小人遭這場橫禍，配去滄州，生死存亡未保。娘子在家，小人心去不穩，誠恐高衙內威逼這頭親事；況兼青春年少，休為林沖誤了前程。卻是林沖自行主張，非他人逼迫，小人今日就高鄰在此，明白立紙休書，任從改嫁，並無爭執。如此去得心穩，免得高衙內陷害。」

「賢婿，什麼言語！你是天年不濟，遭了橫禍。今日且去滄州躲災避難，早晚天可憐見，放你回來時，依舊夫妻完聚。老漢家中也頗有些積蓄過活，便帶到我女家去，三年五載，還養贍得她。平日也不叫她出入，高牆內便要見也不能夠。休要憂心，都在老漢身上。你在滄州牢城，我自頻頻寄書信和衣服給你。休要胡思亂想，只顧放心去吧！」張教頭以長者之語氣勸說林沖。

「感謝丈人厚意，只是林沖放心不下，枉自兩相耽誤。泰山可憐林沖，依允小人，便死也瞑目！」林沖說時兩眼已有些濕潤。

張教頭看林沖說得固執，只得表面上暫時答應，心想：「權且由你寫下，我只不把女兒嫁人便了。」就叫酒保尋個寫文書的人來，把一紙休書立了。林沖執筆在年月下剛押個花字，打過手模。只見得娘子，哭哭啼啼地跑進酒店，錦兒拿著一包衣服緊跟在後面。

林沖的娘子剛接過錦兒手中的包袱要交給林沖，卻一眼先看到了這狀休書，於是便大哭起來，嘴中才說了：「丈夫！我不曾有半些兒點汙，如何把我休⋯⋯」「休」字剛出口，人已暈倒。眾人趕忙施救，過了許久才悠悠然甦醒過來，張教頭請鄰舍幫忙，先把她攙扶了回去。對林沖說：

「只顧前去，早早回來相見。你的老小，我明日都去取來養在家裡，待你回來完聚。

「你但安心，不要掛念。」

林沖起身謝了，拜辭泰山並眾鄰舍，背了包裹，隨著公人走了。

董超和薛霸二人，把林沖帶到使臣房裡寄了監，正準備回家去各自收拾行李。忽見巷口酒店裡的酒保，走來說：

「董、薛二公！一位官人在小人店中請說話。」

「是誰？」董超問。

「小人不認得，只請二位去了便知。」酒保答。

董超、薛霸二人便和酒保逕到酒店內閣兒上看時，見坐著一人，頭戴頂萬字頭巾，身穿領皂紗背子，下面皂靴淨襪。見了二人，慌忙作揖道：

「二位請坐！」

「小人自來不識尊顏，不知呼喚有何使令？」董、薛異口同聲而問。

「請坐！少間便知。」這人說完話就從懷裡掏出了十兩金子，放在桌上，說道：

「我是高太尉府心腹陸謙。請二位先各收五兩，有些小事相煩。」

董、薛二人一聽是高太尉心腹陸謙，慌忙連聲答應。陸謙才徐徐說道：

「你們二人也知林沖和太尉是對頭。今奉太尉鈞旨：教將這十兩金子送給二位，吩咐

二位不必遠去，只就在前面僻靜處把林沖結果了，就彼處討紙回狀回來便了，若開封府但有話說，太尉自行吩咐，並不妨事。」

董、超二人既懾於太尉的威勢，又貪於十兩金子，也都昧著良心答應了。

翌日，天剛破曉，董、薛二人押著林沖，投滄州路上而來。時遇六月天氣，炎暑正熱。

林沖初喫棒時，倒也無事；經過這兩三日的走動，棒傷發作，痛苦難當，路上一步挨一步，已經走不動了。薛霸罵道：

「好不曉事！此去滄州二千里有餘的路，你這般走，幾時才能到？」

「小人前日方纔喫棒，如今傷發，實在是走不動了。」林沖只得低聲哀求。董超看了心中有些同情，就說：

「你自慢慢的走，休聽嘀咕！」

薛霸一路上還是口中喃喃地罵個不停。走了一陣，看看天色已晚，三個人找了一家村店投宿，到得房內，林沖不等公人開口，已去包裹裡取了些碎銀，央店小二買些酒肉，請二人喫酒。董、薛二人把林沖灌得大醉，和枷倒在一邊。薛霸去燒了一鍋百沸滾湯，提過來，傾在腳盆內。叫道：

「林教頭，你也洗了腳好睡。」

林沖掙了起來，卻被枷礙住了，曲身不得。薛霸便道：

「我替你洗。」

「使不得！」林沖不知是計，嘴上推辭，卻把腳伸了出去。被薛霸只一按，按在滾湯裡。林沖叫了聲「哎呀！」急縮得起時，燙得腳面都紅腫了。

薛霸露著一臉奸笑說：

「只見罪人服侍公人，那曾有公人服侍罪人！好意叫他洗腳，卻嫌冷嫌熱，可不是『好心不得好報』！」

林沖只是咬著牙關忍著，哪裡敢回話，自去倒在一邊。

睡到四更，同店裡的人都未起來，董、薛二人便催林沖上路。林沖剛坐起來，又暈了過去，喫不下，也走不動。薛霸拿了棒棍，死命的催促。董超卻去腰裡解下一雙新草鞋，耳朵和索兒都是麻編的，叫林沖穿。林沖看著自己腳上滿是燎漿泡，就去尋覓舊鞋，卻哪裡去找？沒奈何，只得把新草鞋穿上。出門走不到二三里路腳上的泡都被新草鞋擦破了，鮮血淋漓，不停地叫痛。薛霸就拿起棍子搠（ㄕㄨㄛˋ shuò）著林沖走路。林沖腳上實在痛得厲害，額角上冷汗直冒，幾次翻倒在地上。董超便上去攙扶著，繼續又走了四五里的路，林沖實在走不動了。看見前面是一座煙籠霧鎖的林子，叫做「野豬林」，是東京到滄州路上

最險惡的地方。當時押解罪犯的公人，在此不知殺害了多少好漢。薛、董二人把林沖帶進林子，解下了行李包裹，都搬在樹根旁。林沖叫聲「哎呀！」靠著一棵大樹便倒了。正待閉眼，卻看見薛霸、董超拿了根繩子要把自己綁了。林沖驚叫道：

「二位官人，做什麼？」

「俺兩個正要睡一睡，這裡又無關鎖，只怕你走了，放心不下，故此把你綁了。」薛霸說。

薛霸也不理會，把林沖連手帶腳緊緊的綁在樹上。轉過身去，拿起棍棒，看著林沖說道：

「小人是好漢，官司既已喫了，一世也不走！」林沖答。

「不是我們要害你；只是前日來時，陸虞候奉了太尉鈞旨，教我倆到這裡結果你，立等金印回去回話。便多走幾日，也是死數。」

薛霸說完，舉起木棍照著林沖腦門要打。林沖淚如雨下，心想：「不意我林沖屈死在此！」說時遲，那時快，薛霸的木棍正要落下，只見松樹背後發出一聲雷鳴般巨吼，飛出一條禪杖，把棒棍只一隔，卻飛到了九霄雲外，霎時一個胖大和尚跳了出來。喝道：

「洒家在林子裡已聽你多時！」提起禪杖，就要打兩個公人。林沖聽出聲音熟悉，睜

林沖說。

「師兄！不可下手，我有話說。」

智深聽得，收住禪杖，定眼看兩個公人時，都已經嚇得軟在地上。

「師兄！非干他兩個的事；都是高太尉和陸謙的毒計，你若是打殺了他們，也是冤屈！」

魯智深扯出戒刀，把林沖綁著的繩索都割斷了，便去把他攙扶起來，然後把自己如何一路跟隨到此地的經過情形，都詳細地說了。

「林教頭救俺兩個！」薛、董二人，這時才如夢初醒，跪在林沖面前求饒。

「既然師兄救了我，你休害他們兩個性命！」林沖對魯智深說。

「你這兩個渾蛋東西！洒家不看兄弟面時，把你這兩個都剁成肉醬！今日且看兄弟面皮，饒你們性命！」就地上插了戒刀，喝道：

「還不快攙兄弟，都跟洒家來！」

魯智深提了禪杖先走，兩個公人，哪裡還敢回話，扶著林沖，又替他背了包裹，一同跟出林子來，行得三四里路程，見一座小小酒店在村口，便進去坐了，喚酒保買了五七斤肉，打了兩角酒來喫，又買些麵來打餅。林沖方才問道：

「師兄今投哪裡去？」

「『殺人須見血，救人須救徹』，洒家放你不下，直送兄弟到滄州！」魯智深說。

兩個公人聽了，只得心中暗暗地叫苦。各自盤算著，回去時將如何向高太尉交代。從此魯智深一步不離護送林沖，走了約十七八天，離滄州已經只有七十里來路。而且此去一路上都有人家，再無僻靜處了。魯智深就對林沖說：

「兄弟，此去滄州不遠了，此去必一路安全。俺如今和你分手，異日再得相見。」

「師兄回去，泰山處可說知。防護之恩，不死當以厚報！」林沖臉上不覺流露出傷別之情。

魯智深又取出一二十兩銀子給林沖；二三兩銀子給兩個公人。突然舉起手中禪杖，往路旁一株碗口大的松樹砸去。只聽「嘩啦！」一聲，把樹齊腰折斷。指著兩個公人喝道：

「你倆但有歹心，教你頭也與這樹一般！」

魯智深向林沖說了聲：「兄弟保重！」獨自走了，只嚇得董超、薛霸二人把吐出的舌頭，半晌縮不回去。

林沖被送到牢城營內，發在單身房裡聽候點視。一般的罪人，聽說新進的犯人是東京

八十萬禁軍鎗棒教頭，所以都來看覷他。對林沖說：

「此間管營、差撥，十分害人，只是要詐人錢物。若有人情錢物送給他時，入門便不打你一百殺威棒，只說有病，把來寄下；若不得人情時，這一百棒打得人七死八活。」

「多謝眾兄長指教，如要使錢時，要拿多少給他？」林沖問。

「若要使得好時，管營五兩，差撥也五兩，十分好了。」眾人正說話間，只見差撥過來問道：

「哪個是新來配軍？」

「小人便是。」林沖答話時並無動靜。

那差撥不見他把錢拿出來，變了臉色，指著林沖罵道：

「你這個賊配軍，見我如何不下拜，你這廝可知在東京做出事來！見我還要擺架子！我看這賊配軍滿臉都是餓紋，一世也不發跡！打不死，拷不殺的頑囚！你這把賊骨頭好歹落在我手裡，教你粉骨碎身，少間叫你便見功效！」

把林沖罵得「一佛出世」③，那裡敢抬頭應答！眾人見林沖挨罵，也各自散了。林沖等他發作過了，去取了五兩銀子，陪著笑臉。說：

「差撥哥哥，些小薄禮，休言輕微。」

「你教我送給管營……和俺的都在裡面。」差撥只是望著林沖也不伸手去接。

「只是送給差撥哥哥的；另有十兩銀子，就煩差撥哥哥送給管營。」林沖又拿十兩銀子遞過去。

「林教頭，我也聞得你的大名，果然是個好男子！想是高太尉陷害你了。雖然目下暫時受苦，久後必能發跡，據你的大名，必不是等閒之輩，久後必做大官！」差撥看著林沖笑了起來。

「多賴照顧。」林沖也笑了。

「你只管放心。」差撥拍拍林沖的肩膀說。

「林教頭，少間管營來點你，要打一百殺威棒時，你便只說一路有病，未曾痊可；我會來替你支吾，要瞞生人的眼目。」差撥囑咐林沖。

「多謝指教！」林沖說。

差撥走後，林沖歎了口氣道：「『有錢可以通神』此話不差！真的有這般的苦處。」

原來差撥離了單身旁，把十兩銀子藏進懷裡，只拿了五兩去給管營，在管營面前，替林沖說了許多好話。

林沖正在單身房裡悶坐，只見牌頭叫道：

「管營在廳上叫喚新到罪人林沖來點名！」

林沖聽得呼喚，答應一聲，跟著到了廳前站著。

「你是新到犯人。太祖武德皇帝留下舊制『新入配軍須喫一百殺威棒』，左右！給我架起來！」管營指著林沖喝道。

「小人於路上感冒風寒，未曾痊可，請求寄打。」林沖申說。

「這人真是有病，乞賜憐恕。」牌頭也幫腔。

「果是這人有證候在身，權且寄下，待病痊後再打。」管營也順勢饒了林沖。

「現今天王堂看守的多時滿了，可教林沖去替換他。」差撥說完，就廳下押了帖文，領了林沖，往單身房裡取了行李，逕往天王堂交替。差撥對林沖說：

「林教頭，我十分周全你⋯教你看天王堂。這是營中第一樣省氣力的勾當。早晚只燒香、掃地便了。你看別的囚犯，從早起直做到晚，尚不饒他。還有一等無人情的，撥他在土牢裡，求生不生、求死不死！」

「多謝照顧。」林沖又取出二三兩銀子，給差撥道：「煩望哥哥一發周全，開了項枷更好！」

差撥接了錢，拍著胸脯道：

「都包在我身上。」連忙稟告了管營，把林沖的枷也開了。林沖從此在天王堂內安排宿食處，每日只是燒香、掃地。管營和差撥，都得了他的銀子，日久情熟，由他自在，也不來拘束。

轉眼間已是隆冬天氣，林沖的綿衣裙襖等物，都是託酒店裡李小二的渾家縫補，經常給些小錢，所以李小二對林沖甚是感激。忽一日，李小二正在店中安排菜蔬下飯，只見一個人閃將進來，酒店裡坐下，隨後又有一人閃入來。前面一人是軍官打扮，後面一人是走卒模樣，跟著也坐了下來。李小二忙上前招呼道：

「客官可要喫酒？」

只見那軍官掏出一兩銀子與李小二道：

「且收放在櫃上，取三四瓶好酒來。客到時果品酒饌，只顧端上，不必多問。」又掏出一兩銀子塞在小二手中說：「煩你只去把營裡的管營與差撥請來。」

隔不多久，李小二已把管營和差撥請到。他們看來並不認識。只見軍官從懷裡拿出一封書函交給二人。李小二擺好酒食，一旁服侍，那軍官看了四周一眼對小二說：

「我自有伴當燙酒，不叫你休來。我等自要說話。」

李小二看他們行動詭秘，心中好奇。到了外面對他老婆道：

「大姐，這兩個人行動鬼祟。語言聲音又是東京人，初來時又不認得管營、差撥。後來我送酒進去時，只聽得差撥口裡說出『高太尉』三個字來，這人莫不與林教頭有些關係？我自在門前照顧，你且躲到後面閣子裡中偷聽……」

「你不去營中尋林教頭來認一認？」李小二的老婆說。

「你何不去營中尋林教頭來認一認？」李小二的老婆說。

「你不省得，林教頭是個性急的人，如果見是自己仇人，他哪肯便罷？做出事來怕連累你我。」李小二不斷搖頭。

他的老婆來到閣子後面，把耳朵貼在板壁中聽了一個時辰，出來對小二輕聲說道：

「他們四個交頭接耳說話，只聽差撥說了一句『都在我身上，好歹要結果他性命』……」

正說話間，閣子裡叫聲「端湯來！」李小二急著進去換湯時，看見軍官從懷裡取出一個帕子包著的東西，遞給管營和差撥。看管營接在手上，十分沉重。喫不多時，管營和差撥先自走了，軍官算了酒錢，低著頭也去了。

過不多時，只見林沖也走進店來，李小二慌忙把他拉到屋角，把剛才看到的情形，都詳細的告訴了林沖，林沖聽了大驚，忙問那軍官打扮，原來正是陸謙。林沖無心喝酒，離了酒店，先去街上買把解腕尖刀，帶在身上，到前街後巷去尋。這樣一連尋了幾天，看看

牢城營裡，又沒半點動靜，林沖心裡就鬆懈下來。

到了第六日，管營把林沖叫到點視廳上，說：

「你到這裡已經多時，我對你也不差。離東門外十五里處有座大軍草料場，每月有人來納草料，有些常例錢覓取。原是一個老軍看管，如今抬舉你去那裡尋幾貫盤纏。你可和差撥便去那裡交割。」

林沖當時答應。離了營中，逕至李小二家中，對他夫妻說了。而且心中仍是懷疑地說：

「如果其中布了奸計，卻如何？」

「這個草料場時常有些例錢。尋常不使錢時，不能夠得此差使。」李小二說。

「這就是了！卻不害我，倒給我好差使，正不知是何用意？……」林沖低頭尋思。

李小二心知去也由不得林沖，只得安慰林沖說：

「林教頭，休要疑心，只要沒事便好。以後還是小心為要。」

林沖心中有事，胡亂地喫了幾壺酒，回到天王堂，取了行李，帶了尖刀，拿了條花鎗，與差撥一同辭了管營。兩個取路投草料場來。正是嚴冬天氣，彤雲密布，朔風漸起；卻早紛紛揚揚，捲下滿天大雪來了。林沖和差撥兩個來到草料場外，只見四周是幾道黃土牆，中間兩扇大門，推開大門，裡面是七八間草屋做的倉庫，四下裡都是馬草堆。中間兩座草

廳。只見一個老軍坐在廳裡烤火取煖。差撥大聲說道：

「管營差這個林沖來換你回天王堂，即時交割！」

老軍緩緩地站起身來，拿了掛在牆上的鑰匙，引著林沖到各處清點草堆和帳目。清交完畢，老軍回到廳上背了行李，跟著差撥正待跨出門時，卻回頭指著屋子裡說：

「火盆、鍋子、碗、碟都借給你⋯⋯」又伸手指著牆上掛著的一只大葫蘆說：

「你若買酒喫時，只要出草場投東大路去二三里便有市井。」

林沖就床上放下包裹，到屋後拿了幾塊柴炭，生在地爐裡。借著爐火，仰面看那草屋時，四處都崩壞了，又被朔風吹撼，搖動不已。林沖心想：「這屋如何過冬，待雪晴了，到城中喚個泥水匠來修理。」烤了一回火，覺得身上還是寒冷，尋思起老軍所言，心想：「二里路外有個市井，何不去沽些酒來喫？」就去包裹裡取了些碎銀，把花鎗挑了酒葫蘆，將火炭蓋了，取氈笠子戴上，拿了鑰匙出來，把草廳門拽上；出到大門前，把兩扇草場門反拽上鎖了；帶了鑰匙，信步投東，雪地裡踏著碎瓊亂玉，迤邐背著北風而行；那雪正下得緊。行不上半里多路，看見一座古廟，林沖頂禮膜拜道：「神明庇祐，改日來燒紙錢。」又走了一回，望見一簇人家。林沖停住腳看時，見籬笆中，挑著一個草帚兒在露天裡，林沖走進店裡，把葫蘆往櫃檯上一放，店主已趨前招呼道：

「既是草料場看守大哥，且請少坐，天氣寒冷，且酌三杯，權當接風。」

店家又切了一盤牛肉，燙了一壺酒，請林沖喫。林沖心中想著：「沒想到這葫蘆竟有如此功效！」又自買了些牛肉，盛了滿葫蘆酒，用花鎗挑著，叫聲「相擾」，便出籬笆門，仍舊逆著朔風回去。那天上的雪下得比剛才還緊了。林沖只得將壓低著氈笠子，飛奔地跑到草場門口，開了鎖，入內看時，不禁嚇了一跳；那兩間草廳已被大雪壓倒了，林沖放下花鎗，恐怕火盆內有火炭延燒起來，急忙搬開破壁子，探半身進去摸，確定火種已經被雪水浸滅了。林沖再伸手往床上去摸，只拽出了一條被絮，林沖鑽出來，見天色黑了，正不知今夜何處住宿，突然想起離此半里的古廟可以安身。心想：「我且去那裡宿一夜，等到天明，再想辦法。」心思既定，把被絮捲了，花鎗挑起酒葫蘆；依舊把門拽上，逆著朔風，往古廟尋去，黑暗中只聽得兩扇大門被風吹得「拍！拍！拍！」作響，林沖尋聲摸索進了大門，順手在門旁拽了一塊大石頂住。

藉著雪光，看見殿上塑了一尊金甲山神，兩邊一個判官，一個小鬼。他四周尋了一遍，這山神廟中既無廟主，又無鄰舍，已是破敗不堪。林沖只得將酒葫蘆往神案下一放，拍去身上雪花，鋪了被絮，蓋了半截下身；提了葫蘆中冷酒，就著懷中牛肉下酒喫了起來。

正喫時，只聽得外面一陣「必必剝剝」的爆響。林沖跳起來，就壁縫裡看，只見整個草料場已陷入熊熊烈火之中。林沖拿起花鎗，正要開門去救火；卻聽到外面有人說話，林沖就伏在門邊聽，是三個人的腳步聲，往廟裡行來；用手推門，卻被大石擋住，三人就立在廟門口看火。其中一人說：

「這條計策好嗎？」

「真虧管營、差撥用心！回到京師，稟過太尉，都保二位做大官。這番張教頭沒得推託了！」

林沖聽出這後者的聲音就是陸謙，一時怒髮衝冠，輕輕搬開大石，右手提著花鎗，左手一掌把門推開。大聲喝道：

「潑賊哪裡去！」

三人一時都驚得呆住了，再也走不動。林沖先提起花鎗，「咔嚓！」一聲，搠倒了差撥，血光四濺，在烈火照映下，格外分明。那管營逃不到十步，被林沖趕上，後心上只一鎗，又搠倒了。陸謙一看心中益慌，腳也麻了。林沖一個箭步，大喝一聲：

「奸賊，哪裡逃？」

一把抓住陸謙的背領，只一按，陸謙已捽跌在雪地上，林沖插了花鎗，一腳踩住，一

手自腰上抽出鋼刀，抵住陸謙的臉說：

「潑賊！我從來和你無怨無仇，如何這等害我！」陸謙這時已嚇得軟了，只會苦苦哀求道：

「……太尉差遣，不敢不來……」話還沒說完，林沖已一刀把他殺了。回過頭看時，草料場旁已經來了許多鄉人救火。林沖說道：

「你們趕快救火，我去報官！」

卻提著花鎗往東方逃了。

林沖走了大約兩個時辰，天上雪越下越大，身上衣服單薄，冷得受不了。回頭看看草料場，已經遠了，只見前面是一片疏林，遠遠有幾間草屋，被雪蓋著，破縫壁裡透出一些微光。林沖急忙走到門前，推開了門，只見中間坐了一個老莊客，四圍坐著五六個小莊客，烤火取暖。

「眾位拜揖！小人是牢城營裡差使，被雪打濕了衣裳，想借火烘一烘。乞望方便。」

林沖對眾人施禮說。

「你自烘便了，何妨得。」老莊客看了林沖一眼。

林沖烘得衣服略有些乾了，只見火炭邊煨著一個甕兒，裡面透出酒香。林沖不覺嘴

饞，想買些來喫。就說：

「小人身邊有些碎銀，可否賣些酒喫？」

「我們自己喫尚不夠，哪能賣給你！」眾人七嘴八舌地說。

林沖聞著酒香，哪能不喫。又說：

「胡亂賣個二三碗給小人喫了禦寒！」

「休纏！休纏！」老莊客一把推開林沖。

林沖心中惱怒，把手中鎗往火柴頭上一挑，一塊赤燄燄的火炭飛了起來，正落在老莊客的臉上，只聽呼痛連聲，老莊客的鬍鬚已燒去大半。眾莊客都跳起來喊「打！」林沖把鎗貼地橫掃，莊客們都拔腿跑了。

「都走了！老爺快活喫酒！」林沖在土炕上拿了一個椰瓢，把甕裡的酒，獨自喫了一半。提了鎗，出門便走；一步高、一步低，跟跟蹌蹌，走不到一里路，被朔風一吹，倒在山澗邊，再也爬不起來。

這時眾莊客引來了二十餘人，拖鎗拽棒，奔到草屋，一看卻不見了林沖；就尋著雪地上蹤跡趕過來，正好看見林沖爛醉在地上，膽子大的就拿了繩子把林沖綁縛了。解送到一個莊院，把他吊在門樓下。直到天色破曉時，林沖才酒醒，睜眼一看，好個大莊院。林沖

大叫道：

「什麼人敢吊我在這裡！」

「休要問他！只顧打！等大官人起來，再行拷問！」燒了鬍鬚的老莊客指著林沖，叫眾人一齊用棒打。林沖被綁，掙扎不得，只是「哇！哇！」大叫。

「大官人來了！」有人喊了一聲，於是眾人才停了手。林沖朦朧中見個官人背叉著手，走到廊下，問道：

「你等眾人打什麼人？」

「昨夜捉得個偷米賊！」眾莊客答道。

那官人走近一看，認得是林沖，慌忙喝退莊客，親自解了綁繩。問道：

「教頭緣何被吊在這裡？」

林沖看時，不是別人，卻是舊相識小旋風柴進，連忙叫道：

「大官人救我！」

柴進把林沖請進廳上，備了酒菜。林沖才把如何被高太尉陷害以及草料場殺死陸謙、管營、差撥的事都詳細地說了。柴進心想：「林沖殺官差逃亡，必遭追捕。恐怕連累自己。」修了一封信函，交給林沖說：

「教頭犯下殺頭的罪，滄州必定追捕。依我看，只有梁山泊一處可去。」

「若蒙周全，死而不忘。」林沖接過信，跪下拜謝。

林沖與二三十個莊客都打扮成獵人，騎著馬，帶了弓箭、鎗棒、鷹鶻、獵犬，由柴進領著頭，混出關去，把守的軍官一看是柴進狩獵，也就沒有盤問，林沖輕易地出了關。

林沖別了柴進，行了十數日，這一天，又見紛紛揚揚下著滿天大雪。天色漸漸晚了，遠遠望見湖畔有個酒店，被雪漫漫地蓋著。林沖奔了進去，揀一處坐下，叫酒保打了酒，切了牛肉、肥鵝、嫩雞，大嚼大喫。喫了一回，林沖問酒保道：

「酒保！此間去梁山泊還有多少路？」

「此去不遠，只有數里，但卻是水路，全無旱路。要去時，須用船去。」酒保答。

「你可與我覓隻船兒？我多給你些錢。」林沖說時掏出了一把碎銀放在桌上。

「這般大雪，天色已晚了，哪裡去尋船隻？」酒保說。林沖尋思道：「這般卻怎的好？」

心裡煩惱，又猛灌了幾碗酒，驀然想起「我先在京師做教頭，每日六街三市游玩喫酒；誰想今日被高俅這賊坑陷了這一場，紋了面，直斷送到這裡，害得我有家難奔，有國難投，受此寂寞！」於是問酒保借了筆硯，乘著一時酒興，向那白粉壁上寫下八句詩…

「仗義是林沖，為人最樸忠。

江湖馳譽望，京國顯英雄。

身世悲浮梗，功名類轉蓬。

他年若得志，威鎮泰山東。」

林沖剛把詩寫完，還了筆硯。旁邊閃出一條大漢一把拉住林沖轉進後面的水亭上。說

道：

「卻纔見兄長只顧問梁山泊路頭，要尋船去，那裡是強人山寨，你待要去做什麼？」

「實不相瞞，小人是去入夥。」林沖說。

「既然如此，必有個人薦兄長入夥？」大漢問。

「滄州橫海郡故友舉薦。」林沖說。

「莫非小旋風柴進嗎？」大漢。

「足下何以知之？」林沖有些懷疑，望著大漢。

「哈！哈！」大漢不覺笑了起來，說道：「如此即是自己人了。」

大漢叫酒保就水亭上點了燈，重新擺了酒菜，與林沖對坐飲酒。林沖舉起酒杯敬大漢

道：

「有眼不識泰山，願求大名？」

那大漢也慌忙答禮。說道：

「小人是王頭領手下耳目，姓朱名貴，原是沂州沂水縣人氏。江湖上俱叫小弟做『旱地忽律』⑤，山寨裡叫小弟在此開酒店為名，其實專一探聽過路客商，但有財帛的，便去山寨裡報知。剛才見兄長只是問梁山泊路頭，所以不敢下手，次後見兄長寫出大名來，才知兄長即是東京八十萬禁軍教頭。今番兄長加盟山寨，必得重用。」

朱貴說罷，在水亭上把窗戶推開，取出一張鵲畫弓，搭上一枝響箭，向對岸蘆葦中射去，不一會只見草叢中亮起一盞紅燈，急速往水亭馳來，待近看時，原是三五個小嘍囉搖著一隻快船。朱貴引著林沖，上了小船，向對岸急急馳去，只見船尾一道波瀾，久久不曾散去，一隻小船已駛進迷茫黑暗之中。

【註釋】

① 虞候：禁衛官名。

② 樊樓：宋朝時東京一座有名的酒樓。

③ 一佛出世：常與「二佛涅槃」或「二佛升天」連用。這裡是歇後語，是死去活來的意思。

④ 草帚兒：宋朝時酒店的標幟。

⑤ 忽律：鱷魚。也寫作「惚狪」。

第五章 寶刀、市虎、功名

傍晚時分，東京城外，走來一個大漢，生得七尺五六身材，臉上長了一搭青記，腮邊微露些少赤鬚；把氈笠子掀在背脊上，袒開胸脯；帶著抓角兒軟頭巾，腰中掛著腰刀、朴刀。他前面則走著一個莊客，挑了一擔行李。入得城來，尋了個酒店，安歇下。莊客放下擔子，大漢給了他一些銀子，他就走了。大漢放下行李，解了腰刀、朴刀，叫店小二買些酒肉喫了。就此一連住了數天，他不斷央人去樞密院打點活動，將那擔兒內的金銀都用盡了，方纔得了一紙文書，引去見殿帥高太尉。來到廳前，那高俅把從前歷事文書都看了，突然拍案大怒道：

「楊志！既是你等十個制使去運花石綱①，九個回到京師交納了，偏你這廝卻把花石

綱失陷了！又不來告官自首，倒又在逃，許多時捉拿不著！今日再想做官，雖然已赦宥，所犯罪名，難以委用！」

而且把文書一筆都勾了，還把楊志趕出殿帥府來。楊志悶悶不已，心中不覺罵道：

「高太尉！你太毒害，恁地刻薄！我原想憑著本事，在邊疆上一鎗一刀，博個封妻蔭子，也給祖宗爭口氣，被你這一折，豈非前程都完了。」

楊志在客店裡又住了幾日，盤纏都用盡了，暗暗尋思道：

「卻是怎辦才好？只有祖上留下這口寶刀，從來跟著洒家，如今事急無措，只得拿去街上賣了，得千百貫錢鈔，好做盤纏，投往他處安身。」

當日拿了寶刀，插上草標兒，上街去賣。走到大街，立了兩個時辰，並無一人來問。將近晌午時分，轉到天漢州橋熱鬧處去賣。楊志剛立了一會兒，只見兩邊的人都跑到橋下巷內去躲。有人口中還嚷著：

「快躲！大蟲來了！」

楊志心中疑惑：「好作怪！這等一片錦繡城池，卻那得大蟲來？」當下立住腳，四處張望。只見遠遠地走來一個黑凜凜的大漢，喫得爛醉，一步一顛的撞過來。楊志看那人時，原來是東京城裡有名的破落戶潑皮，叫做「沒毛大蟲」牛二。專在街上撒野、行凶、

撞鬧，連做了幾件官司，開封府也治他不下。以此滿城人見他都躲，畏之如虎。

這時牛二已搶到楊志面前，見他不躲，一伸手把刀扯將出來。問道：

「漢子！你這刀要賣個錢？」

「祖上留下寶刀，要賣三千貫。」楊志答。

「什麼鏽鐵刀！要賣三千貫！我三十文買一把，也切得肉，切得豆腐！你的刀有什麼好處，叫做寶刀？」牛二說話時還拿著刀在楊志面前亂晃。

「洒家的須不是店上賣的白鐵刀，這是寶刀！」楊志把「寶刀」二字說得很重。

「怎麼喚做寶刀？」牛二有意糾纏。

「第一件，砍銅剁鐵，刀口不捲；第二件，吹毛得過；第三件，殺人刀上沒血。」楊志耐心地答。

「你敢剁銅錢嗎？」牛二故作懷疑。

「你拿來，剁給你看！」楊志有些慍色。

牛二走到州橋下香椒鋪裡便拿二十文當三錢②，一垛兒放在州橋欄杆上，叫楊志道：

「漢子！你若剁得開時，我還你三千貫！」

那時看的人雖然不敢近前，卻都在遠遠地圍住了望。楊志輕輕一笑，把衣袖捲起，舉

起了刀，看得準確，只一刀，把一垛銅錢從中分成兩半。眾人都喝采。牛二臉上掛不住罵道：

「喝什麼采！你且說第二件是什麼？」

「吹毛得過：若把幾根頭髮，往刀口上只一吹，齊齊都斷。」楊志說。

「我不信！」牛二自把頭上拔下一把頭髮，遞給楊志，「你且吹給我看！」

楊志左手接過頭髮，照著刀口上，盡氣力一吹，那頭髮都分做兩段，紛紛飄落地上。

眾人又是一陣喝采，而且圍觀的人越來越多。

「你且說第三件？」牛二陰險地一笑。

「殺人刀上沒血！」楊志說。

「怎地殺人刀上沒血？」牛二又故作懷疑。

「把人一刀砍了，並無血痕。只是個快。」楊志說。

「我不信！」牛二連連搖頭。「你把刀來剁一個人給我看！」

楊志有些憤怒。說道：「禁城之中，如何敢殺人？你不信時，取隻狗來殺給你看！」

「你說殺人，不曾說殺狗！」牛二存心撒賴。

「你不買便罷！只是纏人做什麼？」楊志嗓門也大了。

「你快殺給我看!」牛二占了邪理,咄咄逼人。

「你不停糾纏,可找錯人了!」楊志道。

「你敢殺我!」牛二有意給楊志難堪。

「和你往日無怨,近日無仇,沒理由殺你!」楊志轉身要走,卻被牛二一把揪住。

「我要買這口刀!」牛二道。

「你要買,拿錢來!」楊志把手一攤。

「我沒錢!」牛二說。

「你沒錢,揪住洒家做什麼!」楊志作勢要撇開牛二。

「我要你這口刀!」牛二纏得更緊。

楊志大怒,把牛二一把推跌在地上,牛二爬將起來,一頭向楊志懷中撞去,想去奪刀。楊志退了一步,閃開牛二,嘴中大聲說道:

「街坊鄰舍都是見證!楊志無盤纏,自賣這口刀,這個潑皮要強奪洒家的寶刀,又把俺打!」

街坊路人都怕這牛二,誰敢向前來勸。只見牛二喝道:

「你說我打你,便殺你又怎地!」

口裡說著，一面揮起右手，一拳往楊志面門打去。楊志霍地躲過，不退反進，拿著刀搶入來；一時性起，往牛二額根上搠個正著，撲地倒了。楊志趕上去，把牛二胸脯上又連搠了兩刀，血流滿地，死在地上。有人勸楊志逃走。楊志叫道：

「洒家殺了這潑皮，怎肯連累你們！你們都來同洒家到官府裡自首！」

街坊眾人都慌忙圍攏過來，隨著楊志到開封府去自首。

楊志在經過府尹的審理後，當廳發落，監禁起來。牢裡的各級獄吏，聽說楊志殺死了沒毛大蟲牛二，都敬佩他是好漢，不來問他要錢，又都來看顧他。天漢州橋下的眾人，因為楊志為街上除了一個害蟲，都自動湊了些銀兩，並給楊志送飯，又替他上下用錢關照。

審案的推司也看楊志是被逼殺人，又替東京街上除了一害，就從輕發落，發配北京大名府充軍。那口寶刀沒官入庫。當廳下了七斤半鐵葉盤頭護身枷，差二個公人押解上路。天漢州橋的大戶又湊了一些銀兩，送給楊志路上使用，還一路上直送楊志出了城門。

楊志隨著二個差人，夜宿曉行，不數日，就到了北京。兩個差人把楊志解到留守司廳前，呈上開封府公文。梁中書一看，原來是楊志，是他在東京時的舊識，所以備問了緣由，知道楊志的罪行並不甚重大，而且自己又喜歡楊志的一身本事，所以就當廳開了長枷，留在身邊使喚。

111

楊志自從留在府中以後，工作勤謹，梁中書有心想抬舉他做個副將，又恐眾人不服，因此，傳下號令，教軍政司告示大小諸將，來日都要出東郭門教場中去演武試藝，有意顯露楊志的武藝。

當日風和日煖，梁中書坐在演武廳前的高臺中央，左右兩邊整齊地排著兩行官員；前後周圍惡狠狠地列著百員將校。將臺上立著兩個都監：一個喚做「李天王」李成，一個喚做「聞大刀」聞達；兩人都有萬夫莫敵之勇。突然將臺上豎起一面黃旗，將臺左右列著三五十對金鼓手，一齊擂起鼓來，一時教場中鴉雀無聲；不一會兒，將臺又麾動起一面紅旗，只見鼓聲響處，五百個軍士列成兩陣，各執著兵器，此時將臺上又把白旗招動，兩陣軍馬齊齊地都立在前面，各把馬勒住。梁中書傳下令來，叫副將軍周謹向前聽令。只見左軍中，騎馬奔出一個大漢，在演武廳中，左盤右旋、右旋左盤，使了幾路鎗法，眾人喝采。梁中書這時叫人傳令楊志。楊志奉令，轉到廳前。梁中書道：

「楊志！我知你原是東京殿司府制使軍官，犯罪配來此間。如今盜賊猖狂，國家用人之際。你敢與周謹比試武藝？如若贏得，便遷你充作副將。」

楊志知道是發達的時運來了，所以答得十分爽快。

「若蒙恩相差遣，安敢有違鈞旨。」

梁中書又叫人取了一匹戰馬、頭盔、衣甲、軍器等，讓楊志穿了，手拿長鎗，一躍上

馬，真是威風八面。只看得周謹怒火中燒，心中暗罵道：

「這個賊配軍，敢來與我交鎗！」

兩人都勒馬在門旗下，正欲出戰交鋒。只見兵馬都監聞達大聲喝道：「且住！」走上廳來稟復梁中書說：

「如今兩人比試武藝，雖然未知高低，但刀鎗本無情之物，只宜殺賊勦寇。今日軍中自家比試，恐有傷損，輕則殘疾，重則致命；此乃於軍不利，可把兩根鎗頭除去，各用氈片包裹，蘸些石灰，兩人再罩上一件黑衫，如白點多的算輸。」

梁中書認為有理，於是兩人照辦，重新來到演武場。鼓聲一響，周謹躍馬挺鎗，直取楊志，楊志也拍馬迎戰；兩個在陣中，來來往往、番番復復，戰作一團、扭作一堆；鞍上人鬥人、坐下馬鬥馬，戰了四五十回合；看周謹時，恰似打翻了豆腐，斑斑點點約有三五十處；再看楊志，只有左肩胛下一點白。梁中書看了大喜，即想叫楊志代周謹做副將。

而兵馬都監李成，恐軍心不服，於是稟知梁中書，再叫兩人比箭。李成當眾宣稱：

「武夫比試，但憑本事，射死勿論！」

於是兩人各拿了弓箭和遮箭牌，又重新回到了演武場。楊志說：

「你先射我三箭，而後我再還你三箭。」

周謹聽了，心中暗喜。恨不得把楊志一箭射個透明窟窿。而楊志終是個軍官出身，早已識破了他的手段，全不放在心上。這時將臺上青旗搖動，楊志拍馬往南就走，周謹縱馬趕來，將韁繩搭在馬鞍鞽（ㄑㄧㄠˊ qiáo）上，左手拿著弓、右手搭上箭，拽得滿滿的，往楊志後心「颼」地一箭。楊志聽得背後弓弦響，霍地一閃，去鐙裡藏身，那枝箭早射個空。周謹見一箭不著，心裡早已慌了；再去箭囊中取了第二枝箭，搭在弦上，看準楊志後心，又是一箭。楊志聽得第二箭射來，卻不再躲了，用弓梢只一撥，那枝箭滴溜溜撥下草地去了。周謹見第二箭又射空，心裡越慌。這時楊志的馬已經跑到教場盡頭；霍地把馬一兜，轉向正廳跑來，周謹也把馬一勒，緊追不捨，再取了第三箭，搭在弓弦上，盡平生力氣，往楊志後心上射去。楊志聽得響聲，扭轉身，就鞍上把那枝箭接在手中，便縱馬入了演武廳，把箭撇在廳前。

梁中書看了大喜，連連叫楊志還射。將臺上又把青旗搖動，周謹撇了弓箭，拿了盾牌，拍馬往南而走，楊志在馬上把腰只一縱，略將腳一拍，那馬潑喇喇的便趕。楊志先把弓虛扯一扯；周謹在馬上聽得腦後弓弦響，扭轉身來，舉起防牌來迎，卻接了個空，引得全場一片哄然大笑。楊志尋思道：「若這一箭中他後心窩，必傷了他性命。我與他又沒冤仇，只射他不致命處便了。」左手如托泰山，右手如抱嬰兒；弓開如滿月，箭去似流

星；說時遲、那時快，一箭正中周謹左肩，周謹措手不及，翻身落馬，那匹空馬直跑到演武廳後去了。

楊志喜氣洋洋，下了馬，便向廳前來謝恩。不料階下忽然轉出一人，叫道：「休要謝職，我和你比試！」

楊志看那人時，身材七尺以上長短，面圓耳大，唇闊口方，腮邊一部落腮鬍鬚，威風凜凜，相貌堂堂。正走到梁中書面前，說道：

「周謹患病未痊，精神不到，因此誤輸與楊志，小將不才，願與楊志比試，如果輸了，願將職位讓給楊志。」

梁中書看時，不是別人，卻是大名府留守司正牌軍索超。梁中書心想：「我指望一力抬舉楊志，眾將不服；等他贏了索超，他們卻也無話可說了。」於是下令兩人重新披掛，梁中書也起身走出階前，坐在欄杆邊來看個仔細。

將臺上傳下將令，早把紅旗搖動，兩邊金鼓齊鳴，教場內兩陣中都響起了砲聲，楊志、索超兩人各都到了陣中。將臺上又把青旗搖動，擂第三通鼓。只見左邊陣內門旗下，閃出一個正牌軍索超，直到陣前，勒住馬，拿了大斧，果是英雄。右邊陣內門旗下，鸞鈴響處，楊

115

志躍馬而出，執鎗在手，確是勇猛。兩人剛在陣前，兩邊軍將已暗暗地喝采不已。

正南方旗牌官拿著「令」字旗，驟馬而來，喝道：

「奉相公鈞旨：二位俱各用心。如有虧誤處，定行責罰；若是贏時，多有重賞。」

話聲剛落，索超已舉著大斧來戰楊志，楊志逞威，撚起手中神鎗，來迎索超。兩個在教場中間，兩馬相交，各顯出平生本事。一來一往、一去一回；四條臂膊縱橫，八隻馬蹄撩亂。兩個鬥到五十餘回合，不分勝負。梁中書不覺看得呆了，兩邊軍官不斷喝采。連李成、聞達也讚不絕口。聞達心裡只恐兩個內傷了一人，慌忙招呼旗牌官拿著「令」字旗，傳令停止。楊志、索超各自要爭功，哪裡肯回馬。旗牌官只得高叫：

「相公有令，二位好漢歇了。」

楊志、索超才收了手中軍器，勒坐下馬，各跑回本陣。梁中書見兩人武藝一般，皆可重用，心中大喜。喚兩人都上廳來，取兩錠白銀，兩匹綢緞，分別賞了，並命軍政司將兩人都陞做管軍軍提轄使。從此楊志慇懃侍候著梁中書，寸步不離。

【註釋】

① 花石綱：成幫結隊的輸運貨物叫做綱。在宋朝時，大都是官差性質。例如鹽綱、茶綱等。花石綱就是運輸花石。趙佶向南方搜括了奇花異石運京，故有花石綱之名。後文的生辰綱，就是運送壽禮。

② 當三錢：是宋朝時一種制錢。一個錢當三個錢用。

第六章 生辰綱

北京城裡，家家戶戶門前都掛著艾草、菖蒲。粽葉的芳香飄散在悶熱的五月空氣中。

梁中書和蔡夫人正在後堂家宴，慶賀端陽。酒至數杯，食供兩套，只見蔡夫人道：

「相公自從出身，到今日已為一統帥，掌握國家重任，這功名富貴，從何而來？」

「我自幼讀書，頗知經史；人非草木，豈不知泰山的恩惠？」梁中書答得自然。

「相公既知是我父恩德，如何忘了他的生辰？」蔡夫人追問。

「下官如何不記得，泰山是六月十五日生辰。已使人用十萬貫錢收買了金珠寶貝，送上京師慶壽。一月之前已準備，再數日就可啟程。只是有一件事令我躊躇，記得上年也收買了許多玩器和珠寶送去，不到半路，都被賊人劫了，至今嚴捕賊人不獲。不知今年叫誰

去才好？」梁中書面有難色。

蔡夫人一看相公把生辰綱都備妥，不覺心中歡喜，指著階下說：

「你常說這人十分了得，何不派他去走一遭，不致失誤！」

梁中書看看階下那人時，正是青面獸楊志，大喜，隨即喚楊志上廳，說道：

「我正忘了你。你若與我送得生辰綱去，我自有抬舉你處！」

「恩相差遣，不敢不依。只不知怎麼準備？幾時動身？」楊志拱手向前稟告。

「到大名府差十輛太平車子①，找十幾個軍士押著車輛，每輛車子上，插一面黃旗，旗上寫著『獻賀太師生辰綱』，每輛車子派個軍士跟著，再十幾天就可動身。」梁中書說。

楊志聽了卻搖著頭說：

「非是小人推託，其實去不得，不如差個英雄精細的人去。」

「我有心抬舉你，怎地又不去了？」梁中書有些慍怒。

「恩相在上，小人也曾聽說，去年的已被賊人劫去了。今歲途中盜賊更多；此去東京又無水路，都是旱路。經過的是：紫金山、二龍山、桃花山、傘蓋山、黃泥岡、白沙塢、野雲渡、赤松林，這幾處都是強盜出沒的去處；就是單身客人也不敢經過。他知道是金銀珠寶，如何不來搶劫？白白送了性命！所以去不得。」楊志說時不停搖手拒絕。

「那我多派軍士護送如何？」梁中書答。

「恩相就是派一萬人也不濟事，這些傢伙，一聽強盜來了，拔腿便跑。」楊志還是拒絕。

「你這般說來，生辰綱是不用送了！」梁中書說話時語氣不甚高興。而楊志一看，已是自己提出條件的時候，於是上前稟道：

「若依小人一件事，便敢送去。」

「我既委在你身上，如何不依，你說？」梁中書綻露了笑容。

「若依小人之見，並不要車子，把禮物都分裝十餘挑擔子，只做買賣人打扮，也點十個壯健的軍人，裝做腳夫挑著，只要一個人和小人同去，悄悄地連夜上了東京交付。」楊志說出計劃。

「你說得甚是！回來後必有重賞！」梁中書心中高興，全依了楊志。

過了十幾天，楊志把裝扮腳夫的軍士都挑選好了，來到廳上稟明，第二天一早就要啟程。而梁中書卻說：

「夫人也有一擔禮物，另送與府中寶眷，也要你送。但怕你不識路，特地叫奶公謝都管並兩個虞候和你一同去。」

楊志一聽又派了這三個人同去，心裡不甚高興，就推託說：

「恩相，楊志又去不得了！」

「禮物都已捵得完備，如何又去不得？」梁中書有點莫名其妙起來。楊志才解釋說：

「這十擔禮物的責任，都落在楊志身上，這十個腳夫也由我調度，要早走便早走，要晚行便晚行，要住便住，要歇便歇。如今多了都管和虞候，他是夫人的人，又是奶公，倘或路上與小人彆扭起來，楊志如何敢爭？若誤了大事，楊志如何分辯？」

梁中書聽楊志這說法，也是有理，於是立刻吩咐都管和虞候，路上一切要聽從楊志提調。次日早起五更，把所有禮物和夫人要送人的財帛共做了十一擔，揀了十一個健壯的軍士，扮著腳夫挑了。楊志和謝都管、兩個虞候都扮做商人，離了梁府，出得北京城門，取大路投東京進發。

這時正是五月半天氣，雖然晴朗，可是酷熱難行。楊志等人為了趕六月十五的生辰，所以一直趕路。每日都是趁早涼便行，日中熱時便歇。如此走了五七日後，人家漸漸少了，行人也稀了，一站站都是山路。楊志規定要辰牌起身，申時便歇。而十一個軍伕，因為擔子重，天氣又熱，走不動。一見林子便要去歇息，楊志卻催促著要走，如若停住，輕則痛罵，重則持藤條便打。兩個虞候雖然只背著包裹行李，也走得喘不過氣來。楊志看了不免

生氣，說道：

「你兩個好不曉事！這責任是俺的！你們不替洒家催趕腳夫，卻在背後也慢慢地挨，這路上可危險啦！」

「不是我兩個故意走得慢，實在天氣太熱，走不動。前日都是趁早涼走，如今怎麼卻正熱時要走？」兩個虞候心中也有些不悅。

「你這般說話，卻是放屁！前日行的是太平地段，如今正是危險地帶，誰敢五更半夜走？」楊志瞪著眼罵起來。

兩個虞候只得忍氣吞聲，心裡卻罵道：「這廝只會罵人。」楊志提了朴刀，拿了藤條，自去趕那擔子。兩個虞候等老都管走近了，齊聲說：

「楊志這廝只是我相公門下一個提轄，卻這般自大。」

「須是相公吩咐『休要和他彆扭』，因此我不做聲。這兩日也看他過分，姑且忍耐著。」

老都管對楊志也不滿意。

當天一直走到傍晚時分，才尋得一個客店裡歇了。那十一個軍伕都走得汗流浹背，歎息不已，都去對老都管訴苦說：

「我們不幸做了軍健，被差遣出來，這般火熱似的天氣，又挑著重擔；這兩日又不揀

早涼天走，動不動老大藤條打來；都是一般父母皮肉，偏偏這麼受苦！」

「你們不要怨恨，到東京時，我自賞你！」老都管言較識大體，只用好言相勸。

「若是似都管看待我們時，也就不敢怨恨了。」眾軍士異口同聲地答。

翌日，天色未明，眾人起來，都要乘天涼好趕路。楊志看了暴跳著喝道：

「哪裡去！且都替我睡了！」

「趁早不走，日裡熱時走不動，又要打我們，真不講理。」眾軍士都嘩然。

「你們懂得什麼？」楊志氣得大罵，拿起藤條又要打。眾軍士忍氣吞聲，只得睡了。

當天等太陽升得高了，才叫軍士們起來，打火喫了飯，一路不停地趕路，不許投涼處歇。

不僅這十一個軍伕口裡喃喃吶吶地怨恨，兩個虞候也在老都管耳邊不斷挑撥。此時老都管雖不出聲，心裡已自惱著楊志。

像這樣走了十四五天，十四個人沒一個不怨恨楊志的。當日正是六月初四時節，未及晌午，一輪紅日當天，沒有半點雲彩，非常悶熱。而走得又都是山僻崎嶇小徑，翻山越嶺，大約走了二十餘里，那軍士們思量去柳陰樹下歇涼，而楊志卻拿著藤條死命地催促。

那時正是日正當中，路上的石頭熱得燙腳，軍士們實在走不動了，都哀求楊志說：

「這般天氣熱，會曬煞人！」

「快走！趕過前面岡子去，再休息。」楊志依舊死命地催趕。

正走著時，看見前面有一座土岡子，一行十五人才奔上岡子。那十一人已都歇下擔子，往松林樹下睡倒了。楊志一看不禁叫苦連天。說道：

「這是什麼地方，你們卻在這裡歇涼，快起來！快起來！」楊志急得直跺腳。

「你便是把我們剁成七八段，也是走不動了。」眾軍士還是懶著不動。

楊志拿起藤條，劈頭劈腦便打，打得起這個，那個又睡倒了，楊志無可奈何。這時看兩個虞候和老都管也都氣喘呼呼地爬上岡來，坐在松樹下喘氣。老都管看到楊志又這般打軍伕，就說：

「提轄，實在熱得走不動了，不要責打他們！」

「都管！你不知，這裡正是強人出沒的地方，地名叫『黃泥岡』，平常太平時節，白日還會出來劫人，休道是這般光景，誰敢在這裡停腳！」楊志說話時，面色凝重。

「我見你說好幾遍了，只管說這話來驚嚇人！」兩個虞候也插了嘴。

「權且教他們歇一歇，略過日中再走，如何？」老都管也說話了。

「你也不懂事了！這裡下岡子去，有七八里沒人家。危險極了，怎敢在此歇涼！」楊志那裡管得了得罪老都管，拿著藤條，對軍伕喝道：

「一個不走的喫俺二十棍！」

軍伕一時都嘩噪起來，其中有個膽子大的就說：

「提轄！我們挑著百十斤擔子，須不比你空手走，你實在不把人當人看待，便是留守相公自來監押時，也容我們說一句話，你好霸道。」

「這畜生不嘔死俺！只是打便了。」楊志氣得拿起藤條照那人劈臉就打。

「停手！」老都管大喝一聲。說道：「你聽我說！我在東京太師府裡做奶公時，門下軍官見了無千無萬，都向著我咶咶連聲。不是我嘴刻薄，你不過是個遭死的軍人，相公可憐，才抬舉你做個提轄，比個芥菜子大小的官職，卻恁地逞能！休說我是相公家都管，便是村莊一個老的，也合依我勸一勸！只顧打他們，眼中哪裡有我！」

「都管！你是城市裡人，生長在相府裡，哪裡知道路上千難萬難！」楊志說話的語氣也軟了。

「四川、兩廣，也曾去過，不曾見你這般賣弄！」都管說。

「如今不比太平時節！」楊志說。

「你說這話該剜口割舌！今日天下怎地不太平！」都管捉住了話柄。楊志正要分辯，

只見對面松林裡有個人在探頭張望。楊志道：

「你看，那不是歹人來了嗎？」

撇下藤條，拿了朴刀，一個箭步，趕進了松林裡，大喝一聲：

「你這廝好大膽，怎敢看我行貨！」

定眼看時，只見松林裡一字兒擺著七輛江州車兒②，六個人脫得赤條條的在那裡乘涼；有一人鬢邊長著一搭硃砂記，拿著一把朴刀。見楊志跳進來，七個人齊叫一聲「哎呀！」都驚跳起來。齊聲求饒，說：

「英雄饒命！我等是小本經紀，哪裡有錢給你！」

楊志看此情景，不覺傻了。半天才說：

「你等是什麼人？不要誤會！」

「我等弟兄七人是濠州人，販賣棗子上東京去；路途打此經過，聽說這黃泥岡上時常有賊打劫客商。可是我們只賣棗子，別無財貨，也就大膽翻上岡來。適聽有人上岡來，只怕是歹人，所以才出來看一看。」長著硃砂記的大漢一口氣說了出來。

楊志一聽，似是鬆了一口氣，說道：

「原來如此，也是一般的客人，誤會，誤會。」

「客官！請帶幾個棗子去！」七人說。

126

「不必！」楊志提了朴刀，再回到擔邊來。

老都管看楊志慢慢走了回來，知是沒事，就調侃楊志說：

「既是有賊，我們完了。」

「俺只道是歹人，原來是幾個販賣棗子的客人。」楊志紅著臉，自覺沒趣。

老都管別過了臉對眾軍健說：

「似你方纔說時，他們都是沒命的！」

「不必相鬧，俺只要沒事便好。你們且歇了，等涼些走。」楊志說罷，眾軍漢們都笑了。

楊志也把朴刀插在地上，自去一邊樹下坐了歇涼。沒半碗飯時，只見遠遠地一個漢子，挑著一副擔桶，唱上岡子來。細聽他的歌辭是：

赤日炎炎似火燒，
野田禾稻半枯焦。
農夫心內如湯煮，
公子王孫把扇搖。

他邊走邊唱，走上了岡子松林裡歇下擔桶，坐地乘涼。眾軍伕看見了，就問那漢子道：

「你桶裡是什麼東西？」

「是白酒。」漢子答。

「挑到哪裡去？」眾軍伕又問。

「挑到村裡賣。」漢子答。

「多少錢一桶？」眾軍伕又問。

「五貫足錢。」漢子答。

於是眾軍伕商量道：「我們又熱又渴，何不買些喫？也解暑氣。」都紛紛地開始湊錢。

楊志見了，暴喝道：

「你們又做什麼？」

「買碗酒喫。」眾軍健答得爽快。

「你們不得酒家言語，胡亂便買酒喫，好大膽！」楊志一邊罵著，一邊調過朴刀桿便打。

128

「沒事又來擾亂！我們自湊錢買酒喫，干你甚事？也來打人！」眾軍士七嘴八舌地說。

「你這些村夫理會得什麼！到來只顧嘴饞，全不曉得路途的艱險，多少好漢被蒙汗藥麻翻了！」楊志說。

「你這客官好沒道理！我又不賣給你喫，卻說出這種話來。」那漢子說話時卻看著楊志冷笑。

大家正在松林邊爭鬧時，只見對面松林裡，那夥販賣棗子的客人，都提著朴刀走出來。說道：

「你們鬧什麼？」

「我自挑這酒過岡子村裡去賣，熱了在此歇涼。他眾人要問我買些喫，我又不曾賣與他。這位客官道，我酒裡有什麼蒙汗藥，你道好笑麼？說出這般話來。」漢子說話時還不時用白眼瞪著楊志。

「呸！我只道有歹人出來，原來是如此。說一聲也不打緊。我們正想酒來解渴，既是他們疑心，且賣一桶來與我們喫。」七個賣棗的客人說道。

「不賣！不賣！」那挑酒的漢子搖手拒絕。

「你這野漢子也好不懂事！我們可不曾說你。你反正要挑到村子裡去賣，我們一般給

你錢，便賣與我們打什麼緊？」七個人都有些慍怒的樣子。

「賣一桶給你們不爭，只是被他們說的不好，又沒碗瓢舀喫？」那漢子已不甚堅持。

「你這漢子也太認真！便說了一聲，打什麼要緊？我們自有椰瓢在這裡。」只見兩個客人已去自己車子裡取出兩個椰瓢來，一個捧出一大捧棗子來。七個人立在桶邊，開了桶蓋，輪替換著舀那酒喫，用棗子下酒。無一時，一桶酒都喫盡了。七個客人道：

「正不曾問你多少價錢？」

「不二價，五貫足錢一桶，十貫一擔。」那漢子道。

「五貫便依你五貫，不過再添我們一瓢喫！」七人說。

「不行！要喫再給錢。」漢子答。

這時一個客人正在付錢，一個客人趁漢子不備，便去揭開桶蓋兜了一瓢，拿上便喫。那漢子趕進去，只見這邊一個客人從松林裡跑出來，手裡拿一個瓢，便又來桶裡舀了一瓢酒。那漢子看見了，搶來劈手奪住，往桶裡一傾，便蓋了桶蓋，將瓢子往地下一丟，口裡罵道：

「你這客人好不君子相！有臉面的人，也這般無賴！」

這時，在對面的那些軍漢，看得心內癢起來，都想要喫，其中一個看看老都管，說……

「老爺爺，替我們說一聲！那賣棗子的客人買他一桶喫了，我們胡亂也買他這桶喫，潤一潤喉也好。其實熱渴了，沒奈何；這裡岡子上又沒討水喫處。老爺方便！」

老都管自己心裡早也想喫，如今見眾軍健說了，竟也對楊志道：

「那販棗子的客人已買一桶喫了，只有這一桶，胡亂教他們買來喫了避暑氣。岡子上又沒處討水喫！」

楊志尋思道：「俺在遠處望這廝們都買他的酒喫了；那桶裡面也見喫了半瓢，想是好的。打了他們半天，胡亂容他們買碗酒喫吧！」就說：

「既然老都管說了，教這廝們買喫了，便起身。」眾軍伕們聽提轄答應了，湊了五貫足錢，來買酒喫。那賣酒的漢子卻道：

「不賣了！不賣了！這酒裡有蒙汗藥！」

「大哥，也太認真！」眾軍健都陪著笑。

「不賣了！休纏！」漢子說。

「你這個渾蛋漢子！他也說得差了，你也太認真了，連累我們也喫你說了幾句，須不關他眾人的事，胡亂賣給他們喫些吧！」販賣棗子的客人，在一旁勸說。

「沒事討別人疑心做什麼？」那漢子緊繃著臉。

131

這販賣棗子的客人把那賣酒的漢子推開一邊，只顧將這桶提去給眾軍伕們喫。那軍漢揭了桶蓋，卻無甚可舀喫，於是賠個小心，問客人借了椰瓢用一用。眾客人道：

「就送這幾個棗子給你們過酒。」

「不敢！不敢！」眾軍伕推辭。

「休要客氣！都是一般客人，何爭在這百十個棗子上？」客人自把棗子放在眾軍前面。

眾軍只得謝了。先兜兩瓢，叫老都管喫一瓢，提轄喫一瓢。楊志那裡肯喫？老都管自先喫了一瓢。兩個虞候各喫一瓢。眾軍伕一發上，那桶酒登時喫盡了。楊志見眾人喫了無事，本自不喫，一者天氣甚熱，二乃口渴難熬，拿起來，只喫一半，喫了幾個棗子。那賣酒的漢子說道：

「這桶酒被那客人多喫了一瓢，少了些酒。我就少算你眾人半貫錢吧！」

眾軍伕湊了錢給他，那漢子收了錢，挑了空桶，依然唱著山歌，獨自下岡子去了。

那七個販棗子的客人，立在松樹旁邊，指著這十五個人，說道：

「倒也！倒也！」

只見這十五個人，頭重腳輕，一個個面面相覷，都軟了軀體，倒在地上。那七個客人

從松林裡推出了七輛江州車兒，把車上的棗子都丟在地上，將十一擔金珠寶貝都裝在車子裡，遮蓋好了，叫聲：「謝謝！」一直往黃泥岡下推去了。楊志雖軟了身體，掙扎不起，但心智明白，心中連聲叫苦。十五個人，眼睜睜地看著那七個人都把金寶裝去了。

原來楊志酒喝得最少，所以不到半個時辰，已經能爬起來，只是兩腳站不穩，看那十四人時，口角流涎，動彈不得。楊志羞憤極了，心想：「我在這黃泥岡上失了生辰綱，如何回轉去見梁中書？不如就岡子上自尋死路。」他正待往黃泥岡下躍身一跳，突然猛悟，停住了腳。尋思道：「爹娘生了洒家，堂堂一表，凜凜一軀。從小學成十八般武藝在身，終不成功立業。若是今日尋個死路，不如他日戴罪立功。」想到這裡，不覺心情又舒坦多了。回身再看那十四個人時，只是眼睜睜地看著楊志，沒一個掙扎得起來。楊志心中憤怒，指著他們罵道：

「都是你這廝們不聽我言語，因此發生此事，連累了洒家！」

往樹根旁檢起了朴刀，掛了腰刀，往周圍看時，已別無物件，十一擔金銀寶貝，就此被盜。不覺歎了口氣，一直下岡去了。

天色也已漸漸昏暗。

【註釋】

① 太平車子：可以載重幾十石，用四五匹到十多匹牲口拉的大車。

② 江州車兒：手推的獨輪小車。

第七章　緊急追緝令

山東濟州府尹，自從接到大名府留守梁中書的書札，要他破劫取生辰綱的指令後，正感茫然無頭緒，一點線索也沒有，整日憂心忡忡。突然門吏來報告說：

「東京太師府裡差來府幹已到廳前，有緊急公文要見相公。」

府尹聽後大驚，心想：「一定又是生辰綱的事！」慌忙陞廳，來與府幹相見。說道：

「這件事下官已受到梁府虞候的狀子，已經差人緝捕，只是未見蹤跡。前日留守司又有行札到來，已杖限①破案。若有些許動靜消息，下官親自到相府回話。」

「小人是太師心腹，今奉太師鈞旨；要小人駐守衙內，限期十日捉拿竊盜，差人解赴東京。若十日不獲，則請相公去沙門島②走一遭。小人也難回太師府去，性命也不知如

何。相公不信，請看太師府送來的鈞帖。」府幹說時，已把鈞帖遞給府尹。

府尹看罷大驚，隨即傳喚三都緝捕使臣何濤。問道：

「前日黃泥岡打劫生辰綱一案，辦得如何？」

「稟復相公；何濤自從領了這件公事，晝夜無眠，差下本管眼明手快的公人，去黃泥岡上往來緝捕，可是到今仍無蹤跡。非是何濤怠慢官府，出於無奈。」何濤據實稟報。

「胡說！『上不緊則下慢』，我自進士出身，歷任到這一郡諸侯，必至沙門島走一遭！你是緝捕使臣，倒不用心，以致禍及於我！先把你迭配到荒蕪的州縣去。」府尹憤怒。便喚來文筆匠，在何濤臉上刺下「迭配×州」的字樣，只空著州名不填。督責道：

「何濤！你若破不了案，重罪難逃！」

何濤接受了一頓訓斥，回到使臣房裡，召集所有公差商議大事。眾人都面面相覷，如箭穿雁嘴、鈞搭魚腮，盡無言語。何濤說：

「你們閒時都在這房裡賺錢使用，如今一事難辦，都不做聲，你眾人也可憐我臉上刺的字樣！」

「我們也非草木，豈不省得？只是這批強人必來自他州，得手後，早回山寨，如何拿

得著？」眾人說時面上俱有難色。

何濤聽了，更加煩惱。離開了使臣房，上馬回到家中，把馬牽到後槽上拴了；獨自一人，悶悶不已。他的老婆見他憂愁，就說：

「丈夫，你今日如何這般嘴臉？」

何濤便把事情的詳情都說了，還把臉上預先刺上的金印也給老婆看。

何濤夫妻倆正在煩憂時，只見他的弟弟何清來了。何清不務正業，何濤一見就有些生氣，對著何清說：

「你不去賭錢，來這做什麼？」

還是他老婆聰明，連忙招手說：

「阿叔，你且來廚下，和你說話。」

何清就跟嫂嫂進到廚房中坐下，嫂嫂安排些酒肉菜蔬，燙幾杯酒，請何清喫。何清問嫂嫂說：

「今日哥哥怎麼如此欺負人，到底也是個親兄弟呀！」

「阿叔，你不知道，今日哥哥心裡有事。」嫂嫂說。

「哥哥每日賺大錢，有什麼不快活的？」何清說。

阿嫂見他誤會，於是把生辰綱被劫，太師限期破案，哥哥臉上預先刺了金字的事都說了。何清才說：

「我也聽人傳說紛紛，有賊人打劫了生辰綱。不知在什麼地方？」

「聽說在黃泥岡。」嫂嫂答。

「卻是怎樣的人劫了？」何清問。

「叔叔，你又不醉，我方纔不是說了，是七個販賣棗子的商人。」嫂嫂說。

「原來如此！既然知道是販賣棗子的商人搶了，何不派精細的人去捕捉？」何清說完，竟哈哈大笑起來。

「你倒說得好，就是沒處去捉。」嫂嫂說時急躁。

「嫂嫂，倒要妳憂！哥哥放著常來的一班兒酒肉兄弟，平常不睬的是親兄弟！今日纔有事，便叫沒捉處。若是教兄弟平時捱得幾杯酒喫，今日這夥小賊倒有個商量處。」何清的語氣中是分明有些線索了。

「阿叔！你可是得了些風聲？」阿嫂試探地問。

「直等親哥臨危之際，兄弟或者有個道理救他。」何清又笑了起來。而且站起身來要走，阿嫂把他留住。

那婦人聽了這話中有話，慌忙跑去對丈夫備細說了。何濤連忙把兄弟請到前面。陪著笑臉說道：

「兄弟，你既知此賊去向，如何不救我？」

「我並不知道，只是和嫂子開玩笑，如何能救得哥哥。」何清突然變了語氣。

「好兄弟，你只想我日常的好處，休記我閒常的歹處，救我這條性命！」何濤從來沒有在弟弟面前如此謙卑。

「哥哥，你管下有三二百個眼明手快的公人，何不與哥哥出些力氣？量一個兄弟怎救得哥哥！」何清有意推諉。

「兄弟，你不要嘔我，只看同胞共母之面！」何濤有些急躁。

「不要慌。等危急時，兄弟自來出力拿這夥小賊。」何清語氣有些緩和了。

阿嫂看何清似已有了幫助丈夫的意思。馬上搶著說：

「阿叔，救你哥哥，也是弟兄情分。如今太師府鈞帖，限時破案，這是天下大事，你卻說小賊。」

「嫂嫂，妳須知我只為賭錢上，喫哥哥多少言語。但是打罵，不敢與他爭涉。平常有酒有食，只和別人快活。今日兄弟也有用處！」何清把往日受的氣都藉此機會發洩。

何濤見他話眼有些來歷，慌忙取一個十兩銀子，放在桌上。說道：

「兄弟，權將這銀子收了。日後捕得賊人時，金銀緞定賞賜，我一力包辦。」

「哥哥正是『急來抱佛腳，閒時不燒香』，我若要哥哥銀子時，便是弟弟勒索哥哥，快拿去收了。」何清哪裡能就此收下。

「銀兩都是官司信賞出的。兄弟你休推卻。我且問你，這夥賊卻在哪裡有些來歷？」

何濤說。

何清拍著大腿說：

「這夥賊，我都捉在袋子裡了！」

「兄弟，此話怎說？」何濤有些焦急。

這時何清不慌不忙地先把十兩銀子收了，再從口袋裡摸出一本手摺，就說：

「這夥賊人都在上面。」

何濤接過手摺慌忙打開來看。立刻問道：

「這資料如何得來？」

這時何清才慢慢說出了經過情形。

原來何清賭博輸了，沒一文盤纏。六月三日那天，有個賭友介紹他去北門外十五里處

安樂村的王家客店，抄寫客商住店的名冊。這時有七個販棗子的商人，推著七輛江州車來歇。何清認得為首的商人是鄆城縣東溪村的晁保正。但是他們在登記時，卻都說姓李，是從濠州販棗子往東京賣。那時何清雖然照登記了，可是心裡懷疑。第二天，他們就走了。

店主帶他去村裡賭，來到一處三叉路口，看見一個漢子挑著兩個桶走來，聽店主叫他「白勝」，據說也喜歡賭博。後來聽說黃泥岡的劫案，何清把兩件事連想在一起，斷定其中必有關聯，於是就把名單抄個副本存了。

何清把經過詳情說畢。何濤聽了大喜，馬上帶何清逕到州衙裡見了太守，稟明詳情，帶了八個差人，連夜來到安樂村，叫了店主人領路，直奔到白勝家裡，已是三更時分。店主人叫開了門，點上了燈火，只聽得白勝在床上呻吟，問他老婆時，卻說是害了熱病不曾得汗。這時差人一擁而入，把白勝從床上拖將起來，見白勝臉色通紅，真是病了，就用索子綁了。何濤大喝道：

「黃泥岡上做得好事！」

白勝哪裡肯認，把那婦人也綑了，也不肯招。眾差人就繞屋尋贓；尋到床底下，見地面不平；眾人掘開，不到三尺深，眾多差人都發聲喚了起來。此時白勝面如土色，差人從地下取出一包金銀。隨即把白勝頭臉都包了，帶了他老婆，扛抬著贓物，連夜趕回濟州城

裡來。正好是五更天明時分。把白勝押到廳前，一頓拷打，要他招出主謀，白勝抵賴，死不肯說。連打了三、四頓，打得皮開肉綻，鮮血迸流。府尹喝道：

「賊首，捕人已知是鄆城縣東溪村晁保正了，你這廝如何賴得過！你快說那六人是誰，便不打你。」

白勝又捱了一會兒，打熬不過，只得招道：

「為首的是晁保正。他自同六人來叫我白勝挑酒，其實我不認得那六人。」

府尹見白勝招了，叫人先取一面二十斤死囚枷枷了白勝；他的老婆也鎖了押去女牢監收。隨即押一紙公文，就差何濤親自帶領二十個眼明手快的公人逕去鄆城縣投下，急捕晁保正和不知姓名的六個正賊；還帶了原解送生辰綱的虞候作眼拿人。去時也不聲張，只怕走漏了消息。星夜來到鄆城縣，先把一行公人並兩個虞候都藏在客店裡，只帶一兩個跟著來下公文，逕奔鄆城縣衙前來。

當時是已牌時分，正值知縣退了早衙，縣前靜悄悄地。何濤走到縣衙對面一個茶坊裡坐下喫茶相等，喫了一個泡茶，問茶博士道：

「今日如何縣前怎麼地靜？」

「知縣相公早衙方散，一應公人和告狀的都去喫飯了，還沒來。」茶博士答。

「今日縣裡不知是哪個押司值日？」何濤又問。

「今日值日的押司來了！」茶博士指著縣門外說。

何濤看時，只見縣裡走出一個人來。那人姓宋，名江，字公明，排行第三。祖居鄆城縣宋家村，他長得面黑身矮，人都喚他「黑宋江」，為人非常孝順，又仗義疏財，人皆稱「孝義黑三郎」。母親早喪，只有父親在堂，有個弟弟叫「鐵扇子」宋清，和他父親宋太公在村中務農，守些田園生活。這宋江自在鄆城縣做押司，他刀筆精通，吏道純熟，更兼愛習鎗棒，學得武藝多般，平生只好結識江湖上好漢；但有人來投奔他的，或高或低，無有不納。人問他求錢財，亦不推託，且好排難解紛，只是周全人性命。時常散施棺材藥餌，濟人貧苦，救人之急、扶人之困。因此山東、河北聞名，都稱他做「及時雨」。

當時宋江正走出縣來，何觀察當街迎住，說道：

「押司，此間請坐拜茶。」

宋江看何濤是公人打扮，連忙還禮，一起進入茶坊坐下，互通了姓名。宋江喝了一口茶然後說道：

「觀察使到敝縣，不知上司有何公務？」

「實不相瞞，來貴縣緝拿要犯。」何濤說。

「不知是緝拿什麼盜賊？」宋江問。

何濤心想：「宋江是押司，也是當案的人，便說也不妨。」於是說道：

「是緝拿黃泥岡劫匪，今已捕得從賊白勝，指說七個正賊都在貴縣。這是太師緊急交辦，望押司協助。」

「休說太師公文，便是觀察自家公文，敢不捕送！只不知白勝所供七人名字？」宋江連忙問。

「不瞞押司說，賊首是貴縣晁保正！」何濤說。

宋江聽罷，喫了一驚。肚裡尋思道：「晁蓋是我心腹兄弟，如今犯下彌天大罪，我不救他時，捕獲了性命難保。」心內慌張，嘴上卻答說：

「晁蓋這姦頑役戶，本縣內上下人沒一個不恨他，今番做出事來，好教他受！」

「相煩押司便行此事！」何濤說。

「不妨，這事容易『甕中捉鼇，手到拿來』，只是一件，這公文須是觀察自己當廳投下，本官看了，好施行發落，差人去捉。小吏不敢擅開。這件公事非是小可，勿當輕洩於人。」宋江有意拖延。

「押司高見，相煩引進。」何濤道。

「本官處理了一早晨事務，剛去歇了，觀察略等待一時，小吏來請。」宋江說罷起身，出得閣兒，離了茶坊，飛也似地跑到住處，牽出馬匹，抽了鞭子，慌忙上馬，慢慢地離了縣治；出得東門，打上兩鞭，那馬潑喇喇地往東溪村攛去；沒半個時辰早到晁蓋莊上。

這時晁蓋正和吳用、公孫勝、劉唐在後園葡萄樹下喫酒。此時三阮已得了錢財，回石碣村去了。晁蓋見莊客報說宋押司在門前。晁蓋問道：

「有多少人隨從著？」

「只獨自一個飛馬而來，說要快見保正。」莊客答。

「必然有事！」晁蓋慌忙出來迎接。宋江打了一聲招呼，攜了晁蓋的手，便往側邊小房走。晁蓋問道：

「押司如何來得慌張？」

「哥哥不知，兄弟是心腹弟兄，我捨著這條命來救你。黃泥岡的事發了，白勝已押在濟州大牢裡，招出你等七人。濟州派了捕快前來緝捕你們，這事幸虧落在我手裡。知縣不移時便差人來拿，『三十六計，走為上計』，你們不可耽擱，倘有疏失，休怨小弟不來救你！」宋江說完，回頭就走，卻被晁蓋一把拉住，往後園見了吳用、公孫勝及劉唐。宋江略一施禮，話也沒說立刻到前面上了馬，打了兩鞭，飛馳似趕回縣城。

宋江飛馬回到縣城，連忙到茶坊裡來，只見何觀察已在店門前張望。宋江說道：

「觀察久等，卻被村裡有個親戚給耽擱了。現在即請觀察到縣裡。」

此時知縣時文彬正在廳上處理事務。宋江拿著實封公文，引著何濤，直到書案邊，叫左右掛上迴避牌；向前稟道：

「奉濟州府公文，為賊情緊急公務，特遣緝捕使臣何觀察到此下文書。」

知縣接著，當廳拆開看了，大驚失色，對宋江道：

「這是太師緊急公文，即刻派人緝捕盜賊！」

「日間去，只怕走了消息，只可差人就夜晚去捉，拿得晁蓋，那六人就有下落。」宋江說。

「這東溪村晁保正，聞名是個好漢，他如何肯做這種勾當？」知縣只顧搖頭。即時叫喚尉司並兩個都頭，朱仝、雷橫。點起馬步弓手和士兵一百餘人，就同何觀察和兩個虞候作眼拿人。當晚都帶了繩索軍器，各乘著馬，前後都是弓箭手簇擁著，出了東門，飛奔東溪村晁家來。到得東溪村口，已是一更天氣，都來到一個觀音庵齊集。朱仝說：

「前面便是晁家莊。晁蓋家前後有兩條路。不如讓我和雷都頭分做兩路。我帶一半人馬步行去，先埋伏在後門，等候哨聲為號，你等向前門只顧打進去，見一個捉一個，見兩

個捉一雙。」

「也說得是，朱都頭，你和縣尉相公從前門打進去，我去截住後門。」雷橫說。

「賢弟，你不省得，晁蓋莊上有三條活路，我平常都看在眼裡，我去那裡，認得路數，不用火把也能見。你還不知他出沒的去處，倘若走漏了消息，不是好玩的。」朱全有些威脅意味。

「朱都頭說得是，你帶一半人去。」縣尉說。

「三十個就夠了。」朱全就領了十個弓手，二十個士兵，先去了。縣尉再上了馬，雷橫把馬步弓手都擺在前後，幫護著縣尉；士兵等都在馬前，明晃晃照著三二十個火把，拿著兵刀，一齊都往晁蓋莊上奔去。大約到了莊前半里多路，忽然見晁蓋莊裡一縷火起，從中堂燒起來，湧得黑煙遍地，紅燄飛空。又走不到十數步，只見前後四面八方，約有三四十把火，燄騰騰地一齊燃起，雷橫挺著朴刀，背後跟著眾士兵發著喊，一齊把莊門打開，都撲了進去，裡面火光照得如同白晝，並不曾見一個人。這時後門也大喊起來，叫前面捉人。

原來朱全不到莊後時，晁蓋雖然已讓吳用、劉唐把劫來的珠寶先送走了，而自己卻和公孫勝還在收拾雜物。晁蓋一看官軍來了，叫莊客只顧四處放火，他和公孫勝引了十數個莊

客，殺將出去。朱全一看是晁蓋，就向旁閃出一條路來，讓晁蓋逃走。自己就緊跟在晁蓋背後。晁蓋回頭說道：

「朱都頭，何苦緊緊追我！」

朱全一看四周沒人，方纔敢說道：

「保正，你怎不見我的好處。我怕雷橫執迷，不會做人情，被我誘到前面去了，我在後門等你出來放你。你沒見我閃開路讓你過去嗎？你不可投別處去，只除梁山泊可以安身！」

「深感救命之恩，異日必報！」晁蓋邊走邊說。

朱全正追趕間，聽得背後雷橫大叫道：

「休教走了人！」

朱全吩咐晁蓋說：

「保正，你休慌，只顧快走，我來支開他。」回頭叫道：「雷都頭，有三個賊往東小路走了，你快追趕。」

雷橫領了眾士兵，便往東小路追趕下去。而朱全一面和晁蓋說話，一面趕他，卻如護送相似。漸漸黑影中不見了晁蓋，朱全只做失腳，撲倒在地。士兵隨後趕來把他扶起。朱

148

全道：

「黑暗裡不見路徑，失腳走下田野，滑倒了，閃挫了左腿。」

當朱仝空手而回時，縣尉大為憤怒，大喝道：

「走了正賊，奈何？」

「非是小人不趕，其實夜黑了，辨不清道路，士兵們沒有用處，又不敢向前。」朱仝說。

這時雷橫也胡亂地趕了一陣，回來。心想：「朱仝與晁蓋交情最好，多半是他放了。

我沒來由做惡人，我也有心要放他，只是被朱仝獨占了人情。」也就敷衍道：

「哪裡趕得上，這夥賊實在了得！」

縣尉和兩個都頭回到莊前時，已是四更時分。何濤見眾人四分五落，趕了一夜，不曾拿得一個賊人，叫苦不迭，只得抓了兩個莊客，連夜趕回濟州。府尹當堂提審兩個莊客，初時還抵賴，等喫了一頓毒打，只得招道：

「先是六個人商議。小人只認得一個是本鄉中教學的先生，叫做吳學究；一個叫公孫勝，一個黑大漢，姓劉。其他三人聽說姓阮，住在石碣村，是打魚的兄弟三人。」

府尹取了一紙招狀，把兩個莊客交割給何觀察，再從大牢裡押出白勝，問道：

「那三個姓阮的住在哪裡？」

白勝知道，如若抵賴，必定又是一頓毒打，只得供說：

「三個姓阮的是小二、小五、小七兄弟三人，都住在石碣村。」

何觀察隨即到了機密房裡與眾人商議。眾多公差都說：

「這石碣村緊靠著梁山泊，都是茫茫蕩蕩，蘆葦水港。若不得大隊官軍，舟船人馬，誰敢去那裡捕捉賊人？」

何濤聽罷遂稟知府尹，再差了一個捕盜巡檢和五百官兵人馬，加上眾公差，將近千人。次日天剛破曉，浩浩蕩蕩往石碣村進發。

此時晁蓋、公孫勝、吳用、劉唐、阮氏三兄弟正在石碣村阮小五莊上商議要去投奔梁山泊的事。只見幾個打魚的慌忙來報道：

「官軍人馬飛奔村裡來了！」

「休慌，且看貧道的本事！」公孫勝也說。

「不妨，我自來對付他，叫他們大半下水裡去死，小半都搦死他！」阮小二說。

且說何濤並捕盜巡檢帶領官兵漸近石碣村，但見河埠有船，盡數都奪了；便使會水的官兵下船裡進發，與岸上騎馬的，水陸並進。到阮小二家，一齊吶喊，人馬並起，撲將進

去，卻早是一所空房，裡面只有些粗重家火。就去附近漁戶打聽，才知道阮小五、阮小七都住在湖泊裡，非船不能到。於是何濤與巡檢商議後，決定把馬匹都教人看守在村裡，所有官兵一起下船，往阮小五打魚莊馳去。行不到五六里水面，只聽得蘆葦中間有人唱歌。

眾人且停了船，聽那歌聲唱道：

忠心報答趙官家。

酷吏贓官都殺盡，

不種青苗不種麻。

「打魚一世蓼兒洼，

何濤與眾人聽了，都大喫一驚。只見遠處一個人獨棹一隻小船兒唱過來。有認得的指道：「這個便是阮小五。」何濤立刻把手一指，眾人拚力向前，各執器械，挺著迎上去。

只見阮小五大罵道：

「你這等虐害百姓的賊官，如此大膽，敢來捋虎鬚！」這時何濤背後的弓箭手，對著小五一齊放箭，阮小五拿著樺楸，翻觔斗鑽下水裡去了，眾人趕到前面，卻拿個空。又撐

不到兩條港汊（ㄔㄚˋ chà），只聽得蘆葦裡打著唿哨，眾人忙把船擺開，見前面兩個人棹著一隻船過來。船頭上站著一人，唱歌道：

老爺生長石碣村，

稟性生來要殺人。

先斬何濤巡檢首，

京師獻與趙王君。

何濤與眾人，又是一驚，有認得的說道：「這個正是阮小七！」何濤指麾眾人拚力向前，要捉拿小七。只聽阮小七笑道：「潑賊！」把鎗只一點，那船便使轉來，直往小港裡走。眾人喊著，捨命追趕。這阮小七和那搖船的飛也似搖著櫓，口裡打著唿哨，向小港裡只顧走。眾官兵趕來趕去，看見那小港窄狹了，何濤道：

「且住，把船都停泊了，靠在岸邊。」

何濤率先上岸，只見茫茫蕩蕩，都是蘆葦，正不見一些旱路。何濤內心疑惑，卻拿不定主意。只得教三兩個公差划著兩隻小船先去探路，去了兩個時辰有餘，不見回報。何濤

心裡更慌，又派出兩隻小船，去了一個多時辰，何濤心想：「在此也不著邊際，不如親自走一遭。」揀了一隻疾快小船，選了幾個壯健公差，各拿著器械，划著五六把樺楫；何濤坐在船頭上，往蘆葦港裡蕩去。那時已是日沒西沉，約走了五六里水面，看見側岸上一個人，提著鋤頭走過來。何濤高聲問道：

「請問，這是去處？」

「這是『斷頭溝』，前面已經沒路了。」那漢子回答。

「你可曾見兩隻船過來嗎？」何濤問。

「他們正在前面林子裡斷打！」那人應道。

何濤立刻叫船攏岸，兩個公差剛上岸，只見那漢提起鋤頭來，把兩個公差，一鋤頭一個，都打下水去。何濤一看大驚，急跳起身，卻待上岸，那隻船忽然又蕩開了，水底鑽出一個人來，把何濤兩腿只一扯，撲通一聲，拉下水裡去了。這幾個船裡的卻待要走，被提鋤頭的趕上船來，一鋤頭一個，腦漿都打了出來。這時何濤被水底下的人拖上岸來，綁了。原來水底的是阮小七，岸上的是阮小二。兄弟兩人看看何濤罵道：

「老爺兄弟三個，從來只愛殺人放火！量你這廝也奈何不得。你如此大膽，竟引著官兵來捉我！」

「好漢！小人奉上命差遣，由不得己。望好漢可憐小人家中有八十歲的老娘，無人養贍，望乞饒恕性命！」

何濤被綑在地上不停哀求。

阮家兄弟把何濤綑得像「粽子」般撇在船艙裡，把幾個公差的屍首都推進水裡去了。

一聲唿哨，蘆葦中鑽出四五個打魚的人來，都上了船，阮小二、阮小七各駕了一隻船走了。

那巡檢領著官兵，不見何濤回來，心裡焦急。那時正是初更左右，星光滿天，眾人都在船上歇涼。忽然從背後吹起一陣怪風，把纜船索都吹斷了。眾人一時都慌了。忽聽後面一聲唿哨，迎著風看時，只見蘆花側畔射出一派火光來。眾人齊聲喊叫，亂做一團。原來一叢小船約有百十來隻，正被大風吹得你撞我磕，捉摸不住，那火光卻早來到面前。原來是一叢小船，兩隻綑住，船上全是蘆葦柴草，刮刮雜雜燒著，乘著風直衝過來，那百十隻官船擠在一起，港汊又狹，又沒迴避處。水底下原來又有人扶助著燒船過來，頃刻間，官船全部燒了起來。官兵紛紛上岸逃走，不想四面全是蘆葦，又沒旱路；只見岸上的蘆葦也刮刮雜雜地燒了起來。這時風又緊、火又猛，眾官兵只得奔到爛泥裡站著。火光叢中，只見一隻小快船馳來，船頭上坐著一個先生，手裡明晃晃地拿著一口寶劍，口裡喝道：

「要性命的，立刻放下兵刃！」

一時官兵都紛紛棄了手中兵刃投降。這時阮小二也提著何濤上岸來，指著罵道：

「你這廝是濟州一個詐害百姓的蠢蟲！我本待把你碎屍萬段，如今留你一條生路，要你回去對濟州府管事的賊說：俺這石碣村阮氏三雄，和東溪村天王晁蓋都不是好欺負的！我也不來你城裡借糧，他也休要來我這村裡討死！倘或正眼兒覷著，休道是一個小小州尹，就是蔡京親自來時，我也搠他三二十個透明的窟窿。俺放你回去，休得再來！」

當時阮小七用一隻小船載了何濤，直送到大路口，喝道：

「這裡一直去，便有出路！如果好好放了你去？也喫那州尹賊驢恥笑！且請留下兩個耳朵來做表證！」

話聲剛落，阮小七已拔出尖刀，把何濤的兩隻耳朵割了下來，鮮血淋漓。

何濤得了性命，自尋路回濟州去了。

【註釋】

① 杖限：官府限定在期限內破案，否則受到杖擊。

② 沙門島：山東蓬萊西北海中的小島，在宋朝時是個荒涼、偏僻的地方。

第八章 招文袋①

鄆城縣令接到一封濟州府的公文，飭他著意守禦，防備梁山泊賊人侵犯。於是就把公文交給宋江疊成文案，行下到各鄉村，責令一體守備。宋江見了公文，內心尋思道：「晁蓋等眾人不想做下這般大事，這是滅九族的罪。」獨自一人納悶了一會兒，只得吩咐貼書後司張文遠將此文書立成文案，下達各鄉各保。

宋江信步走出縣衙，走不到二三十步，突然聽得背後有人叫聲：「押司！」宋江回頭看時，卻是王媒婆，見他引著一個婆子。對宋江說：

「押司，這一家兒從東京來，不是這裡人家；嫡親三口兒，夫主閻公，有個女兒婆惜。他那閻公平昔是個好唱的人，自小教得他那女兒婆惜也會唱諸般小曲兒。年方一十八惜。

歲，頗有些顏色。三口兒因來山東投奔一個官人不著，流落在這鄆城縣。不想這裡的人不喜風流宴樂，因此不能過活，在這縣後一個僻靜巷內權住。昨日他的家公因害時疫死了，這閻婆無錢送葬，想把女兒許配人家，得些錢財，好料理喪事。我道：『這般時節，哪裡有這等恰好！』正在這裡走投無路，只見押司經過，以此老身和這閻婆趕來，望押司可憐，送他一具棺材！」

「原來這事！你們兩個跟我來，去巷口酒店裡借了筆硯，寫個帖子與你們去縣東陳三郎家取具棺材。」宋江說時又從懷裡掏出十兩銀子遞給閻婆。閻婆道⋯

宋江也不理會，只說聲：「休要如此說。」自回住處去了。

「便是重生的父母，再長的爹娘，做做馬報答押司。」

「宋押司家中不見一個婦人，他曾有娘子也無？」

「只聞宋押司家住在宋家村，卻不曾聽說他有娘子；在這縣裡做押司，只是客居。見息一朝，那閻婆來謝宋江，見他住處沒有一個婦人家，回來問隔壁的王婆說⋯

「只聞宋押司家住在宋家村，卻不曾聽說他有娘子；在這縣裡做押司，只是客居。見他常常散施棺材藥餌，極肯濟人貧苦，恐怕是未有娘子？」王婆道。

「我女兒長得好模樣，又會唱曲兒，從小在東京行院②客串時，有幾個官妓的班頭想要她，我都不肯。因此央你與宋押司說，他若要討人時，我情願把婆惜給他。我前日虧你

做成，得了宋押司救濟，無可報答他，因此想與他做個親眷來往。」閻婆說。

王婆聽了這話，次日來見宋江。宋江初時不肯；怎當這婆子「撮合山」的嘴慇懃，宋江也就依允了。就在縣西巷內租了一所樓房，置辦些家具雜物，安頓了閻婆惜母女倆在那裡居住。沒半個月之間，打扮得閻婆惜滿頭珠翠，遍體綾羅；又過幾日，連那閻婆也有了若干頭面衣服，宋江確實是養得婆惜豐衣足食。初時，宋江夜夜與婆惜歇臥，後來漸漸的來得慢了。原來宋江是個好漢，只愛學使鎗棒，於女色上不十分要緊。這閻婆惜水也似後生，況兼十八九歲，正在妙齡之際，因此宋江不中那婆娘意。

一日，宋江帶著張文遠來閻婆惜家喫酒。張文遠長得眉清目秀，齒白唇紅；平昔只愛去花街柳巷，行為浮蕩，學得一身風流俊俏，更兼品竹調絲，無有不會。這婆惜是個酒色娼妓，一見張三，心裡便喜，倒有意看上他。那張三亦是個酒色之徒，這事如何不曉得？見這婆娘眉來眼去，十分有情，便記在心裡。後來只要宋江不在，這張三便去那裡，假意兒只說來尋宋江。那婆娘留住喫茶，言來語去，成了此事。誰想那婆娘自從和張三搭識上了，就打得火塊一般熱，並無半點情分在宋江身上。宋江只要來時，就用言語傷他。因此宋江半月十日才去走一遭。那張三和閻婆惜如膠似漆，夜去明來，街坊上的人都知道了。

宋江半信半疑，自肚裡尋思道：「又不是我父母匹配的

妻室。她若無心戀我，我沒來由惹氣做什麼？我只不上門便了。」從此幾個月都不去，閻婆屢屢使人來請，宋江只推說有事故不上門去。

一日傍晚，宋江從縣衙裡出來，去對面茶坊裡喫茶。只見一個大漢背著一個大包，走得汗流浹背，氣急喘促，把臉別轉著看那縣裡。宋江見這大漢走得蹺蹊，慌忙離開茶坊跟著他走，約走了三二十步，那大漢回過頭來，看了宋江卻不認得。宋江見了這人略有些面熟，心中一時思量不定。又走了一回，那大漢立住了腳，定眼看宋江，又不敢問。只見那漢子去路邊一個篦（ㄅㄧˋ bì）頭鋪③裡問道：

「大哥，前面那個押司是誰？」

「這位是宋押司。」篦頭待詔應道。

「押司認得小弟麼？」

那漢趕上前面，說道：

「足下有些面善。」宋江也自停了下來。

「可借一步說話？」那大漢一把拉住宋江，進入一條僻靜小巷。上了一家酒樓，揀個僻靜閣兒裡坐下，解下包裹，搬在桌子底下，撲身便拜。說道：

「大恩人，如何忘了小弟？」

第八章　招文袋

159

「兄長是誰，真個有些面熟，只是小人忘記了。」宋江連忙站起答禮。

「小弟便是晁保正莊上，曾拜識尊顏蒙恩救了性命的赤髮劉唐！」那漢答道。

宋江聽了，大驚失色。說道：「賢弟你好大膽！幸虧沒被公差看見，險些兒鬧事！」

「感承大恩，不懼一死，特地來酬謝。」劉唐說。

「晁保正弟兄們近日如何？兄弟，誰教你來？」宋江問。

「晁頭領哥哥再三拜上大恩人：得蒙救了性命，現今做了梁山泊主都頭領，吳學究做了軍師，公孫勝同掌兵權。林沖一力維持，火併了王倫。山寨裡原有杜遷、宋萬、朱貴和俺兄弟七個，共是十一個頭領。山寨裡聚集了七八百人，糧食不計其數。只想兄長大恩，無可報答，特使劉唐送一封書和黃金一百兩來相謝押司，再去謝那朱仝都頭。」劉唐把近況詳細地說了。遂打開包裹，取出書信，遞給宋江。宋江看罷，便拽起褶子前襟，摸出招文袋；打開包兒時，劉唐取出金子放在桌上。宋江就桌上取了一條金子和這封信包了，插在招文袋內，放下衣襟。便說：

「賢弟，將此金子依舊包了。」

隨即使喚酒保打酒來，叫大塊切了一盤肉，鋪下些菜蔬果品之類，喫喝起來。喫了一會兒，天色已晚，酒保下樓去了。劉唐又打開包裹，要取出金子。宋江慌忙攔住道：

「賢弟，你聽我說，你們山寨裡正要金銀使用，宋江家中頗有些積蓄，等宋江缺少盤纏時再去取，今日非是宋江見外，包內已經受了一條。朱全那人也有家私，不用送去，我自與他說知人情便了。賢弟，我不敢留你家中住。今夜月色必然明朗，你便可回山寨去，莫在此停留。宋江再三申意眾頭領，不能前去慶賀，切乞恕罪。」

劉唐也是個直爽的人，見宋江如此推卻，想是不肯收了，便將金子包了回去。看看天色晚了，也就要走。劉唐背著包裹跟著宋江離了酒樓，出到巷口，天色已昏黃，是八月半天氣，一輪明月，高掛半天。宋江攜住劉唐的手殷殷話別。

宋江別了劉唐，乘著月色滿街，信步往住處走去，卻正好遇著閻婆趕上前來叫道：

「押司，多日使人相請，好貴人，難見面！就算是小賤人有些言語高低，觸犯了押司，也得看老身薄面，自教訓她，與押司陪話。今晚老身有緣，得見押司，同走一遭去！」

「今日縣裡忙忙，擺撥不開，改日再去！」宋江找藉口擺脫。

「這個使不得，我女兒在家專望，押司胡亂溫顧她便了。」閻婆纏著不放。

「確實忙些個，明日準來！」宋江說了轉頭要走。

閻婆那裡肯放，一把抓住宋江，定要拉他回去，還說了許多好聽的話，宋江哪裡肯聽。兩人拉拉扯扯，糾纏不休。宋江性子爽直，又怕路人見了笑話，只得叫她放手，答應

161

跟她回去。閻婆還怕宋江走脫，跟在宋江後面，來到了門前，宋江立住了腳。閻婆伸開雙手一攔，說道：

「難道到了門口，還不肯進去？」

宋江只好進去凳子上坐了，那婆子生怕宋江還會走，便搬個凳子也在宋江身邊坐了。

叫道：

「我兒，妳心愛的三郎在這裡。」

那閻婆惜正倒在床上，對著盞孤燈，無聊地等小張三來。聽得娘叫道：「妳心愛的三郎在這裡！」還以為是張三郎，慌忙起來，把手掠一掠雲鬢，口裡喃喃地罵道：「這短命！等得我苦也！老娘先打他兩個耳刮子再說！」飛也似地跑下樓來。就窗格子裡一望，堂前琉璃燈卻明亮，照見的是宋江，那婆娘又轉身上樓去了，依前倒在床上。閻婆聽得女兒腳步下樓來，又聽得再上樓去了。婆子叫道：

「我兒，妳的三郎在這裡，怎麼倒走回去了！」

「這屋子裡多遠，他不會來！他又不瞎，如何自己不上來，直等我來迎接他，妳嚕囌什麼！」那婆惜倒在床上，有氣無力地說。

「這賤人真個是許久望不見押司來，氣苦了。」閻婆說時，拉著宋江往樓上走。宋江

聽了那婆娘說這幾句話，心裡自有五分不自在；為這婆子來扯，只得勉強上樓去。

這是一間六椽樓房。前半間安一副桌椅板凳。後半間鋪著臥房；靠近裡面安一張三面稜花的床，兩邊都是欄杆，上面掛著一頂紅羅幔帳，側首放個衣架，搭著手巾；這邊放著個洗手盆、一個刷子；一張金漆桌子上，放一個錫燈檯；邊廂兩個凳子；正面壁上掛一幅仕女圖；對床擺著四把一字交椅。宋江來到樓上，閻婆便把他拖入房裡去。宋江便在凳子上朝著床邊坐了。閻婆到床上拖起女兒來。說道：

「押司在這裡。我兒，妳只是性子不好，把言語來傷觸他，惱得押司不上門。閒時卻又在家裡思念。我如今好不容易請得他來，妳卻不起來陪他，反一再使性。」

那婆子把手捽開，說道：「我又不曾做了歹事！他自不上門教我怎地陪話？」

宋江聽了，也不做聲。閻婆便放一張凳子在宋江肩下，推她女兒過來坐。那婆娘哪肯過來，便去宋江對面坐了。宋江只是低著頭不做聲；婆娘也別轉了臉，不看宋江。閻婆說道：

「沒酒沒漿，做什麼道場？老身有一瓶兒好酒在這裡，買些果品與押司陪話。我兒，妳相陪押司坐著，不要怕羞，我便來也。」

宋江尋思道：「我喫這婆子釘住了，脫身不得。等她下樓去，我隨後也走了。」那婆

子已瞧出宋江心思，出得房門去時隨著把門拴了。宋江暗忖道：「那虔婆倒先算了我。」

不多時間閻婆已買了些果品、鮮魚、嫩雞、肥鮓之類，燙了一壺酒，並三隻酒盞、三雙箸，一桶盤托上來，放在金漆桌子上。看宋江時，他只低著頭；看女兒時，她也朝著別處。閻婆道：

「我兒，起來把盞酒。」

「你們自喫，我不耐煩。」婆惜答。

「我兒，爺娘手裡從小兒慣了妳性兒，別人面上須使不得。」閻婆耐著性圓場。

「不把盞便怎的？終不成飛劍來取了我頭。」婆惜反而更加不把宋江放在眼裡。那婆子一聽反倒笑了起來。說：

「又是我的不是了。押司是個風流人物，不和妳一般見識。妳不把酒便罷，且回過臉來喫盞兒酒？」

婆惜還是不回過頭來。那婆子只得把酒來勸宋江。宋江勉強喫了一盞。婆子笑道：

「押司莫要見責，外人見押司在這裡，多少眼紅不服氣，胡言亂語，押司都不要聽，且只顧喫酒。」

婆子又篩了三盞在桌子上，說道：

「我兒，不要使孩子脾氣，胡亂喫一盞。」

「不要只顧纏我！我飽了，喫不得！」婆惜惡聲惡氣地回答。

「我兒，妳也陪侍妳的三郎喫盞好嗎？」閻婆說。

婆惜一邊聽著，一邊肚裡尋思：「我心只在張三身上，誰耐煩相伴這廝！若不把他灌醉，他必來纏我！」婆惜只得勉強拿起酒來喫了半盞。婆子笑道：

「我兒只是焦躁，且開懷喫兩盞兒睡。」——押司也滿飲幾杯。」

宋江被她勸不過，連飲了三兩杯。婆子也連連喫了幾杯，再下樓去燙酒。那婆子見女兒不喫酒，心中不悅，現在看見女兒回心喫酒，就歡喜道：

「若今夜兜得他住，那人懊惱都忘了！且又和他纏幾時，卻再打算。」

婆子一頭尋思，一面自在竈前喫了三大鍾酒，覺得有些癢麻上來，卻又篩了一碗喫，她拿了酒壺爬上樓來；見那宋江低頭不做聲，女兒也別轉著臉弄裙子。這婆子卻哈哈大笑說：

「你兩個又不是泥塑的，押司，你不像是個男子漢，也該溫柔些，說些風話耍。」

兩人任憑婆子說好說歹，只是不做聲。閻婆惜自想道：「你不來睬我，指望老娘一似閒常時來陪你說話，相伴你耍笑？我如今卻不要！」而那婆子喫了幾盞酒，自己在說個沒

完。

卻說鄆城縣有個賣糟醃的唐二哥，叫做唐牛兒，時常在街上只是幫閒，常常得宋江的齎助，只要聽到一些公事，就去告知宋江，得些賞錢，所以宋江要用他時，也是死命向前。

這一日晚，唐牛兒正賭輸了錢，去縣前尋宋江。奔到住處不見。街坊都說：「方纔見他和閻婆兩個過去，一路走著。」

唐牛兒忖道：「是了。這閻婆惜賊賤蟲，她自和張三打得火塊也似熱，只瞞著宋押司一個。如今他恐也知些風聲，好幾時不去了！今晚必讓那個老咬蟲④假意兒纏去了。我正沒錢使，猴急了，胡亂去那裡尋幾貫錢用，就湊兩碗酒喫。」一直奔到閻婆門前，見裡面燈亮著，門卻不關。進到胡梯邊，聽見閻婆在樓上哈哈地笑。唐牛兒躡腳躡手，上到樓上，往板壁縫裡張望，見宋江和婆惜兩個都低著頭；那閻婆坐在桌子邊，口裡說個不停。唐牛兒閃了進去，向三人打個招呼，站在旁邊。宋江一看計上心來，把嘴往下一努。唐牛兒是個聰明人，已瞧出了七分。看著宋江便說：

「押司，你怎麼忘了？便是早間那件公事。知縣相公正在廳上生氣，叫四五個人到處

「莫不是縣裡有什麼要緊事？」宋江問。

「小人何處不尋過！原來押司卻在這兒喫酒。」

166

找你。」唐牛兒說。

「如此要緊，只得去了。」宋江說著就要下樓。

卻被閻婆一眼看穿，攔住了宋江說：

「押司！不要使這花樣！正是『魯班手裡調大斧』！這知縣自回衙去和夫人喫酒取樂，還有什麼公事要辦？你們這般道兒只好瞞魍魎⑤，騙不得老娘！」

「真個是知縣相公有要緊事，我可不會說謊。」唐牛兒只得硬著頭皮強辯。

「放你娘狗屁！老娘一雙眼卻是琉璃葫蘆兒一般，剛才押司努嘴，叫你使詐，我看得明白。你不但不叫押司進我屋，卻慫恿他走。常言道：『殺人可恕，情理難容』。」閻婆說時跳起身來，便把唐牛兒脖子上一叉，踉踉蹌蹌，直從屋裡叉下樓去。唐牛兒叫個不停。婆子喝道：

「你不曉得破人買賣衣飯，如殺父母妻子！你再大聲嚷，便打你這賊乞丐！」

唐牛兒存心耍賴，鑽將過來道：「妳打！」這婆子乘著酒興，叉開五指，一個巴掌，把唐牛兒掀出簾子外去，順手把門關了，口裡罵個不停。唐牛兒喫了一掌，站在門外大叫道：

「賊老咬蟲，不要慌！我不看宋押司的面皮，教這屋裡粉碎！我不結果妳的性命，不

姓唐。」

拍著胸，大罵著走了。

閻婆回到樓上，在宋江面前，又把唐牛兒罵了一陣。宋江是個忠厚老實人，讓這婆子看穿了心事，反倒抽身不得。閻婆又勸說宋江及女兒幾句，再喫幾盞酒，收拾了杯盤，自己下樓去了。

宋江在樓上自肚裡尋思道：「這婆子女兒和張三兩個暗中勾搭，卻不曾親眼看見。如果我走了，反被看輕。況且夜已深了，我就在此睡一晚，且看這婆娘今夜對我情分如何？」打定了主意，心中反而覺得自在多了。宋江坐在凳子上睋（ㄐㄩㄣ jùn）那婆娘時，見她不脫衣衫便上床去睡了。宋江看了尋思道：「可恨這賤人全不睬我。我今晚多喫了幾盞酒，也有些疲倦，只得睡了吧！」於是，把頭上巾幘除下，放在桌子上；脫下衣裳，搭在衣架上；腰裡解下彎帶，上有一把解衣刀和招文袋，都掛在床邊欄杆上；最後，脫去了絲鞋淨襪，便上床去在那婆娘腳後睡了。

半個更次，聽得婆惜在腳後冷笑，宋江心裡氣悶，如何睡得著？自古道「歡娛嫌夜短，寂寞恨更長」，看看三更交四更，酒已經醒了。捱到五更，宋江起來，用面盆裡盛冷水洗了臉，便穿上衣裳，戴了巾幘，口裡罵道：「妳個賊賤人好生無禮！」原來那婆惜也

不曾睡著，聽得宋江罵時，扭過身來，回道：

「你不羞這臉！」

宋江忍著一口氣，匆匆忙忙地走下樓來。閻婆聽見腳步聲，便在床上說：

「押司，且多睡一會兒，等天明再走，五更起來做什麼？」

宋江也不答應，只顧開了門就一直奔到住處去。走到了縣前，見一盞明燈，原來是賣藥茶的王公來到縣前趕早市。那老兒見宋江走來，忙問說：

「押司，如何今日出來得早？」

「大概是夜來酒醉，錯聽更鼓。」宋江用手摸著頭。

「押司必然傷酒，且請喫一碗『醒酒二陳湯』！」王公說著就盛了一碗濃濃的湯遞給宋江。宋江喫了，驀然想起「時常喫他的湯藥，不曾要我錢。我舊時曾許他一具棺材，不曾給他。想起昨日有那晁蓋送來的金子，在招文袋裡，何不給那老兒做棺材錢，教他歡喜！」宋江就說：

「王公，我日前曾許你一具棺材錢，一向不曾給你。今日我有些金子在這裡⋯⋯」便揭起背子前襟，去取那招文袋，不禁大喫一驚。心想⋯「苦也」！昨夜正忘在那賤人的床頭欄杆上了，我一時氣起來，只顧走，不曾繫在腰裡。這幾兩金子不值什麼！只是晁

蓋寄來的那封信也在袋裡。我平常見這婆娘也看些曲本，頗識幾字，若是被她拿了，倒是麻煩。」便起身說：

「阿公休怪，不是我說謊，以為金子在招文袋裡，不想出來的忙，忘在家裡，我去取來給你。」

「休要去取，明天慢慢給老漢不遲。」王公說。

「阿公，我還有其他東西一起放著，我這就去。」宋江急急忙忙奔回閻婆家裡來。

婆惜聽得宋江出門去了，才爬起來，自言自語說：

「那廝攪了老娘一夜睡不著，他只指望老娘賠不是，我不在乎你。老娘自和張三過得好，誰耐煩睬你，你不上門倒好。」

口裡說著，一邊鋪被，脫下上截襖兒，解了下面裙子，袒開胸前，脫下截襯衣，床面前燈點得明亮，正照見床頭欄杆上拖下條紫羅鸞帶。婆惜見了笑著說：

「黑三那廝忘了鸞帶，拿來給張三繫。」

便用手去提，提起招文袋和刀子來，只覺袋裡有些重，便把手抽開，往桌子上一抖，正抖出那金子和書信來。這婆娘拿起來就燈下照時，是一條黃黃的金子。婆惜笑著說：

「天教我和張三買東西喫，這幾日我見張三瘦了，也正好替他買些補品。」

把金子放下，隨即把那紙書信展開在燈下讀，發現上面寫著許多晁蓋的事情，婆惜不覺叫道：

「好呀！我只道『吊桶落在井裡』，原來也有『井落在吊桶裡』！我正要和張三做夫妻，單單就多你這廝，今日也撞在我手裡！原來你和梁山泊強賊私通，送一百兩金子給你！且讓老娘慢慢地消遣你！」

就把這封信依舊包了金子，插在招文袋裡。婆惜正在樓上自言自語地算計，只聽得樓下呀地一聲門響。婆惜問說：

「是誰？」

「是我！」宋江答了一聲，就逕往樓上來。閻婆惜聽得是宋江，慌忙把鸞帶、刀子、招文袋，一發捲做一團藏在被裡；扭過身，靠了床裡壁，只做齁齁（ㄏㄡ hōu）假睡著。宋江進到房裡，逕到床頭欄杆上去取時，卻不見了。宋江心內更慌，只得忍了昨夜的氣，把手去搖那婦人說：

「妳看我過去的面，還我招文袋。」

閻婆惜假睡著只不應。宋江又搖著說：

「你不要急躁，我明日再賠不是。」

婆惜假裝被驚醒的模樣，雙手揉著眼睛說：

「老娘正睡哩，是誰攪我！」

「妳情知是我，假意什麼？」宋江一語道破。

婆惜扭過身說：「黑三，你說什麼？」

「妳還我招文袋！」宋江說。

「呸！你見著鬼了！」婆惜罵道。

「忘了在妳腳後的欄杆上，這裡又沒人來，當然是妳收了。」宋江說。

「你什麼時候交給我手裡？卻來問我討！」婆惜說。

「夜來是我不對，明日向妳道歉。妳就還了我吧，休要耍弄我！」宋江已近乎哀求。

「誰和你作耍？我不曾收過！」婆惜說。

「妳先時不曾脫衣服睡，如今蓋著被子睡，一定是起來鋪被時拿了。」宋江說。

只見婆惜突然柳眉倒豎，杏眼圓睜，說道：

「是老娘拿了，只是不還你。你可使官府的人來捉拿我去做賊論斷。」婆惜把「賊」字故意說得很重。

「我可不曾冤妳做賊！」宋江說。

「可知老娘不是賊哩！」婆惜又故意把賊字聲音提高。

宋江聽她這麼說時，心中更慌，便說：

「我可不曾虧待過妳母女倆，還了我吧，我要去幹事。」宋江忍耐著。

「平常你只怪老娘和張三的事，他有些不如你處，也不該是一刀的罪犯，哪像你和打劫賊私通！」婆惜把話說得很大聲。

「好姐妹！不要叫，鄰舍聽到，不是玩的。」宋江趕緊用手比著嘴，叫她輕聲。

「你如果怕別人聽到，竟還做得出！這封信，老娘牢牢地收著！若要饒你時，須依我三件事。」婆惜狠狠的說。

「休說三件，就是三十件也依妳！」宋江急了。婆惜才慢慢說出三件事。她說：

「第一，你從今日起把原典押我的文書還我。再寫一紙，依從我改嫁張三。」

「這個依得。」宋江點頭。

「第二件，我頭上戴的、身上穿的、家裡用的，雖然都是你買的，也委一紙文書，不許你日後來討。」婆惜說。

「這個也依得。」宋江毫不考慮地回答。

「只怕你第三件依不得！」婆惜說。

「我已兩件都依妳，緣何這件依不得？」宋江有些疑惑。

「把梁山泊晁蓋送你的一百兩金子，全數給我。我便饒你這一場『天字第一號』的官司。」婆惜說。

宋江一聽，面有難色，遲疑了一陣，說：

「晁蓋果然送我一百兩金子，我不敢收他的，退了回去。」

「不錯吧！常言道：『公人見錢，如蒼蠅見血』，他教人送錢給人，豈會退了回去？這話卻似放屁！做公人的哪個『貓兒不喫腥』？閻羅王前可沒放回的鬼！你待瞞誰？便把這一百兩金子給我，值得什麼！你如果怕是賊贓，可以鎔過了給我。」婆惜說話時聲勢逼人。

「妳也知道我是老實人，不會說謊。妳若不信限我三日，我把家私變賣了，湊一百兩金子給你，妳還了我招文袋！」宋江說。

「你這黑三倒乖，把我一似小孩兒般捉弄？我就先還你招文袋，這封信，歇三日卻問你討金子！我這裡一手交錢，一手交貨。」婆惜說時一聲冷笑。

「確實不曾有金子！」宋江說。

「明朝到公廳上，你也會說不曾有金子？」婆惜說。

宋江一聽「公廳」兩字，怒氣直起，那裡按捺得住，睜大著眼睛說：

「妳還也不還？」

「你這麼狠，難道我就還你！」婆惜態度也十分強硬。

「妳真個不還？」宋江眼中已露出血絲。

「不還！一百個不還！若要還你時鄆城縣衙內見！」婆惜也瞪著眼。

宋江便來扯那婆娘蓋的被。那婦人卻不顧被，只用雙手緊緊抱住胸前。宋江把被扯開，見一條鸞帶從婦人胸前垂下來。宋江說：

「原來在這裡！」

一不做、二不休。伸手就去奪。那婆惜哪裡肯放？宋江在床邊捨命地奪，婆惜死也不放。宋江死命的一拉，倒拉出那把壓衣刀露在席上，宋江便搶在手裡。那婆惜見宋江搶刀在手，叫道：

「黑三郎殺人也！」

只這一聲，提起了宋江這個念頭來。那一肚皮氣正沒出處。婆惜待叫第二聲時，宋江左手早按住那婆娘，右手刀一落，去那婆惜頸子上只一勒，鮮血飛出，那婦人還在掙扎，宋江怕她不死，再復一刀，那顆頭，伶伶仃仃落在枕頭上。宋江連忙取過招文袋，抽出那

封信，便就殘燈下燒了；繫上鸞帶，走下樓去。

那閻婆在下面睡，聽見他們兩口兒爭論，也不在意。後來聽到女兒叫一聲「黑三郎殺人也！」正不知發生什麼事，跳了起來，穿了衣裳，奔上樓來，卻正好和宋江撞在一起。

閻婆問道：

「你兩口鬧什麼？」

「妳女兒太無理，被我殺了！」宋江說話時面無表情，閻婆還以為是宋江說笑，但看他那表情時，心中有些驚恐。推開房門看時，只見血泊裡挺著屍首。閻婆嚇得呆了。宋江往宋江身上打量。

「我是一個硬漢，殺了人絕不逃走，隨妳要怎麼辦？」

「這賤人果是不好。押司殺得沒錯，不過只是老身無人養贍！」閻婆說話時兩眼只顧

「這個不妨。既然你如此說時，妳卻不用憂心。我頗有家計，只教妳豐衣足食便了。」

宋江說。

「那我女兒死在床上，怎麼辦？」閻婆此時異常鎮定。

「這個容易。我去陳三郎處買具棺材給妳，忤作行人來入殮時，我自吩咐。我再給妳

176

十兩銀子辦事。」宋江說。

「押司，只好趁天未明時討具棺材盛了，鄰舍街坊都不見影。」閻婆說。

「說得也是，妳取紙筆來，我寫個票子給你去取。」宋江說。

「票子不濟事，須是押司親自去取，便肯早早發來。」閻婆說。

「也好！」宋江說著就下樓來。閻婆拿了鎖鑰，鎖了門，跟著宋江投縣前來。此時天色尚早，未明，縣門卻纔開。那婆子約莫走到縣前左側，把宋江一把抱住，大聲叫喊：

「有殺人賊在此！」

嚇得宋江慌做一團，連忙掩住閻婆的口，說：「不要叫！」可是哪裡掩得住。縣前幾個公差，走攏過來，看時，認得是宋江，便勸道：

「婆子閉嘴，押司不是這種人，有事慢慢說。」

「他正是兇手，給我捉住，同到縣裡！」閻婆指著宋江說。

原來宋江平時待人最好，上下敬愛，滿縣人沒有一個不讓他，因此做公的不信這婆子的話，都不肯下手捉他。恰好這時唐牛兒托著一盤洗淨的糟薑來縣前趕集，正見這婆子扭住宋江在叫冤屈。想起昨夜的一肚子氣，便把盤子放在賣藥的老王凳子上，鑽將過去，喝道：

「老賊蟲！妳做什麼扭住宋押司！」

「唐二，你不要來打奪人去，要你償命的！」閻婆瞪著唐二。

唐牛兒大怒，那裡聽她說。把婆子手一拆拆開了，不問事由，又開五指，去那閻婆臉上只一掌，打得滿天星，只得放了宋江。宋江趁此機會，往人叢堆裡跑了。

【註釋】

① 招文袋：掛在腰帶上的小袋，古人用它做文件袋、公事包。

② 行院：有兩種解釋：⑴同行、同幫、同業的組織。⑵指妓院，也用作對妓女的稱呼。本書中用第二種解釋。

③ 篦頭鋪：賣櫛髮具的店鋪。

④ 咬蟲：養漢的女人。老咬蟲，就是指虔婆一類的女人。

⑤ 魍魎：是鬼怪，瞞魍魎猶「騙鬼」。

第九章 景陽岡

武松在路上走了幾日，來到了陽穀縣境內。這裡離縣治還遠。當日晌午時分，走得肚子餓了，嘴也渴了，正望見前面有一家酒店，掛著一面酒旗在門前，上頭寫著五個字「三碗不過岡」，武松進到裡面坐下，把哨棒倚了，叫道：

「主人家，快把酒拿來！」

只見主人拿三隻碗、一雙筷、一碟熟菜，放在武松面前，篩了滿滿的一碗酒來。武松拿起碗一飲而盡。叫道：

「這酒好有氣力。主人家，有飽肚的，買些來喫！」

「只有熟牛肉。」酒家說。

「好的切二三斤來下酒。」武松說。

不久，店家去裡面切了二斤熟牛肉出來，做一大盤子盛著，放在武松的面前，隨即再篩了一碗酒。武松喫了又讚美道：

「好酒！好酒！」

店家又篩了一碗酒。恰好喫了三碗酒，再也不來篩酒了。武松敲著桌子叫道：

「主人家，怎麼不來篩酒？」

「客官，要肉便添來！」店家說。

「我也要酒，也再切些肉來！」武松說。

「肉便切來添，酒可不添了！」店家說。

「這就怪了！你如何不賣酒給我喫？」武松疑惑地問。

「客官！你須見我門前酒旗上明明寫道『三碗不過岡』。」店家用手指指前門外。

「什麼叫『三碗不過岡』？」武松問。

「俺家的酒，雖是村酒，卻比老酒都烈，但凡客人，來我店中喫三碗的便醉了，過不得前面的山岡去。因此叫做『三碗不過岡』，若是一般過往客人到此，只喫三碗，就不再添了。」店家說。

「原來如此！我已喫了三碗，如何不醉？」武松笑著說。

「我這酒叫做『透瓶香』，又叫『出門倒』，初入口時，醇濃好喫，少刻時便倒！」酒家說。

「不要胡說！怕我不給你錢，再篩三碗來喫！」武松只顧要喫酒，酒家見武松全然沒有醉意，就又去篩了三碗。武松喫了，說：

「確實是好酒！主人家，我喫一碗給你一碗的錢，只管篩來！」

「客官！不要只顧喫，這酒醉倒人時，沒藥可醫。」酒家勸說武松。

「休得胡說！你就是摻了蒙汗藥，我也有鼻子！」武松說話的嗓門很大。酒家被他纏得沒辦法，一連又篩了三碗。武松說：

「再來二斤肉！」

酒家再切了二斤熟牛肉，又篩了三碗酒。武松喫得口滑，只顧要喫，去身邊取出些碎銀子。叫道：

「主人家，你且來看我銀子，還你酒錢夠嗎？」

酒家過來，看了說：

「有餘，還要找你一些。」

「不要你找錢，只管篩酒來喫！」武松揮揮手說。

「你要喫酒的話，這些錢還足可喫五六碗，只是怕你喫不了。」酒家笑著說。

「就把五六碗一齊篩來！」武松說。

「你這條大漢，倘或醉倒時，誰扶得住你！」酒家說。

「要你扶的不算好漢。」武松拍著胸說。

這時酒家還哪裡肯再篩酒來。武松焦躁地喊叫：

「我又不白喫你的！別引老爺性發準教你屋裡粉碎，把你這店子倒翻過來！」就再篩了五六碗給武松喫。前後共喫了十八碗，拿了哨棒，站起身來，說：

「我才不會醉！」

走出前門來，大聲笑著說：

「還說什麼『三碗不過岡』呢？」

手提起哨棒便走，酒家趕出來叫著說：

「客官！往哪裡去？」

「叫我做什麼？我又不少你酒錢。」武松站下來答話。

「我是好意，你且回來看看榜文？」酒家說。

「什麼榜文？」武松問。

「如今前面景陽岡上，有隻吊睛白額大蟲，晚了出來傷人，已殺了三二十條大漢性命。官府如今限期令獵戶捕捉，在岡子路口都貼了榜文：可教往來客人結夥成隊，於巳、午、未三個時辰過岡；其餘寅、卯、申、酉、戌、亥六個時辰不許過岡。更兼單身客人，務要等伴結夥而過。這時正是未末申初時分，我見你不問人一聲就走，恐怕枉送了自家性命。不如就在我這裡歇了，等明日慢慢湊足三二十人，一齊好過岡子。」酒家把情形詳細地說了。

「我是清河縣人氏，這條景陽岡上走過不下一二十次，幾時聽說有大蟲！你休用這些來嚇我，便是有大蟲，我也不怕！」武松笑著說。

「我是好意救你，你不信時，進來看官府的榜文！」酒家有些氣憤。

「你不用再說，就算真有虎，老爺也不怕！你要留我住，莫非半夜三更，要謀我財，害我性命，卻說有大蟲來嚇唬我！」武松已有些醉意。

「你看麼！我是一片好心，反被認做惡意，你不信時，請尊便自行！」酒店主人搖著頭，自己走進店裡去了。

武松提了哨棒，跨著大步，直朝景陽岡上走去。大約走了四五里路，來到岡子下，見一株大樹，被刮去了皮，在白色的樹面上，寫著兩行字。武松也頗認識幾個字，抬頭看時，上面寫道：

「近因景陽岡大蟲傷人，但有過往客商，可於巳、午、未三個時辰，結夥成隊過岡，請勿自誤。」武松看了笑道：

「這是酒家詭詐，來驚嚇過往客商，便去那店裡住歇。我卻怕什麼？」

武松也不去理會，橫拖著哨棒，便上岡子來。那時已有申牌時分，一輪紅日已漸漸地傍著遠山。武松乘著酒興，只管走上岡子來。走不到半里多路，看見一個破落的山神廟。

走到廟前，見這廟門上貼著一張蓋了官府印信的榜文。武松停住了腳。看上面寫著：

「陽穀縣示：為景陽岡上新有一隻大蟲傷害人命。現已期限各鄉里和獵戶等捕捉未獲。如有過往客商，可於巳、午、未三個時辰結伴過岡，其餘時分，及單身客人，不許過岡，恐被傷害性命。各宜知悉。」

武松讀畢印信榜文，方才相信確實有虎，欲待轉身回酒店裡去，但是內心尋思道：

「我回去必會被他們恥笑，不是好漢。」猶豫了一會兒，又想著：「怕什麼！且只顧上去，看情形再說。」武松硬著頭皮往上走，卻覺得酒氣湧了上來，有些熱，就把氈笠兒掀在脊

184

梁上，把哨棒挾在肋下，一步步走上岡子來；回頭看看太陽，已漸漸地墜下去了。此時正是十月間天氣，日短夜長，天暗得快。武松自言自語說：

「哪裡有什麼大蟲！人自怕了，不敢上山。」

武松又走了一陣，越覺得熱了，一隻手提著哨棒，一隻手把胸前衣服袒開，踉踉蹌蹌，直奔過亂樹林。看見一塊光撻撻（ㄊㄚ tà）的大青石，把那哨棒倚在一邊，倒下身體，正準備睡一會兒。忽然吹起了一陣狂風。那一陣風剛停，就聽得亂樹林中傳來一陣響聲，跳出一隻吊睛白額大蟲來。武松見了，叫聲「哎呀！」從青石上立刻翻滾下來，便拿那哨棒在手裡，閃在青石邊。那大蟲又飢又渴，把兩隻爪在地上略按一按，從半空裡攛下來。武松被那一驚，酒都變成了冷汗出了。說時遲、那時快，武松眼看大蟲撲來，只一閃，閃在大蟲背後。

原來那大蟲背後看人最難，便把前爪搭在地下，把腰胯一掀，掀將起來，武松又只一閃，閃在一邊。大蟲見掀他不著，吼了一聲，好像半天裡響起一聲雷，震得那山岡都動了，把一條鐵棒似的虎尾倒豎起來，只一翦，武松即時又閃在一邊。原來那大蟲拿人只是一撲、一掀、一翦；三般動作都捉不到人時，牠的氣勢就先消失了一半。那大蟲又翦不著一撲、一掀武松見那大蟲剛翻轉身來，乘牠還沒站穩，雙手掄起武松，再吼了一聲，一兜兜轉個身。

哨棒，盡平生氣力，只一棒，從半空劈將下來。只聽得簌簌地一陣響，把那樹連枝帶葉劈了下來。定睛看時，一棒劈不著大蟲；原來打急了，正打在枯樹上；把那條哨棒折成了兩截，只拿一半在手裡。

那大蟲咆哮起來，凶性大發，翻身又是一撲，撲過來，武松又一跳，退了十步遠，那大蟲恰好把兩隻前爪搭在武松面前。武松把半截哨棒丟在一邊，兩隻手就勢把大蟲頂花皮一把地抓住，一按按將下來。那隻大蟲要掙扎，卻被武松用盡氣力壓住，哪裡肯有半點兒鬆懈。武松提起一隻腳往大蟲的面門上、眼睛裡，只顧亂踢。那大蟲咆哮不停，把身底下爬起了兩堆黃泥，扒出了一個土坑。武松把大蟲的嘴直按下黃泥坑裡去。那大蟲被武松壓得沒了些氣力。武松把左手緊緊地揪住頂花皮，偷出右手來，提起鐵鎚般大小的拳頭，盡平生之力，只顧打。打到五七十拳，那大蟲眼裡、口裡、鼻子裡、耳朵裡，都迸出鮮血來，更動彈不得，只剩口裡不停的喘氣。武松放了手，來松樹邊尋到那打折的哨棒，拿在手裡，只怕大蟲不死，又用棒打了一回。

眼看大蟲的氣都沒了，方纔丟了棒。尋思道：「我就此拖得這死大蟲下岡子去！……」就血泊裡雙手來提時，哪裡提得動？原來力氣已經用盡，手足早已酥軟了。

武松又回到青石上坐著歇了一會兒，心裡想：「天色看看已經黑了，如果再跳出一隻

大蟲來時，卻怎麼鬥得過牠？且挣扎下岡子去，明早再來料理！」主意已定，就石頭邊尋了氈笠兒，轉過亂樹林邊，一步步捱下岡子來，走不到半里多路，只見枯草中又鑽出兩隻大蟲來。武松叫道：

「哎呀！這回完了！」

卻見兩隻大蟲在黑影裡直立站了起來。武松定眼看時，卻原來是兩個人，把虎皮縫做衣裳，緊緊繃在身上，手裡各拿著一條五股叉，見了武松，大喫一驚，說道：

「你……你……你喫了忽獍心、豹子膽、獅子腿？膽倒包著身軀！怎麼敢獨自一人，昏暗的夜晚，又沒帶器械，走過岡子來！你……你……你是人？是鬼？」

「你兩個是什麼人？」武松喝問道。

「我們是本地的獵戶。」那兩個人答。

「你們上嶺來做什麼？」武松問。

「你難道還不知道嗎？如今景陽岡上有一隻極大的大蟲，夜夜出來傷人；就是我們獵戶也被殺了七八個人，被殺的客人更是不計其數。本縣知縣下令當鄉里正和我們獵戶共同捕捉，可是那畜生異常凶猛，誰敢接近！我們為了牠，正不知挨了多少棒打，只是捉不住牠。今晚又該我們兩個捕獵，和十數個鄉民都在此，上下放了窩弓①、藥箭等牠。正在這

裡埋伏，卻見你大搖大擺地從岡子上走下來，使我倆喫了一驚。你是什麼人？難道沒遇見大蟲嗎？」那兩個獵人驚訝地說。

「我是清河縣人氏，姓武，排行第二。剛才在岡子上亂樹林邊，正撞見那隻大蟲，被我一頓拳腳打死了。」武松說。

兩個獵戶聽得癡呆了。半天才說：

「恐怕不可能吧！」

「你不信時，只看我身上全是血跡。」武松說。

「那麼，你是怎麼打的？」兩個同聲問。

於是武松把打死大蟲的本事說了一遍。兩個獵戶聽了，又驚又喜，叫攏來十幾個鄉民，只見他們也都拿著鋼叉、踏弩、刀、鎗。武松看了他們一眼說：

「他們眾人如何不隨你們兩個上山？」

「因為那畜生厲害，他們怎麼敢上來！」獵戶答。

一夥十數人都到了面前，兩個獵戶把武松打虎的事向眾人又說了一遍。眾人都不肯相信。武松說：

「你眾人如果不信，我帶你們去看！」

眾人身邊有帶火刀、火石的，隨即發出火來，點燃起五七個火把。都跟著武松一同再上岡子來，看見那大蟲一堆兒死在那裡。眾人見了大喜，先叫一人去通知里正和報告縣府，岡上的五七個鄉民合力把老虎綑縛起來，抬下岡子來。眾人見了大喜，先叫一人去通知里正和報告縣府，岡上的五七個鄉民合力把老虎綑縛起來，抬下岡子來。剛到嶺下，早已有七八十人鬧鬨鬨的迎接上來，把死大蟲抬在前面，用一乘轎子抬了武松，往本地一個大戶家來。那時本鄉的里正已到莊前迎接，把這大蟲扛到草廳上。這時本鄉的大戶和獵人，大約有二三十人，都來觀看武松。眾人問道：

「壯士高姓大名？貴鄉何處？」

「小人是此間鄰郡清河縣人氏，姓武名松，排行第二。昨晚在岡子那邊喫酒喫得醉了，上岡子來，正撞見那畜生。」武松還把打死大蟲的經過又都詳細地說了一遍。眾大戶不約而同地讚美說：

「真是英雄好漢！」

眾獵戶都送了些野味來給武松下酒。武松因為打大蟲睏乏了，要睡；大戶就叫莊客打掃客房，且教武松休息。

第二天清晨，武松起來，洗漱罷，許多大戶都牽著羊、挑著酒，已在前廳侍候。武松穿了衣裳，整頓了巾幘，出到前面，與眾人見了面。眾大戶們都舉杯祝賀說：

「我們被這畜生不知害了多少性命。今日幸得壯士來到，除了大害。第一，鄉中人民有福。第二，從此客商通行無懼。凡此種種，實出壯士之賜！」

武松連忙謝道：

「非小人之能，託賴眾長上福蔭！」

眾人都來道賀，喫了一早晨酒食。抬出大蟲，放在虎床上。眾鄉民都把緞疋做成的紅花，替武松掛上，一齊都出莊來，這時早有陽穀縣知縣相公派人來迎接武松，彼此相見了，叫四個莊客用涼轎抬了武松，把那大蟲扛在前面，也掛了紅花，一路上放著鞭炮，往陽穀縣裡來。

陽穀縣的居民聽說一個壯士打死了景陽岡上的大蟲，都出來圍觀，轟動了整個縣城，武松坐在轎子上，往下看時，只見摩肩擦背，萬頭攢動，鬧鬧攘攘地滿街滿巷，都來看打虎英雄。等到達縣前衙門口時，知縣已在廳上等候。武松下了轎，扛著大蟲，來到廳前，把大蟲放在甬道上。知縣一看武松如此魁梧，又見了這麼大的錦毛虎，不覺讚美說：

「不是這個大漢，怎打得這條大蟲！」

武松在廳上把打虎的經過又說了一遍，廳上、廳下的許多人都聽得呆了。知縣就在廳上，當眾賜了武松幾杯酒，拿出大戶們湊集的一千貫賞錢，要給武松。武松推辭著說：

190

「小人託相公福廕，偶然僥倖打死老虎，非小人之能。聽說眾獵戶為了這隻大蟲，受了多次責罰，不如把一千貫錢分賞給他們。」

知縣聽了頗為感動，見他忠厚仁德，就當著眾人面前參武松做了步兵都頭。鄉民們又是一陣陣歡呼。

【註釋】

① 窩弓：一種埋在草叢或浮土中間，踩著機關就要中箭。獵人捉猛獸用的重要武器。

第十章　人頭祭

一日，武松閒著無事，獨自在街上逛。突然聽見背後有人喊他。武松回頭一看，原來是自己嫡親的哥哥武大郎。武松又驚又喜，緊緊地握住哥哥的手，說：

「一年多不見哥哥，怎麼來到了此地？」

「唉！弟弟不知，自從你離開後，我娶了一家大戶人家的侍女做老婆，她叫潘金蓮。那些清河縣裡的浮浪子弟，看不順眼，常來欺負我。你在家時誰也不敢來放個屁，我如今卻安身不下，只得遷來此地賃屋居住。」武大郎歎著氣說。

「如今有弟弟在，誰敢再欺負你，我打斷他的狗腿。不知哥哥家住何處？」武松拍著胸脯說。

「就在前面紫石街！」武大郎用手一指前方。

武大郎生意也不做了，武松替哥哥挑著炊餅擔子，武大引著，轉彎抹角，一直往紫石街走來。轉過兩個彎，來到一家茶坊的隔壁。武大高叫一聲：

「大嫂開門！」

只見簾子一掀，一個婦人走出來，答應道：

「大哥！怎麼這麼早就回來啦！」

「妳的叔叔在這裡，且來見面！」武大說。

武大接過了擔兒，走進房裡，不一會兒就走出來說：

「弟弟進來和你嫂嫂相見！」

武松揭起簾子，走了進去，和潘金蓮見了面。武大說：

「大嫂，原來景陽岡上打死大蟲的英雄就是我這兄弟。」

「叔叔萬福！」潘金蓮叉手行禮。

「嫂嫂請坐！」武松說罷，立刻推金山、倒玉柱，跪下便拜。潘金蓮急忙上前，扶起

武松說：

「叔叔，折煞奴家！」又說：

「叔叔，請上樓去坐！」

於是三個人同上了樓坐下，潘金蓮看著武大說：

「我陪著叔叔坐，你去安排些酒食！」

武大答應了一聲，也就下樓去了。潘金蓮不斷地瞄著武松，心中尋思道：「武松和他是一母嫡親兄弟，他生得這般魁梧高大，若我嫁得這等一個，也不枉為人一世！你看我那『三寸丁穀樹皮』，三分像人、七分似鬼。我怎麼這等晦氣。看那武松，他把大蟲也打倒了，必然好氣力……何不叫他搬我家來住？」主意一定，潘金蓮臉上立刻堆下笑容，問武松說：

「叔叔，到此地幾天了？」

「到此地十數日了。」武松答。

「叔叔，哪裡安歇？」潘金蓮問。

「胡亂權且在縣衙裡住。」武松答。

「叔叔，這樣恐怕處處不方便吧？」潘金蓮問。

「獨自一身，容易料理。早晚有士兵服侍。」武松答。

「那種人怎能照顧得好！何不搬來家裡住？早晚要些湯水喫時，奴家親自安排，不強

似那般骯髒人。叔叔便喫口清湯，也放心得下。」

「謝謝嫂嫂！」武松答。

「莫不別處有嬸嬸？可請來見面？」潘金蓮問。

「武二並不曾婚娶。」武松答。

「叔叔青春多少？」潘金蓮又問。

「廿五歲。」武松答。

「喔！長奴三歲！叔叔今番從哪裡來？」潘金蓮又問。

「在滄州住了一年有餘，以為哥哥還住在清河縣，沒想到已搬來陽穀縣了！」武松說。

「一言難盡！你哥哥人太善良，遭人欺負。若是叔叔這般雄壯，誰敢說個『不』字？」武松說。

潘金蓮說話時兩眼不離武松看。

「家兄從來本分，不似武松撒野！」武松說。

這時潘金蓮卻哈哈笑了起來，正待說話。武大已買了些酒肉、果品歸來，放在廚下，走上樓來，叫道：

「大嫂，妳下來安排！」

潘金蓮不耐煩地答應說：

「你太不懂事了，叔叔在這裡坐著，卻教我搬了下來。你不會央隔壁的王乾娘安排便了。」

武大只得去請隔壁的王婆子安排妥當，都端上樓來，擺在桌子上。武大叫潘金蓮坐了主位，武松對席，武大自己坐在旁邊。潘金蓮笑容可掬，滿口兒叫著叔叔，撿了好魚好肉一直往武松面前遞。武松是個個性直爽的漢子，只以為嫂嫂待他客氣，哪裡會想到潘金蓮的用心。而武大卻是個善良懦弱的人，只顧上下遞酒、燙酒，哪裡來管別的事。潘金蓮喫了幾盞酒，膽子越發大了，那一雙眼睛只顧看著武松。武松被看得不好意思，低著頭不去理會。武松喫了一回，恐衙門裡有事，起身要走，武大留他不住，便和潘金蓮送他下樓。

潘金蓮說：

「叔叔，一定要搬來住，否則我與你哥哥被人笑話。親兄弟不比別人，大哥你就整理個房間，請叔叔來家裡過活，休教街坊鄰舍說不是。」

「大嫂說得甚是。弟弟，你便搬來，也教我爭口氣！」武大也說。

「既是哥哥嫂嫂這麼說，今晚有些行李便去取來。」武松見推辭不得，只得答應了。

武松別了兄嫂，離了紫石街，直接到縣裡來，正值知縣在廳上辦事。武松就把遇見兄嫂，要搬到家裡去住的事，向知縣稟知。知縣聽罷就說：

196

「這是孝悌的做法，我如何阻止你？你可每日來縣裡侍候。」

武松謝了，收拾好行李，叫個士兵挑了，來到哥哥家裡。潘金蓮見了，就像半夜裡撿到元寶似的，歡喜得不得了。武大叫個木匠就在樓下整了一個房間，鋪下一張床，裡面放一條桌子，兩張板凳，一個火爐。武松把行李安頓了，吩咐士兵回去，當晚就住在哥哥家。

次日清晨，潘金蓮慌忙起來燒洗面湯、舀漱口水，叫武松洗漱了，裹了巾幘，出門去縣裡畫卯。武松臨出門時潘金蓮送到門邊。說：

「叔叔，畫了卯，早些個回來喫飯。休去別處喫。」

武松答應了一聲，就去縣衙裡侍候。中午回來時，見潘金蓮洗手剔甲，打扮得整整齊齊，早已安排下飯食。三人共桌喫了飯，潘金蓮雙手捧一盞茶遞給武松。武松慌忙接過，說道：

「這般麻煩嫂嫂，武松寢食不安。不如去縣裡撥個士兵來使喚？」

潘金蓮連聲說：

「叔叔，這般見外，自家的骨肉，又不服侍了別人。便撥個士兵來上鍋上竈也不乾淨，奴眼裡也看不得這種人。」

武松看嫂嫂如此，也只好作罷。武松拿出些銀子給武大，買了些糕餅、果品，請鄰舍喫茶。又送了一匹彩緞子給嫂嫂做衣服。武松自此就在哥哥家裡歇宿。

轉眼已到了十二月，連日朔風緊起，彤雲密布，下起大雪來。武松一早就到縣裡去畫卯，直到中午還沒回來。潘金蓮催促武大冒著風雪出去做買賣。請了隔壁的王婆做了幾樣酒菜，去武松房裡生了一個火爐。心裡想道：「我今日挑逗他一番，不信他不動情！⋯⋯」

潘金蓮獨自一人冷冷清清地在簾兒下等著，只見武松踏著亂瓊碎玉般的雪花走回來。潘金蓮掀起簾子，陪著笑臉說：

「叔叔寒冷？」

伸手去揭武松的氈笠兒。武松不好意思勞動嫂嫂，自己把帽子上的雪花拂去，掛在壁上。武松脫了油靴，換了一雙襪子，穿了煖鞋，拿張凳子坐在爐邊烤火。潘金蓮把前門上了閂，後門下了鎖。把酒菜搬到武松房裡的桌子上。武松問道：

「哥哥哪裡去了？」

「你哥哥出去做買賣，我和叔叔自飲三杯。」潘金蓮說時，早已煖了一壺酒來，潘金蓮自己也拿張凳子挨近火爐邊坐了。拿起酒盞，看著武松說：

「叔叔滿飲此杯！」

武松接過酒來，一飲而盡，潘金蓮又斟滿一杯，說道：

「天氣寒冷，叔叔，飲個成雙兒杯吧！」

武松說聲：「嫂嫂自便！」接過杯來，又是一飲而盡。武松也篩一杯遞給潘金蓮，潘金蓮接過酒來也喫了，卻又注滿一杯遞在武松面前。潘金蓮將酥胸微露，雲鬟半垂，臉上堆著笑容，說道：

「我聽說，叔叔在縣前東街上，養著一個唱的，可有這回事？」

「嫂嫂聽人胡說！我武二不是這種人。」武松答。

「我不信，只怕叔叔口頭不似心頭。」潘金蓮笑著說。

「嫂嫂不信時，只管問哥哥。」武松答。

「他曉得什麼，曉得這等事時，不賣炊餅了。叔叔再喫一杯。」潘金蓮連篩了三四杯酒，自己也有三杯落肚，鬨動春心，那裡按捺得住，只管拿閒話來說。武松也知了四五分，只是低頭勉強忍耐著。潘金蓮起身去燙酒。武松自在房裡拿著火筋簇火。潘金蓮煖了一壺酒上來，一隻手拿著酒壺，一隻手便去武松肩胛上捏了一把。說：

「叔叔，只穿這些衣服，不冷？」

武松心裡已有六七分不愉快，所以也不答應。潘金蓮見他不應，劈手便來奪火箸，口

裡說：

「叔叔不會簇火，我替叔叔撥火；只要似火盆常熱便好。」

武松已是八九分焦躁，只不做聲。潘金蓮慾心似火，放了火箸，卻注了一盞酒來，自己先喫了一口，剩下大半盞，看著武松說：

「你若有心喫我這盞兒殘酒。」

武松劈手奪來，潑在地上。說道：

「休要這樣不知羞恥！」

把手只一推，險些兒把潘金蓮推倒。武松睜大眼睛說：

「武二是個頂天立地噙齒戴髮的男子漢，不是那種敗壞風俗，沒人倫的豬狗！嫂嫂休要這般不識廉恥！倘有些風吹草動，武二眼裡認得嫂嫂，拳頭卻不認得嫂嫂！下次不要再這樣了。」

潘金蓮滿臉通紅，便拿開凳子，口裡說道：

「我只是開玩笑，你卻當真起來，好不識人敬重！」搬了盞碟往廚房去了。

到了未牌時分，武大郎挑了擔兒回來，潘金蓮慌忙開了門，就急急地躲進廚房。武大把擔兒歇了，跟進去，見老婆雙眼哭得紅腫。武大說：

「妳和誰鬧了？」

「都是你不爭氣，教外人來欺負我！」潘金蓮說。

「誰人來欺負妳？」武大問。

「還有誰！就是你那弟弟。我見他大雪裡歸來，連忙安排酒菜，請他喫；他見前後沒人，就用言語調戲我。」潘金蓮說著又哭了起來。

「我的兄弟不是這種人，從來老實。休要高做聲，讓鄰舍聽了笑話。」武大說罷，撇了老婆，來到武松房裡叫道：

「弟弟，你不曾喫點心，我和你喫些？」

武松只不做聲，尋思了半晌，再脫了絲鞋，依舊穿上油靴，帶了氈笠兒，一頭繫帽纓，一面出門。武大叫道：

「弟弟哪裡去？」

武松一應也不應，只顧走了。武大回到廚房對潘金蓮說：

「我叫他又不應，只顧往縣裡去，不知是怎麼了？」

「糊塗蟲！有什麼不解，那廝羞了，沒臉兒見你，才走了出去。我也不許你再留他住宿！」潘金蓮罵著說。

「他搬出去，會讓人笑話！」武大眉宇深鎖。

「混沌魍魎①！他來調戲我，難道就不讓別人笑話！你要便自和他去過活，給我一紙休書就是！」潘金蓮說話聲音越來越大。

武大哪裡敢開口。正在此時，只見武松引了一個士兵，拿著條扁擔，直接來房中收拾了行李，便出門去了。武大趕出來叫道：

「弟弟，做什麼搬了去？」

「哥哥，不要問，說出來使你出醜，還是由我去吧！」武松說著就搬著行李走了。只聽潘金蓮不停的罵著：

「你搬走了，謝天謝地，且得冤家離眼前！」

武大見老婆這般罵，不知怎麼回事，心中悶悶不樂。

歲月如流，不覺雪晴，陽穀縣知縣，到任已經二年半多了，積蓄了一些錢財，想派人送上東京的親戚處，謀個陞轉。這日，想起武松是條好漢，就讓他送去，武松一口答應。隨即取了些銀兩，叫士兵去街上買了酒和魚肉、果品之類，一直來到紫石街武大家裡。武大恰好賣炊餅回來。看見弟弟來了，連忙招呼進屋，武松就叫士兵到廚房去安排酒食。潘金蓮餘情不斷，見武松帶酒食來，以為對她有情，便上樓去重勻粉面，再整雲鬟，換些鮮

豔的衣服穿了，來到門前，迎接武松。說：

「不知哪裡得罪了叔叔？好幾月不上門了。每日叫你哥哥去縣衙裡尋，總是沒尋處。今日且喜叔叔來了。沒事壞錢做什麼？」

「武二有句話，特來和哥哥嫂嫂說知。」武松說。

「既是如此，樓上坐！」潘金蓮道。

於是三人上了樓，此時士兵也已安排好酒食端上樓。潘金蓮只顧把眼來睃武松，武松只顧喝酒。酒過五巡，武松才斟了一杯酒，拿在手裡，敬武大說：

「大哥，我奉知縣差遣，明日便啟程往東京辦事。多則兩個月，少則四五十天。只因哥哥為人懦弱，我不在家時，被人欺負。假如你每日賣十籠炊餅，從明日起只賣五籠，每天遲出早歸，不要在外邊喫酒，回到家裡，早點關門，免生是非。如果有人欺負你，也不要和人爭執，等我回來再說。大哥依我言時，滿飲此杯！」

武大聽了連連答應，接過酒杯，一飲而盡。武松又斟了一杯，對潘金蓮說：

「嫂嫂是個精細的人，不必武松多說。常言道『表壯不如裡壯』、『籬牢犬不入』，只要嫂嫂把得家定，哥哥就沒煩惱了。」

潘金蓮被武松這一說，一點紅從耳朵邊起，脹紫了面皮；指著武大罵道：

「你這個骯髒混沌！有什麼言語在外人處說了，來欺負老娘！」

推開了酒盞，一直跑下樓去。走到半胡梯上還說：

「我當初嫁武大時，可不曾聽說有什麼阿叔，不知是哪裡走得來的！」

武大、武二兄弟也不理會，只顧喫酒。武松見武大眼中垂淚，就說：

「哥哥便是不做買賣也罷，盤纏兄弟自將送來！」

又喫了一會酒，武松起來告辭，武大送武松一直到門前，一句話也沒說。

自從武松離開陽穀縣以後，潘金蓮一連罵了武大幾天，武大忍氣吞聲，心裡只依著兄弟的言語，每天只做一半炊餅去賣，遲出早歸；一歇了擔子，就去除了簾子，關上大門。

潘金蓮看了心內焦躁，指著武大，大罵：

「混沌濁物！我倒不曾見日頭在半天裡，便把著喪門關了，也不怕別人恥笑！」

「由他們笑話我家禁鬼！我兄弟說的是好話，省了許多是非。」武大答。

「呸！濁物！你是個男子漢，自己不做主，卻聽別人調遣！」潘金蓮罵得更凶。

「由他，我的兄弟是金子般的言語。」武大搖手說。

潘金蓮和武大鬧了幾場，也就慣了。每日約莫到武大歸時，先去除了簾子，關上大

門。武大見了，心中暗自歡喜。

冬已將殘，天色已漸漸回陽微煖。這天也是武大將要回來的時分，潘金蓮先到前門去

又那簾子，手裡的叉拿不牢，失手滑了下去，不端不正，正好打在人頭巾上，那人立住了

腳，正要發作，回過臉來看時，卻是一個妖嬈（ㄖㄠˊ ráo）的婦人，先是酥了半邊身體，怒

氣全消，變做了笑臉。潘金蓮見他不責怪，就道歉說：

「奴家一時失手，官人疼了？」

「不妨事！不妨事！娘子閃了手。」那人一手整著頭巾，一面睜著眼睛瞄著潘金蓮身

上打轉，卻被隔壁家茶店裡的王婆看見了。

原來被潘金蓮竿子打著的漢子，是陽穀縣一個破落戶財主，叫西門慶。在縣前開了一

家生藥鋪。這人從小奸猾，也會使些拳棒，近來暴發跡，專在縣裡勾結貪官汙吏，榨取善

民，無惡不作，所以縣裡人都怕他，稱他「西門大官人」。

這天，西門慶來到了王婆的茶坊，去裡邊水簾下坐了。王婆笑著上來招呼，西門慶也

笑著說：

「乾娘，妳且來，我問妳，壁間那個雌兒是誰的老小？」

「她是閻羅大王的妹子，五道將軍的女兒，問她幹什麼？」王婆故意賣個關子。

「乾娘，我和妳說正經話，休要取笑！」西門慶掉了一把碎銀塞在王婆手中。

王婆就湊著西門慶耳邊低聲說了幾句，西門慶頓著腳笑道：

「莫不是『三寸丁穀樹皮』的武大郎嗎？好一塊羊肉，落在狗嘴裡。」

王婆也笑著說：

「『駿馬卻馱癡漢走，巧妻常伴拙夫眠』，月下老人偏要這般配合！」

兩人閒聊了一回。王婆端了一碗梅湯，雙手遞給西門慶，西門慶慢慢地喫了，把碗放在桌上。說：

「王乾娘，你這梅湯做得真好，有多少在屋裡？」

「老身做了一世『媒』，哪討一個在屋裡？」王婆故意逗著西門慶說話。

「我問妳梅湯，妳卻說做媒，差了多少？」西門慶說。

「老身只聽大官人問這『梅』做得好，老身只道說做媒？」王婆笑著說。

「乾娘，妳既是撮合山，也替我做個媒，我定重重謝妳。」西門慶見話題近了，心中歡喜。

「大官人，你宅上大娘得知時，婆子這臉怎喫得耳刮子？」王婆說。

「我家娘子最好，極是容得人。現今我已討幾個在身邊，只是沒中意的，就是『回頭

人』也好，只要中得我意。」西門慶說。

「前日有一個不錯，只怕大官人不要。」王婆說。

「妳說說，若好時，我自謝妳。」西門慶說。

「生得十二分貌美，只是年紀大了些。」王婆說。

「差一兩歲無妨！」西門慶說。

「那娘子戊寅年生，屬虎的，新年恰好九十三歲。」王婆說。

西門慶一聽，哈哈笑道：

「你看這瘋婆子，只會扯著瘋臉取笑！」

西門慶看看天色已晚，才起身走了。

第二天清晨，王婆剛才開門，探頭往外看時，卻見西門慶已經在門前來往踱著。王婆心想：

「這個刷子急了，你看我弄點甜頭抹在你鼻子上，只叫你舐不著。再慢慢榨你！」主意已定，開了門後，卻去生爐燒水，整理茶鍋。這時西門慶急忙奔了進來，水簾下一坐，直望著武大門前簾子裡看。王婆只當作沒看見，忙著在搧爐子。西門慶叫道：

「乾娘，點兩盞茶來！」

王婆這才笑道：

「哎喲！大官人來了？連日少見，請坐！」

便沖了濃濃的兩盞薑茶，放在桌上。西門慶說：

「乾娘，陪我喫盞茶！」

「我又不是影射②的。」王婆笑著說。

逗得西門慶也笑了起來，問道：

「乾娘，隔壁賣什麼？」

「他家賣拖蒸河漏子熱燙溫和火辣酥。」王婆說。

「你看這婆子只是瘋！」西門慶笑著說。

「我不瘋，他家自有親老公！」王婆說。

「乾娘，正經話。他家如做得好炊餅，我要問他做三五十個，不知他在不在家？」西門慶說。

「若要買炊餅，少間等他上街來買，何須上門？」王婆說。

「乾娘說得也是！」西門慶又坐了一會，起身說：

「乾娘，記了帳目！」

「不妨事。老娘牢牢寫在帳上。」王婆說。

西門慶笑著去了。

王婆在茶爐邊往外看時，只見西門慶還在門前來回地踱了七八遍，又走進茶坊來。王婆說：

「大官人，稀客，好久不見了。」

西門慶笑了起來，從身邊摸出一兩銀子來，遞給王婆，說：

「乾娘，就收了做茶錢。」

「何用這許多？」王婆答。

「只顧收著！」西門慶用手一揮，叫王婆不要推辭。

王婆心裡暗暗地喜歡，尋思道：「來了！這刷子當敗！」就把銀子藏在腰兜裡。笑著說：

「老身看大官人有些渴，喫個『寬煎葉兒茶』如何？」

「乾娘如何便猜著？」西門慶有些驚訝。

「有什麼難猜。自古道：『入門休問榮枯事，觀看容顏便得知』，老身對心理作怪的事也猜得著。」王婆說。

「我有一件心事。乾娘猜得著時，給妳五兩銀子。」西門慶說。

「老娘一猜便著。」王婆挨著西門慶的耳朵咕嚕了幾句。西門慶拍手叫起來。說道：

「乾娘，妳真的是賽神仙。」西門慶藉著機會把心事都一一告訴王婆，要她想個法子，如果事成，願意再送十兩銀子給她。

王婆收了西門慶的五兩銀子，就教了西門慶一套計策。先讓他買來幾疋綾紬綢緞並十兩清水好綿來。說道：

「你且回去，只在今晚便有回報。」

王婆拿了綢緞，開了後門，走過武大家裡來。潘金蓮把王婆請上樓坐了。王婆說：

「娘子，怎不過貧家喫茶？」

「只是這幾日身體不適，懶去走動。」潘金蓮答。

「娘子家裡有黃曆嗎？借給老身看一看，要選個裁衣日。」王婆說。

「乾娘裁什麼衣裳？」潘金蓮問。

「便是老身十病九痛，怕有些山高水低，預先要製些送終衣服。難得近處有個財主，布施我一套衣料，綾紬絹緞和若干好綿。放在家裡已一年多了。今年覺得身體好生不濟，想趁著這兩日做好，卻被裁縫拖延，總說工作忙。我這老年人真是命苦！」王婆說。

210

「只怕奴家做得不中乾娘意；若不嫌時，奴出手替乾娘做如何？」潘金蓮笑著說。

「若得娘子做時，老身便死也有個好去處。久聞娘子好針線，只是不敢相央。」王婆也笑了起來。

「這個何妨，乾娘只去撿個黃道吉日，便給妳動手。」潘金蓮說得爽快。

「娘子是一點福星，何必選日子？」王婆說。

「那妳明天就拿過來吧！」潘金蓮答。

王婆遲疑了一陣，說：

「不行！老身要看娘子做活，又怕家裡沒人看門。」

「既是乾娘這麼說，那我明日飯後便過去。」潘金蓮說。

王婆心中歡喜，千恩萬謝地下樓去了。當晚回復了西門慶的話。約定後日準時來。

次日清早，王婆把房子收拾乾淨，買了些針線，安排了茶水，在家等候。這時，武大已喫了早飯，挑著擔子出門做生意去了。潘金蓮把簾兒掛了，從後門走到王婆家裡來。那婆子無限歡喜，把潘金蓮接入房裡坐下，便濃濃地沖盞茶，撒上些白松子、胡桃肉，遞給潘金蓮喫了，把桌子抹得乾淨，拿出絹緞。潘金蓮用尺量了長短，裁好衣服，便縫起來。

王婆在一旁看了，口中不停地讚美，潘金蓮縫到日中，王婆安排些酒食請她，再縫了一會

兒，便收拾起針線回去了，這時恰好武大歸來，看見老婆臉色微紅，就問：

「妳去那裡喫酒了？」

潘金蓮也不隱瞞，就說：

「是隔壁的王婆央我做送終的衣服，中午安排點心請我。」

「啊呀！不要喫她的。我們也有央人處。你明日倘或再去做時，帶些錢在身邊，也買些酒食與她回禮，她若不肯要妳還禮時，妳便拿回來做。」武大說。

潘金蓮聽武大說得有理，連連點頭應允。

第二天潘金蓮照樣到王婆家縫衣服，到了日中，潘金蓮取出一貫錢交給王婆說：

「乾娘，奴給妳買杯酒喫！」

「哎喲！哪裡有這個道理？老身央及娘子做活兒，怎麼反教娘子壞錢？」王婆急忙用手推著錢說。

「乾娘，這是拙夫吩咐。若乾娘見外時，就把衣服拿回家裡做好了再還乾娘。」潘金蓮說。

「大郎竟如此曉事，既是這般說，老身且收下。」王婆深怕破壞了計謀，所以連連答應。潘金蓮照樣喫了點心，又縫了一會就回家了。

第三天中午，西門慶已迫不及待地裹了新頭巾，穿了一套整整齊齊的衣服，帶了三五兩碎銀子，直奔紫石街。來到茶坊門前，便重重咳嗽了一聲。說：

「王乾娘，連日不見！」

那王婆瞧了一眼，便答應道：

「誰在叫我？」

「是我！」西門慶答。

那王婆急忙掀起簾子，笑道：

「我道是誰？原來是施主大官人。你來得正好，便進來看一看。」

王婆一把拉著西門慶的袖子，一拖拖進屋裡。對潘金蓮說：

「這個便是給老身衣料的施主……」

西門慶慌忙招呼，潘金蓮也放下針線答禮。

王婆指著婦人對西門慶說：

「難得官人給老身緞子，放了一年，都沒做成。如今又虧這位娘子出手成全。真是個布機也似的好針線，又密又好，真是難得！大官人，你且看一看！」

西門慶把衣服拿起來看了，口裡讚美說：

「這位娘子真是神仙一般的手藝。」

「官人休笑話。」潘金蓮輕盈一笑。

於是三人又閒聊了一陣，時間已經快到中午，西門慶便從懷裡拿出了一些碎銀子，交給王婆說：

「乾娘，今日難得有這位娘子在這裡，由我作東，請乾娘去準備些酒食。」

「這怎麼好意思？」潘金蓮口裡說著，但卻坐著也不動身。王婆看在眼裡，知道潘金蓮也有此意了。就大膽地說：

「有勞娘子相陪大官人坐一坐，老身去買些酒食來。」

「乾娘自去。」潘金蓮答。

那王婆剛走，西門慶的一雙色眼已盯著潘金蓮亂轉，這婆娘只是假意縫著衣服，一雙眼也偷睺西門慶，見了這一表人物，心中也暗暗歡喜。

不多時，王婆買了些現成的肥鵝熟肉，搬到房裡桌子上。就請西門慶和潘金蓮入座，西門慶親自替潘金蓮斟酒、送菜，而且說了許多恭維的話。王婆也在一旁幫腔挑逗，看看兩人言行舉止，彼此都有了幾分意思。王婆忽然說：

「喫得正好，酒卻沒了，待老身再去買一瓶兒來喫，如何？」

「我這裡有五兩多碎銀子，都給妳，要喫時只顧取來。」西門慶說。

「老身去取瓶兒酒來與娘子再喫一杯，有勞娘子相待大官人坐一坐。」王婆對潘金蓮說罷，就走到房門前，用繩子把門縛了，卻在門外路邊坐著。

這時西門慶在房裡，拿起了酒壺裡殘存的酒，便往潘金蓮酒盞上注，卻故意把袖子在桌上一拂，把一雙筷拂落地上，那雙筷正落在潘金蓮的腳邊。西門慶連忙蹲下身去拾，只見潘金蓮尖尖的一雙小腳兒，正趬（ㄑㄧㄠˊ qiáo）在筷邊。西門慶卻不去拾筷，便去潘金蓮繡花鞋兒上揑一把。潘金蓮就笑了起來，說道⋯

「官人，休要急躁，你真要勾搭我？」

西門慶立刻跪了下來，說⋯

「只要娘子成全小人！」

潘金蓮彎下腰就把西門慶摟抱起來。正在這時，王婆卻推門走了進來，怒道⋯

「你兩個做得好事！」

西門慶和潘金蓮都喫了一驚。那王婆說⋯

「好呀！好呀！若給武大得知，須連累老身，不若我先去自首！」

潘金蓮慌忙拉著王婆說⋯

「乾娘饒恕！」

「乾娘低聲！」西門慶也裝作驚懼的樣子。

王婆突然笑了起來，說道：

「若要饒恕你兩個，卻得依老身一件事。」

「休說一件，十件也依！」

「從今日起，瞞著武大，每日不要失約辜負了大官人，我便罷休。」王婆說。

「只依著乾娘便是。」潘金蓮答。

於是三人又喫了幾杯酒，已是下午，潘金蓮匆匆告別，從後門回到家去，剛去下了簾子，武大恰好進門。

陽穀縣有個販賣水果的小販，年方十五六歲，本身姓喬，因為在鄆州生的，就取名叫鄆哥。西門慶是他的老主顧，今天正有一籃新鮮雪梨，所以提著滿街尋找西門慶。有人想惡作劇就告訴他說：

「西門慶如今勾搭上紫石街武大的妻子，這早晚一定在那裡，你是小孩子只顧撞入去不妨。」

那鄆哥得了這話，就提著籃子，一直往紫石街走來，朝著茶坊裡便直竄，卻正好王婆

216

坐在小板凳上搓麻線。鄆哥把籃子放下，就問：

「乾娘，西門大官人在嗎？」

也不等答話就往裡面走，卻被王婆一把拉住。說：

「小猢猻，我屋裡哪有什麼西門官人？」

鄆哥才不理會王婆的阻止，硬要往裡撞。王婆一時急了，一手揪住鄆哥，一手在鄆哥頭上鑿了兩個大栗暴③，再猛力一推，鄆哥一直跌出門外，雪梨籃兒也丟了出去，那雪梨滾了遍地。鄆哥爬起來，一頭罵、一邊哭、一面走。指著王婆茶坊罵道：

「老咬蟲！我教妳不要慌，以後走著瞧！」

鄆哥提了雪梨籃兒，撿了雪梨，一直奔到街上，去尋找武大郎。轉了兩條街，看見武大郎正挑著炊餅擔兒走過來。鄆哥立住腳，攔住了武大郎，把茶坊中西門慶與武大老婆勾搭的事，加油添醬，繪聲繪影地說了。武大一聽，怒火中燒。說道：

「兄弟，不瞞你說：那婆娘每日去王婆家裡做衣裳，歸來時便臉紅，我早有些疑忌。」

「你老大這個人，原來這般沒見識！那王婆老狗十分屬害，你如何出得了手！而且他

們必有相通暗號，見你進去拿人，她把你老婆藏了，反告你一狀。怎麼辦？不如我教你一著；今日且回去，都不要發作，只作平日一般，明早再依計行事。」

鄆哥又湊在武大的耳朵邊說了計策，只見武大連連點頭。並且從懷裡掏出了數貫錢塞給鄆哥，說：

「明日早早來紫石街巷口等我！」

次日飯後，武大只做三兩扇炊餅，放在擔兒上。潘金蓮一心只想著西門慶，也沒去注意武大做多做少。當天，武大剛出門做買賣，潘金蓮便過到王婆房裡去等西門慶。且說武大挑著擔兒，來到紫石街巷口，看見鄆哥已提著籃子在張望。武大輕聲問道：

「如何？」

「早些個，你先去賣一遭再來。」鄆哥說。

武大飛雲也似的去賣了一遭回來。鄆哥說：

「你只看我把籃子撇出來時，你就衝進去。」

鄆哥說罷，就直往茶坊裡來。嘴上卻罵著：

「老豬狗！妳昨日做什麼打我？」

王婆一聽，火冒三丈，一大清早就有人來觸霉頭。就跳起身來，喝道：

218

「你這小猢猻！老娘不跟你計較，你倒反來罵我！」

話沒說完，伸手一把抓住鄆哥便打。鄆哥大叫一聲：「妳敢打我！」順手把個籃子往街上一丟。伸手抱住王婆，用頭往王婆肚子猛力撞去，王婆往後跟蹌了幾步，才被牆壁止住。那鄆哥死命頂住王婆不放。只見武大撩起衣裳，大踏步直搶入茶坊裡來，那婆子見是武大，但是又動不得身，只得大聲叫道：

「武大來啦！」

潘金蓮那婆娘正在房裡和西門慶幽會，慌忙中先跑來頂住了門；而西門慶卻鑽進了床底下躲著。武大搶到房門邊，用力推那房門時，卻哪裡推得開？口裡叫道：

「做得好事！」

潘金蓮頂住房門，慌做一團，口裡便說道：

「平時只會嘴上賣弄好拳棒！急上場時，卻是隻紙老虎！」

西門慶躲在床下聽婦人這幾句話，分明是教他來打武大，奪了路走。便鑽出來，拔開門。叫聲

「不要打！」

武大正待要揪他，被西門慶早飛起右腳，踢在心窩上，撲地往後便倒了。西門慶見

踢了武大，趁著打鬧中一直跑了。鄆哥一看事情鬧大了，拔了腿也跑了。這時街坊鄰居圍了一大堆，但都畏懼西門慶，沒一個人敢來幫忙。王婆立刻從地上扶起武大，見他口吐鮮血，臉色發黃；便叫潘金蓮舀碗水來，把武大救醒，兩個上下肩攙著，便從後門把武大扶回家去。

次日，西門慶打聽得武大沒死，就依然來王婆家與潘金蓮勾搭，只指望武大自死。武大一連病了五日，不能夠起床。要湯、要水都沒人照顧。每日叫潘金蓮過來用威脅的語氣說：

妝豔抹了出去，面顏紅暈地回來，武大幾遍氣得發昏，就叫她過來用威脅的語氣說：

「妳做的勾搭，我已親手捉姦，妳倒挑撥姦夫踢我心頭。至今害我求生不能、求死不得，你們卻自去快活。我自死不妨，和你們爭不得！我的兄弟武二，你須知他性格；倘或早晚回來，他豈肯甘休？妳若肯可憐我，早早服侍我好了，他歸來時，我都不提，妳若不照顧我，待他歸來，卻和你們說話。」

這婦人聽了也不回話，就立刻跑到王婆家，一五一十，都對王婆和西門慶說了。西門慶一聽大驚失色，連聲叫苦。只見王婆冷笑一聲。說：

「你們要長做夫妻，還是短做夫妻？」

「乾娘，妳且說如何是長做夫妻，如何是短做夫妻？」西門慶似是沒了主意。

「若是短做夫妻，你們今日就分散，一切照武大的話去做。若是要長做夫妻，每日不

受驚怕，我卻有一條妙計，只是難教你。」王婆似胸有成竹。

「乾娘，周全我們做對長久夫妻！」西門慶懇求說。

「這條計用著件東西，別人家裡沒有，大官人家卻有！」王婆故做神秘。

「便是要我的眼睛也剜給妳，妳且說是什麼？」西門慶十分焦急。

「如今武大病得重，趁他狠狠時正好下手。大官人家取些砒霜來。再教大娘子自去

買一帖心疼的藥來，把這砒霜下在藥裡面，把那矮子結果了，用火葬燒了。便是武二回來，

待敢怎樣？自古道：『初嫁從親，再嫁由身』，阿叔如何管得？暗地裡往來半年一載，等

待夫孝滿日，大官人娶了家去，這個不是長遠夫妻，偕老同歡？——此計如何？」王婆說

話時的表情冷酷陰狠。

「乾娘！只怕罪過！」西門慶說。可是猶豫了一陣咬著牙說：「好吧！一不做、二不

休！」

「這是斬草除根之計。官人便去取砒霜來，我自會教娘子下手。事了時，卻要重重謝

我。」王婆催促著。

「這個自然。」西門慶說完就匆匆的離去。

不多時，西門慶包了一包砒霜，交給王婆收了。王婆把它都用手捻成細末，給潘金蓮拿去藏了。潘金蓮回到家裡，到了樓上看武大時，只見他氣若游絲，都快死了。潘金蓮就坐在床邊假哭。武大說：

「妳做什麼來哭？」

潘金蓮拭著眼淚，低聲的說：

「只怪我一時糊塗，給人騙了，害你被踢成這個樣子。現在我打聽一種好藥，我想去買來醫你，又怕你疑忌，所以不敢去拿。」

「妳只要把我救活，過去的事一筆勾消，武二來了也不提起，妳快去買來給我喫！」武大瞪大了眼睛，用充滿著求生乞憐的眼神看著潘金蓮。

潘金蓮拿了銅錢，又走到王婆家，坐了一會，讓王婆去抓了藥來。帶回樓上，給武大看了。說：

「這帖心疼藥，醫生說要在半夜裡喫，喫了再蓋一兩床被發些汗，明日便起得來了。」

「那麼就請大嫂，今晚醒睡些個，半夜裡調藥給我喫。」武大用感激的眼神看著潘金蓮。

天色漸漸暗了，潘金蓮在房裡點了一碗燈；廚房裡先去燒了一鍋水，拿了條抹布煮在

水裡。聽那更鼓時，正好打了三更。潘金蓮先把毒藥傾在盞子裡，再舀了一碗白湯，端到

樓上。叫道：

「大哥藥在哪裡？」

「在我席子底下枕頭邊，快拿來調給我喫！」武大急促地說。

潘金蓮揭起席子，把那藥抖在盞子裡，再將白湯沖在盞內，拿頭上的髮簪只一攪，調

得勻了，左手扶起武大右手把藥便灌。武大呷了一口。說：

「大嫂，這藥好難喫！」

「只要它醫治得病，管什麼難喫！」婆娘講話時已有些心焦。

待武大再呷第二口時，被這婆娘就勢一灌，一盞藥都灌下喉嚨去了。潘金蓮便放倒武

大，慌忙跳下床來。武大哎了一聲，說：

「大嫂，喫下這藥去，肚裡卻疼了起來，苦呀！苦呀！我受不了了。」

這婦人急忙去腳後扯過兩床被來，沒頭沒臉只顧蓋。武大叫道：

「悶死我了！」

「郎中吩咐，教我給你發些汗，便好得快。」婆娘說時已跳上床去，騎在武大身上，

用手緊緊地按住被角，不敢稍微放鬆。那武大哎了兩聲，喘息了一回，腸胃迸裂，動彈不

得了。潘金蓮揭起被來，見武大咬牙切齒，七竅流血。心裡怕起來，只得跳下床來，敲那板壁。王婆聽了，走過後門頭咳嗽一聲。潘金蓮急忙下樓打開了後門。王婆問道：

「結果了吧？」

「結果是結果了，只是我手軟了，安排不得。」潘金蓮說話時臉色蒼白。

「有什麼難處，我來幫妳！」那婆子便把衣袖捲起，舀了一桶開水，把抹布撇在裡面，提上樓來，捲過了被，先把武大嘴邊唇上都抹了，把七竅的瘀血痕跡都抹乾淨，便把衣裳蓋在屍上。兩個從樓上一步一步地扛下來，就樓下找了一扇舊門停了，替他梳頭，戴上巾幘、穿了衣裳，取雙鞋襪讓他穿了，拿片白絹蓋了臉，揀床乾淨的被子蓋在屍上，又上樓去把房間都收拾乾淨。王婆就自轉回去。潘金蓮便假裝嚎啕大哭起來。

第二天一早天還沒亮，西門慶就來打聽消息，王婆把詳情說了，西門慶立刻拿了銀子給王婆，教她買棺材。王婆說：

「別的事情都容易，只有何九叔是個精細的人，只怕他來驗屍時看出破綻，不肯殮。」

「這個不妨，我自吩咐便是。」西門慶答應了，也就急著去辦事。

等到天明時，王婆已經買了棺材和一些香燭紙錢之類，搭了個靈堂，點燃了隨身燈。潘金蓮虛掩著粉臉假哭。鄰居明知道武大死得不

這時鄰舍街坊聽說武大死了，都來弔祭。

224

明不白，但又都不敢追問。只是說了幾句安慰的話，各自散了。

王婆把一切入殮用的都準備妥當，就去請何九叔，卻見何九叔正與西門慶在巷口談話。何九叔就先撥幾個夥計跟著王婆回來料理。直到巳牌時分，何九叔才慢慢地走來。一進門口就問夥計道：

「這武大是得什麼病死的？」

「他家說是害心疼病死的。」夥計答道。

何九叔揭起簾子進去，只見武大的老婆穿著素淡的衣裳，跪在武大靈前假哭。何九叔上下看了潘金蓮那婆娘模樣，心裡想道：「原來武大卻討著這麼個貌美的老婆！西門慶給我這十兩銀子有些二來歷了！」來到武大屍前，揭起千秋旛，扯開白絹，兩眼定神看時，突然大叫一聲，往後便倒，口裡噴出血來。幾個夥計立刻上前扶住。王婆叫道：

「這是中了惡，快拿水來！」

王婆呷口水，往何九叔臉上噴了兩口，何九叔才漸漸地轉動，有些甦醒。幾個夥計又尋了扇舊門，一直把何九叔抬到家裡，放在床上睡了。急得他老婆坐在床邊哭個不休。何九叔看夥計們都走了，才坐起來對老婆說：

「妳不要煩惱，我自沒事。剛才去武大家入殮，到得他巷口，就迎見縣前開藥鋪的西

門慶，請我去喫了一席酒，又拿十兩銀子給我，說道：『所殮的屍首，凡事遮蓋些。』我到了武大家，見他的老婆是個不良的人，我心裡已有八九分疑忌；到那裡揭起千秋簾看時，見武大面皮紫黑，七竅內津津出血，唇口上微露齒痕，定是中毒死的。我本待聲張起來，怕惡了西門慶。若是隨便入了殮，武大有個兄弟，便是前日景陽岡上打虎的武松，他是個殺人不眨眼的男子，倘或回來，此事必發。於是我自咬了舌頭，假裝中惡，才瞞過他們。」

「我也曾聽人說了，鄆哥幫武大去紫石街捉姦，鬧了茶坊，正是這件事。如今處理這件事不難，只派夥計去殮了，問他幾時出殯；如果是停喪在家，待武二歸來，這件事就沒什麼牽連。若是埋葬了也不妨。若是拿去火葬，則必有蹊蹺，到時，你假裝去送葬，趁人不注意時，撿兩塊骨頭回來，和這十兩銀子一齊收著，便是最有力證據。武松若回來，不問便罷，卻給西門慶一個人情。」何九叔的老婆教得明白。

何九叔立刻叫夥計自去殮了，夥計回來稟告說：

「他家大娘說：只三日便出殯，城外燒化。」

到了第三天早上，眾人扛抬了棺材，也有幾家鄰舍來相送。潘金蓮帶上孝，一路上假哭著，來到了城外火葬場上，便叫人舉火燒化。這時何九叔手裡提著一疊紙錢匆匆趕來。

王婆和潘金蓮見了，說：

「九叔，且喜貴體沒事了。」

「小人前日買了大郎一扇炊餅，不曾還錢，所以特地來把紙箔燒給大郎。」何九叔把紙錢就棺材前燒了。又對著王婆和潘金蓮說：

「娘子和乾娘且去齋堂相待鄰舍街坊，這裡面由小人替你照料！」

何九叔用話支開了王婆和潘金蓮。就拿了把火夾，去撿了兩塊骨頭，往澈骨池裡只一浸，看那骨頭酥黑。何九叔把它們藏了，便也到齋堂裡去敷衍一番。

那何九叔將骨頭帶到家中，用幅紙寫了年月日期，送喪人的名字，和銀子一起包了，用一個布袋兒盛著，放在房裡收著。

潘金蓮回到家中，在窗前擺設了一個靈牌，上寫「亡夫武大郎之位」，靈床前點一盞琉璃燈，裡面貼了些經幡、錢垛、金銀錠、采繪之屬。每日卻自和西門慶在樓上取樂，行為更是明目張膽，這條街上遠近人家，無一人不知此事，但都畏懼西門慶的財勢，不敢聲張。

轉眼間已是三月初頭，武松辦完了知縣交代的事務。領著一行人取路回陽穀縣來，這一天武松忽然覺得心神不寧，趕著要見哥哥，所以到縣裡交納了回書以後，衣服也來不及

換，就匆匆趕到紫石街來。兩邊鄰舍，看武松回來，都喫了一驚，捏把冷汗，紛紛躲避。

武松心中焦急，也不理會。到了門前，揭起簾子，探身進去，只見靈床，明明寫著「亡夫武大郎之位」七個字，一時呆了，揉了揉眼睛說道：

「莫不是我眼花了？」

這時那西門慶正和潘金蓮在樓上取樂。聽出是武松的聲音，嚇得屁滾尿流，跳了窗一直奔到後門，從王婆家走了。潘金蓮才叫聲：

「叔叔少坐！」

卻慌忙去盆裡洗落了脂粉，拔去了首飾，蓬鬆挽了個髻兒，脫去了紅裙繡襖，立刻換上了孝裙孝衫，才從樓上哽哽咽咽地假哭起來。武松說：

「嫂嫂，不要哭。我哥哥幾時死的，得了什麼病？」

「你哥哥自你走了二十天左右，突然害急心疼，病了八九日，求神問卜，什麼藥都喫了，也醫治不得，撇下我好苦。」潘金蓮又嚎啕乾哭起來。

「奇怪！我的哥哥從來不曾有這種病！」武松兩眼圓睜。

這時隔壁的王婆聽得是武松回來了，也趕忙過來幫著潘金蓮應付。看到武松面露懷疑之色，就立刻插嘴說：

「武都頭，怎麼如此說！『天有不測風雲，人有暫時禍福』，誰能保得長久沒事？」

「虧得乾娘幫助，我是個沒腳蟹④行動不得，鄰舍家誰肯幫我！」潘金蓮裝得一副受盡委屈的可憐模樣。

「如今埋在哪裡？」武松厲聲問。

「我又獨自一人，哪裡去尋墳地？沒奈何，留了三日，抬出去燒化了。」潘金蓮說。

「哥哥死了幾日？」武松追問。

「再兩日，便是斷七。」潘金蓮答。

武松沉吟了半晌，便回到住處，換了一套素淨衣服，又叫士兵打了一條麻繩繫在腰上，身邊藏了一把尖長柄短，背厚刃薄的解腕刀，取些銀兩帶在身邊，去縣前買了些米麵椒料等物，備了香燭冥紙。等到天晚時，就到哥哥家敲門，潘金蓮開了門。武松叫士兵去安排羹飯，自己到靈床前點起燈燭，鋪設酒餚。到了二更時，武松突然撲翻身便拜道：

「哥哥陰魂不遠！你在世時軟弱，今日死後，不見分明！你若是負屈銜冤，被人害了，託夢給我，兄弟替你做主報仇！」

隨後把酒澆奠了，燒化了冥用紙錢，便放聲大哭，哭得那左鄰右舍，無不悽愴、惶懼。

潘金蓮也陪著在裡邊假哭。武松哭罷，討兩條席子叫士兵在門邊睡，自己在靈床前鋪了席

229

子睡。潘金蓮自上樓去睡。約莫三更時候，武松只見靈床下捲起一陣冷氣來，把燈都遮黑了，壁上紙錢亂飛，彷彿見個人從靈床底下鑽出來，叫聲：「兄弟！我死得好苦！」武松聽不仔細，正想向前再看時，卻並沒有冷氣，也不見人，自己正坐在席子上。尋思道：

「是夢非夢？」回頭看士兵，卻睡得正熟。武松心中久久不能釋懷。

天色漸明，武松看潘金蓮走下樓來。便問：

「是誰買的藥？」

「有藥方在這裡。」婦人遞給武松一張藥方。

「是誰買的棺材？」武松問。

「央請隔壁王乾娘去買的。」婦人答。

「誰來扛出去？」武松問。

「是何九叔！」婦人答。

武松不再說話，領了士兵就走，走到紫石街口，吩咐士兵先回縣衙。自己卻轉到獅子街何九叔家門前，揭起簾子，叫聲：

「何九叔在家嗎？」

這何九叔剛起床，一聽是武松來找，嚇得手忙腳亂，頭巾也不戴，急急拿了銀子和骨

殖藏在身邊。便出來迎接，說：

「武都頭，幾時回來？」

武松也不答腔，一手拉了何九叔便走，來到了巷口酒店裡坐下。何九叔心裡已猜著了八九分。而武松也不說話，只顧喫酒，嚇得何九叔手心上冷汗直冒。酒已數杯，只見武松挼起雙袖，揭起衣裳，颼地抽出一把尖刀，插在桌上。嚇得何九叔面色青黃，不敢吐氣。

武松指著何九叔說：

「小子粗疏，還曉得『冤各有頭，債各有主』，你休驚怕，只要實說，我哥哥是怎麼死的？便不干涉。我若傷了你，不是好漢！倘若你有半句兒差，我這口刀立刻教你身上添三四百個透明的窟窿！」

「都頭息怒，這個袋子便是一個大證物。」何九叔說罷，打開袋子，把經過的情形，都詳細地說了。武松聽了暴叫：

「姦夫是誰？」

「小人不知是誰！只聽說一個賣梨的鄆哥，曾陪著大郎到茶坊捉姦，都頭要知詳情，可問鄆哥。」何九叔答。

武松收了刀，藏起骨頭和銀子，算了酒錢，便同何九叔往鄆哥家裡來。鄆哥一看是武

松，心中已經明白了。便說：

「武都頭，我的老爹六十歲，沒人贍養，我卻難伴你喫官司。」

武松也不答話，從懷裡掏出五兩銀子，交給鄆哥。鄆哥心裡想到：「這五兩銀子足夠三五個月生活。」便說：

「便陪你們喫官司也不妨！」

他把銀子交給了父親，就跟著二人走出巷口，來到一家飯店樓上，揀個僻靜處，鄆哥把所見所聞都一一說了。武松聽後，兩眼露出凶光、暴出血絲，問道：

「你此話是實？」

「就是到官府，我也這般說。」鄆哥答。

於是武松帶了何九叔和鄆哥直到縣廳上，做個人證，要告西門慶跟潘金蓮通姦，謀殺大郎性命。知縣問了口供來和縣吏商議，原來這縣吏和西門慶都有關係。於是知縣不但不受理，反斥責武松說：

「武松，你也是個本縣都頭，自應懂得法度。自古道：『捉姦見雙，捉賊見贓，殺人見傷』，你那哥哥的屍首也沒了，你又不曾捉得他姦，如今只憑這兩個人的言語，便問他殺人公事，莫非太偏向了嗎？你千萬不可造次！」

武松不服，又拿出了銀子和骨頭。知縣見了，只得叫武松從長計議。武松只是一言不發，兩行眼淚卻潸潸然而下。

武松下得廳來，把何九叔和鄆哥請到住處，叫士兵安排了酒食請他們喫了。自己又帶了三兩個士兵，拿了筆墨，買了三五張紙藏在身邊，又叫士兵買了個豬頭、一隻鵝、一隻雞、一擔酒和一些果品之類，先安排在哥哥家裡。潘金蓮已知道武松告狀不准，也就放下心不再怕他。到了巳牌時分，武松帶了士兵到家中，說道：

「嫂嫂下來，有句話說。」

潘金蓮慢慢地走下樓來，問道⋯

「有什麼話說？」

「明日是亡兄斷七，妳前日叨擾了鄰舍街坊，我今日特地來把杯酒，替嫂嫂相謝眾鄰！」

武松語氣平和。

「禮不可缺。」武松淡淡地說。

「謝他們幹嘛？」潘金蓮的語氣卻刁蠻。

就叫士兵先去靈床前，點起兩枝明晃晃的蠟燭，焚起一爐香，列下一疊紙錢；把祭物都在靈床前擺了。叫一個士兵到後面燙酒，兩個士兵到門前安排桌凳，又有兩個前後把

門。武松把工作分配妥了，便叫：

「嫂嫂，來待客，我去請來！」

武松先去請了隔壁的王婆，王婆已得到西門慶的回話了，所以放心地來喫酒，又請了開銀鋪的姚文卿、開紙馬鋪的趙仲銘、賣冷酒店的胡正卿、賣肉的張公，眾人都按長幼就了位，武松拿張凳子坐在旁邊，便叫士兵們把前後門都關了。武松舉起酒盞謝道：

「眾高鄰，休怪小人粗魯，胡亂請喫些個！」

「小人們都不曾為都頭洗塵接風，如今倒反叨擾。」眾鄰舍也都齊聲答禮。

而士兵則只顧注酒，眾人懷著鬼胎，都不知未來的發展。看看酒到三巡，那胡正卿藉口繁忙，站起來告辭，卻被武松一把拉住，強按在座位上。說道：

「有勞各位，稍待片刻！」

而士兵則繼續斟酒，前後大約喫了七杯酒。武松叫士兵收了桌上杯盤，抹淨了桌子

眾鄰舍正待起身。武松只把兩隻手一攔，說道：

「中間那位高鄰會寫字？」

「此位胡正卿寫得極好。」姚文卿指著正卿說。

「那麼就麻煩你了！」武松說完，捲起衣袖，去衣裳底下颼的一聲，抽出一把尖刀來

說道：

「諸位高鄰在此，小人是『冤有頭，債有主』，只請各位做個見證。」

只見武松左手拿住嫂嫂，右手指著王婆。四鄰都嚇得目瞪口呆，不知所措。武松看著

王婆罵道：

「老豬狗聽著，我的哥哥一條性命都斷在妳身上！等下慢慢地問妳。」

轉過臉來看著婦人又罵道：

「淫婦！妳把我哥哥怎麼謀害的？從實招來，我便饒妳！」

「叔叔！你好沒道理！你哥哥自害心疼病死的，干我甚事！」潘金蓮說得聲氣逼人。

武松一聽，兩眼圓睜，把刀插在桌子上，用左手揪住潘金蓮髮髻，右手劈胸提住，把

桌子一腳踢倒了，隔著桌子把潘金蓮輕輕提了過來，丟在靈床前面，兩腳踏住；右手拔起

刀來，指著王婆說：

「老豬狗，妳從實招來！」

那王婆看已脫身不得，只得說：

「都頭不要發怒，老身自說便了。」

武松立刻叫士兵取來筆、墨、紙、硯，教胡正卿句句記下，胡正卿用顫抖的手磨著墨，

等著王婆招供。這時王婆卻改口說：

「又不干我事，教我說什麼？」

「老豬狗！我都知道了，妳還耍賴。妳不說時，我先剮了這淫婦，然後殺妳這老狗！」

武松大罵。提起刀來往潘金蓮臉上晃了兩下。潘金蓮慌忙叫道：

「叔叔，且饒了我，你放了我，我便說了。」

武松一提，提起那婆娘，跪在靈床前。喝一聲：

「淫婦快說！」

嚇得她魂魄都飛了，只得把那日放簾子打著西門慶的事情說起，都老老實實地招了。

胡正卿也把每句話都寫下了，王婆罵道：

「咬蟲！妳先招了，我如何賴得過？只苦了老身！」

於是王婆也只得招了。把王婆的口詞也都叫胡正卿記了。叫兩人在上面都點劃了字，

四鄰也書了名，劃了字。叫士兵用繩索綁了王婆，跪在靈前。武松流著淚說：

「哥哥靈魂不遠，今日兄弟替你報仇雪恨！」

叫士兵把紙錢點著。潘金蓮看情況不妙，正待要叫，被武松一把推倒，兩隻腳踏住她的兩隻胳膊，扯開胸脯衣裳。說時遲、那時快，把尖刀往頭上一剜，鮮血迸流，死了。嚇

得眾鄰舍只掩住臉，不敢看。

武松拿了一片靈旛把潘金蓮的頭包住，藏好尖刀。說：

「且請眾位樓上稍坐！」

武松吩咐士兵也把婆子押上樓去，關了樓門，叫兩個士兵看守著一個也不准走。武松提著頭，匆忙往西門慶的生藥鋪前面來，這時西門慶正在樓上閣子裡和一個財主喫酒。

武松一直撞到樓上，把潘金蓮的一顆血淋淋人頭，往西門慶臉上擲過去，西門慶認得是武松，喫了一驚，叫聲：「哎呀！」便縱身跳在凳子上，一隻腳跨上窗檻，要尋退路，見下面是街，跳不下去，心裡正慌。

這時武松用手略按一按，托地也跳在桌子上，把些盞兒、碟兒都踢下桌來。武松只顧往前衝，沒想這時西門慶早飛起一腳，將那口刀踢到樓下的街心去了。西門慶見踢了刀，心裡便不怕武松，右手虛晃一招，左手一拳，照著武松心窩裡打來，卻被武松躲過，就勢從脅下鑽進去，左手帶住頭，右手早抓住西門慶左腳，叫聲：「下去！」連肩胛只一提，腳朝上，倒撞落在街心上。

那西門慶那阻得住武松的神力？只見頭朝下，

武松也順勢跳下樓去，先搶了那口刀在手裡，看那西門慶已跌得半死，直挺挺在地上，只把眼來動。武松按住，只一刀，割下西門慶的頭來，把兩顆頭相接在一處，提在手

裡，一直奔回紫石街來。把兩顆人頭供在靈前，拿碗冷酒澆了。流下了眼淚說道：

「哥哥靈魂不遠，早到天界，兄弟替你報仇了！」

【註釋】

① 混沌魍魎：就是糊塗鬼。

② 影射：這裡指的是姦識的男女。

③ 栗暴：彎起手指敲人的腦袋叫栗暴。

④ 沒腳蟹：是說行動不得。一般是指六親無靠的婦女。

第十一章 黑牛和白鯊

「及時雨」宋江和「神行太保」戴宗，在酒樓上正喫得耳熱，彼此傾心吐膽，談得十分投機。忽然聽見樓下喧鬧起來。只見酒保匆匆跑上樓來，對戴宗說：

「李鐵牛又在大吵大鬧，強尋主人借錢，煩院長①去勸解。」

戴宗笑著走下樓去，不一會兒吵鬧聲都沒了。只見戴宗引著一個黑凜凜的大漢上來。

宋江看見，大喫一驚，便問道：

「院長，這大哥是誰？」

「這個是小弟身邊的一個牢卒，姓李名逵；祖籍沂州沂水縣百丈村人氏。因為生得黑，脾氣急躁，所以有個渾號叫『黑旋風』。因為打死人，逃了出來，雖然遇到赦宥，卻

流落在此江州。他酒性不好，人多畏懼。能使兩把板斧，又會拳棍，所以我把他留在牢裡當差。」

戴宗把李逵的身世都介紹了。

李逵站在旁邊，等戴宗說完話，就指著宋江問戴宗說：

「哥哥！這黑漢子又是誰？」

「你看！這人多粗魯，一點禮貌都不懂！」戴宗對宋江笑著說。

「我問大哥，我怎麼是粗魯？」李逵有些不服。

「兄弟，你應該說：『這位官人是誰』，而卻說：『這黑漢子是誰』，這不是粗魯是什麼？我告訴你吧，這位仁兄就是你常想去投奔的義士哥哥。」戴宗笑著說。

「莫不是山東及時雨宋江嗎？」李逵面露驚喜之色。

「咄！你這人真不懂禮貌，直言叫喚，不知高低。還不快過來拜見！」戴宗微有慍意。

「若真是宋公明，我便下拜，若是別人我拜什麼！節級哥哥，你不要捉弄我！」李逵用手摸著腦袋尋思。

宋江見他憨得可愛，不覺笑了起來。說道：

「我正是山東黑黑宋江。」

李逵拍著手，笑著說：

「我的爺！你為什麼不早說？也好教鐵牛歡喜！」

立刻跪在地上朝著宋江便拜。宋江連忙答禮，說道：

「壯士大哥請坐！」

李逵坐了，一看桌上放著小酒盞，連聲叫道：

「酒保！換個大碗來！」

宋江和戴宗被李逵逗得哈哈大笑起來。宋江問說：

「李大哥，剛才為什麼在樓下發怒？」

「我有一錠大銀，抵押了十兩小銀使用。剛才問這家主人借十兩銀子去贖那大銀，好兌換了再還他，不料這主人不肯，我正要打他時，卻被大哥叫住了。」李逵說。

「只要十兩本銀，不要利息嗎？」宋江問。

「利息我已經有了，只要十兩本金。」李逵答。

宋江就去身邊取出十兩銀子，交給李逵，說道：

「大哥你去贖回來花用！」

戴宗正想阻止，李逵已接過銀子，往懷裡一塞。說道：

「好呀！等我贖了銀子回來，請你們到城外去喫酒。」說完，一陣風似的下樓走了。

戴宗看李逵走了，才說：

「兄長也太慷慨了！他分明是騙了錢去賭，如果贏了會送還哥哥；如果輸了，哪有錢還你。到那時我戴宗面上不好看。」

「尊兄何必見外，這些銀子，何足掛齒？由他去賭輸了吧。我看這人倒是個忠直漢子！」

宋江笑著說。

「這人本領倒有，只是粗心大膽。在江州牢裡，喫醉酒時，倒不去欺負罪犯，只去打一般強硬的牢卒，因此我常代他受累。他專門路見不平，好打強漢，所以江州的人都怕他。」戴宗又把李逵的情形說給宋江聽。

「俺們再喫兩杯，卻去城外閒玩一遭？」宋江說。

「小弟也正有此意。」戴宗說罷，引著宋江步下酒樓。

李逵得了銀子，尋思道：「難得！宋江哥哥又不曾和我深交，便借我十兩銀子。果然是仗義疏財，名不虛傳！只恨我這幾天輸了錢，沒法請他。如今得了他這十兩銀子且去賭一賭。倘若贏得幾貫錢來，請他一請，也好看。」立定主意，就慌忙跑到城外小張乙賭房

242

裡來。把銀子往賭桌上一放，便爭著要賭。這時賭具被別人占著，不肯給他，小張乙也勸他這次暫時在旁押寶。可是李逵不肯，一把把賭具搶在手中。說：

「我這盤賭五兩銀子，誰押注？」

「我押！」小張乙說。

李逵抓起頭錢②，往外一擲。嘴中叫聲：「快！」③定眼看時卻是「叉」④。小張乙便伸手把錢拿了過來。李逵叫道：

「我的銀子是十兩！」

「你再博我五兩『快』，便還你這錠銀子！」小張乙答。

李逵又抓起頭錢，擲出去，嘴中叫聲：「快！」卻又博了個「叉」。

「我教你休搶頭錢，且歇一博，你偏不聽，如今一連博了兩博『叉』！」小張乙一邊說話，一邊把銀子收到面前。

「這銀子是別人的！」李逵叫道。

「是誰也不濟事了！你既輸了，卻說什麼？」小張乙說。

「沒奈何！且借我一借，明日送來還你。」李逵說。

「說什麼閒話。『賭錢場上無父子』！你既輸了，還來囉嗦什麼？」小張乙不悅地說。

李逵有些焦急，把布衫拽起在前面，口中叫道：

「你還不還？」

「李大哥，平常你賭錢最直爽，今日怎麼如此不大方？」小張乙也瞪著眼睛叫。

李逵一聲不響，伸出五指，就小張乙面前搶過銀子，又在賭桌上搶了別人的十來兩銀子，都摟在布衫兜裡，睜起雙眼，叫道：

「老爺平常賭得直爽，今日權且不大方一次！」說著就要走。

小張乙急忙向前去奪，被李逵用手一指，就跌了一跤。於是十二三個賭客一齊擁上去，被李逵指東打西、指南打北，把他們打得四處亂竄。李逵奪門就走，把門的想要攔阻，卻被李逵指一把抓開，一腳踢開大門，不顧一切地往前走。小張乙和眾人卻在後面追，嘴中喊著：

「李大哥！你太沒道理，怎能搶了我們的銀子！」

李逵突然覺得背後有人趕上來，捉了肩膀，李逵回頭看時，卻是戴宗和宋江。李逵一時惶恐滿面，便說：

「哥哥休怪！鐵牛平常賭博直爽，今天不料輸了哥哥的銀子，又沒錢請哥哥喫酒，所以急了，才做出這種事。」

宋江聽了，哈哈大笑說：

「賢弟！你若要錢用，只管向我來拿，今天既是輸了，快還給人家！」

李逵只得從布衫裡掏出銀子，都遞給宋江。宋江把錢還給了眾人。小張乙接過銀子，說道：

「二位官人，小人只拿了自己的。這十兩銀子雖然是李大哥輸給我的，如今小人寧願不要，免得他記仇！」

「你只管拿去，李逵不會記恨！」宋江說。

可是小張乙哪裡肯？宋江便說：

「那你把錢拿去賠打傷的人吧！」

小張乙這才收了銀錢，拜謝而去。

眾人都散了，宋江隨即邀了戴宗、李逵來到潯陽江邊的琵琶亭酒館。據說這是唐朝白樂天古蹟，一邊臨江，一邊是店主人家房屋，戴宗選了一處僻靜座位，酒保送來了兩樽「玉壺春」酒，此是江州有名的上酒；開了泥頭，一陣陣香味撲鼻傳來。宋江吩咐酒保說：

「我兩個前放兩隻盞子，這位大哥前面放個大碗！」

李逵一聽大喜。拍手說：

「真是好個宋哥哥，了解我的性格，結拜這麼一位哥哥，也不枉了！」

宋江心中歡喜，多喫了幾杯，忽然心裡想要辣魚湯喫，便問戴宗說：

「這裡有新鮮魚嗎？」

「兄長，你不見滿江都是漁船？此地正是魚米之鄉，怎麼沒有鮮魚？」戴宗指著江中說。

「想喫些辣魚湯醒酒。」宋江說。

戴宗便喚酒保吩咐，不一會兒就端了三碗加辣點的紅白魚湯來。宋江說道：

「『美食不如美器』，沒想到酒肆之中，竟有如此精緻器皿。」

拿起箸來，相勸戴宗、李逵，自己也喫了幾口，喝了些湯汁。卻見李逵並不用筷，便去碗裡撈起魚來，連骨頭都喫了。宋江看了忍笑不住，喝了兩口汁，便不喫了。戴宗說：

「兄弟，一定是醃魚，不中仁兄意了。」

「剛才只是酒後想喫口鮮魚湯，這魚確是不甚好！」宋江說。

李逵一看宋江和戴宗都把筷放下了。就伸過手來去宋江和戴宗的碗裡撈起魚來，連骨刺都喫了，滴滴點點淋了一桌子湯汁。宋江見李逵把三碗魚湯和骨頭都喫了，心想他一定

246

是肚子餓。就吩咐酒保說：

「你再切二斤牛肉給這位大哥喫。」

「小店只賣羊肉⋯⋯」酒保話沒說完，便被李逵潑得滿臉魚湯。戴宗叫道：

「你又做什麼了？」

「這小子無禮，欺負我只喫牛肉，不賣羊肉給我喫！」李逵應道。

宋江連忙跟酒保賠不是。酒保只得忍氣吞聲地去切了二斤羊肉來，李逵也不客氣，用手大把抓著喫，不一會兒，就把二斤羊肉喫光了。摸摸嘴巴笑道：

「還真是宋大哥了解我！」

戴宗因為剛才的魚不太新鮮，所以就問酒保說：

「酒店中可有新鮮的魚？」

「不瞞官人，剛才的魚，確是昨天醃的。今天的活魚還在船上，等賣魚主人來了，才敢買賣。」酒保說。

李逵一聽，跳起來說：

「我自去討兩尾活魚來給大哥喫，打魚的不敢不給我。」

戴宗阻攔不住，李逵已一直去了，只得對宋江說道：

「兄長休怪！小弟引這等人來相會，全沒體面，羞煞人了。」

「他生性如此，如何能改，我倒敬重他的真實不假。」

宋江卻笑著說，一點也不以為意。

李逵走到江邊，看見約有八九十隻漁船，都停繫在綠楊樹下，一字排著。船上漁人，有斜枕著船梢睡的，有在船頭上結網的，也有在水裡洗浴的。此時正是五月半天氣，一輪紅日已快西沉，還不見主人來開艙賣魚。李逵走到船邊，大叫說：

「你們賣兩條船上的活魚給我？」

「賣魚主人還沒來，我們不敢開艙。你看！那些魚販都在岸上等著呢！」漁船上的人答。

「等什麼主人，先拿兩尾魚來給我！」李逵還是叫個不停。但是漁船上的人依然不肯，李逵一時大怒，跳上一隻船，只顧把竹笆簽來拔，漁人在岸上大叫「完了！完了！」李逵伸手去艙板底下摸，卻發現一條魚也沒有。原來那大江裡的漁船，船尾開半截大孔放江水出入，養著活魚，而用竹笆簽攔住，以此船艙裡活水來往，養放活魚；因此江州有好鮮魚。這李逵哪裡懂得，倒先把竹笆簽拔了，把一艙活魚都放走了。李逵又跳到另一隻船上去拔。那七八十個漁人都拿竹篙來打李逵。李逵大怒，焦躁起來，便脫下布衫，只穿了短

褲，見亂篙打來，兩手一架，早搶了五六條在手裡，像扭蔥般的都給折斷了。漁人們都大喫一驚，紛紛解了纜，把船撐開去了。李逵更加氣忿，竟赤條條地，拿了截斷篙，上岸來打魚販，魚販們也都紛紛挑了擔逃走。正在鬧閧閧一片混亂的時候，只見一個人從小路裡走出來。眾人看見，叫道：

「主人來了！這黑大漢在此搶魚，把漁船都趕跑了。」

那人一聽大怒，立刻搶過去，指著李逵罵道：

「你這傢伙是喫了豹子膽，竟敢來擾亂老爺的道路！」

李逵看那人時，見他有六尺五六身材，三十二三年紀，三柳掩口的黑鬍；頭上裹了頂青紗萬字巾，腳穿一雙青白梟腳多耳麻鞋。李逵也不回話，掄起竹篙，往那人便打。那人不退反進，早奪了竹篙。李逵便一把揪住那人的頭髮。那人便奔來的下三路，要想絆倒李逵，萬沒想到李逵力大如牛，用力一推，就把那人推開，近身不得，那人便往李逵肋下打了幾拳，李逵毫不在意。那人又飛起腳來踢，被李逵一直把他的頭按下去，提起鐵鎚般大小的拳頭，往那人背脊上擂鼓似地打，打那人掙扎不得。

李逵正打得忘形，忽然被人從背後抱住，李逵回頭看時，卻是宋江，李逵只得停手，那人乘機，一溜煙似地跑了。宋江說道：

「兄弟，快把衣服穿了，一同去喫酒！」

李逵自柳樹根頭拾起布衫，搭在胳膊上，跟了宋江、戴宗便走。走不到十幾步，只聽得背後有人罵道：

「黑殺才！今番要和你去見個輸贏！」

李逵回頭看時，又是那人，只見他脫得赤條條地，穿著一條丁字水褲，露出一身雪般的白肉。在江邊，獨自一人用竹篙撐著一隻漁船，趕過來。口裡大罵道：

「千刀萬剮的黑殺才！老爺怕你的不算好漢，走的不是好漢子！」

李逵被罵得七竅生煙，吼了一聲，撇下布衫，轉過身來向漁船奔去。那人故意把船略攏來湊在岸邊，用一手把竹篙點定了船，口裡大罵著。李逵也罵道：

「好漢便上岸來！」

那人拿了竹篙往李逵腳上去搠，撩撥得李逵火起，托地跳在船上。說時遲、那時快，那人只要誘得李逵上船，把竹篙往岸邊只一點，雙腳一蹬，那條漁船像脫了弦的箭似的，投到了江心。李逵雖然略識水性，但苦不甚高，當時已慌了手腳。那人不再叫罵，撇了竹篙，叫聲：

「你來！今番和你見個輸贏。」

便把李逵的胳膊抓住。口裡說：

「我先不和你廝打，教你喫些水再說。」

兩隻腳把船只一晃；船底朝天，兩個好漢都撲通地翻觔斗撞下江裡去。

宋江、戴宗趕到岸邊時，那隻船已翻在江裡，兩個人只在岸上叫苦。江岸邊早擁上三五百人在柳蔭底下看。都拍手叫著：

「這黑大漢今番著了道兒了，便掙扎得性命，也必喫了一肚皮水。」

宋江和戴宗在岸邊看時，只見江面浪花沸白，那人把李逵提將起來，又掩了下去，兩個正在江心清波碧浪之中翻滾：一個渾身黑肉，像頭野牛，一個露出遍體霜膚，像條白鯊，兩個打做一團，絞做一塊，江岸上那三五百人沒一個不喝采。

當時宋江看見李逵被那人在水裡揪住，浸得眼白，又提起來，又納下去，老大喫虧。

便叫戴宗央人去救。戴宗問眾人說：

「這白大漢是誰？」

「這白大漢便是本處賣魚主人，喚叫張順。」有人答。

宋江聽了，才猛然想起：「莫不是綽號『浪裡白條』的張順。」於是立刻對戴宗說：

「我有他哥哥張橫的家書在營裡！」

戴宗聽了，就向江裡高聲叫道：

「張二哥，不要再打了！有你令兄張橫的家書在此！這黑大漢是俺的兄弟，你且饒了他，上岸來說話。」

那張順在江心，聽說有哥哥的書信，便放了李逵，李逵正在水裡探頭探腦，載沉載浮，張順帶住了李逵的一隻手，自己把兩條腿踏著水浪，如行平地，那水浸不過他的肚皮，只淹著臍下；擺了一隻手，直托李逵上岸來。江邊的人個個喝采。宋江看得呆了半晌。張順、李逵都到了岸上，李逵喘做一團，口裡只吐白水。戴宗說：

「且請你們都到琵琶亭上說話。」

張順討了件布衫穿著，李逵也穿了布衫。四個人再走到琵琶亭上來。戴宗對張順說

「二哥，你認得我麼？」

「當然認得，只是無緣，不曾拜會。」張順說。

戴宗又指著李逵問張順說：

「足下日常可認得他麼？今日倒頂撞了你。」

「小人如何不認得李大哥，只是不曾交手。」張順說。

「你也淹得我夠了！」李逵苦著臉說。

「你也打得我好了！」張順接了一句。

戴宗拉著兩人手說：

「你兩個今番做個至交的兄弟。常言道：『不打不成相識。』」

「你路上休撞我！」李逵瞪著張順說。

「我只在水裡等你便了！」張順扮個鬼臉。

四人都相對哈哈地大笑起來。

① 院長：宋朝時，金陵一路節級都稱呼做「家長」；湖南一路節級都稱呼做「院長」。

② 頭錢：一種賭具：攤若干錢在手掌上，向外籤出，看有幾個正面，幾個背面，以定輸贏，那錢就叫「頭錢」。

③ 快：頭錢全是背面，叫做「快」。

④ 叉：頭錢全是正面，叫做「叉」。

第十二章　劫法場

宋江尋戴宗、李逵不著，獨自一人，悶悶不已，信步走到城外來，欣賞著江景，不知不覺走到一座酒樓前，仰臉看時，旁邊豎著一根望竿，懸掛著一面青布酒旗，上寫著「潯陽江正庫」，雕簷外一面牌額，上有蘇東坡題的「潯陽樓」三個大字。宋江心裡暗暗歡佩。尋思道：「我在鄆城縣時，只聽說江州有座潯陽樓，原來就在這裡。我雖然只獨自一人，也不可錯過，何不上樓去欣賞一番。」宋江來到樓前，看見門邊朱紅色的華表上有兩面白粉牌，各有五個大字，寫道：「世間無比酒」、「天下有名樓」。宋江就登上樓來，去靠江邊占一座閣子裡坐了；憑欄舉目，美如圖畫，喝采不已。酒保立刻笑臉迎了上來，說：

「官人，要待客，還是獨自消遣？」

「要待兩位客人，還沒來。你且先拿一樽好酒，果品、肉食，只顧賣來，魚便不要。」

少時，酒保用一托盤托上樓來。一樽「藍橋風月」美酒，擺幾樣肥羊、嫩雞、釀鵝、精肉，都是用朱紅盤碟。宋江看了暗喜，自誇道：「這般整齊肴饌，精緻的器皿，真是個好地方。我雖是犯罪遠流到此，卻也看了真山真水。我家鄉雖也有幾處名山古蹟，卻無此等景致。」於是獨自一人，一杯兩盞，倚欄暢飲，不知不覺多喫了幾杯，有些酔了。突然心頭湧上心事。尋思道：「我生在山東，長在鄆城，學吏出身，結識了多少江湖好漢，雖留得一個虛名，如今已經三十歲出頭，名又不成，功又不就，倒被文了雙頰，配來這裡！我家鄉中的老父和兄弟，不知何時才能相見？」不覺心事湧了上來，潸然淚下；臨風觸目，感恨傷懷。忽然作了一首〈西江月〉詞，就叫酒保索借了筆硯來，起身來玩賞，見壁上多有先人題詠。宋江心想：「何不就也題在此，倘若他日榮華富貴了，再經過此地，重睹一番，以記歲月，追思今日的心頭煩憂。」於是乘著酒興，磨得墨濃，蘸得筆飽，在那白粉壁上寫道：

自幼曾攻經史，長成亦有權謀。恰如猛虎臥荒邱，潛伏爪牙忍受。

第十二章　劫法場

255

不幸刺文雙頰，那堪配在江州！他年若得報冤讎，血染潯陽江口！

宋江寫罷，自己欣賞了一回，大喜大笑；又飲了數杯酒，不覺狂蕩起來，手舞足蹈，又拿起筆來，在那首〈西江月〉後面，再寫上四句詩：

心在山東身在吳，飄蓬江海漫嗟吁。

他時若遂凌雲志，敢笑黃巢不丈夫！

宋江寫罷詩，又在後面署上「鄆城宋江作」五個大字。寫罷，把筆往桌上一擲，又自己吟咏了一回，再飲了數杯酒，不覺醉了，便叫酒保來結了酒帳，拂袖下樓，踉踉蹌蹌的回到營裡，開了房門，倒在床上，一直睡到五更。酒醒時已全然不記得昨日在潯陽江旁酒樓上題詩的事，當日害酒，整天都睡在臥房裡，沒有出去。

在潯陽江的對岸，有個小城鎮，叫做無為軍，是一個荒僻的野地。城中有個閒散的通判，姓黃，雙名文炳。這人雖然讀過經書，卻是阿諛諂佞之徒，心地褊窄，又是嫉賢妒能，只要勝過自己的人，就設計陷害他；不如自己的人就捉弄他，專在鄉里裡害人。他知

256

道江州知府蔡九是當朝蔡太師的兒子，所以每每來討好；時常過江來訪謁知府，指望他能引薦自己出去做官。也是宋江命該受苦，撞上了這對頭。這一天黃文炳在家中閒坐，無所消遣，就帶著兩個僕人，買了些時新的禮物，僱了一艘快船，渡過江來，直接去探問蔡九知府，碰巧府裡有宴會，不敢進去，準備回去找渡船回家，而僕人把船正泊在潯陽樓下。

黃文炳因天氣悶熱，就去樓上閒坐一會兒，信步踱到酒庫裡來。轉到樓上憑欄消遣，看到壁上題詠很多；有做得好的，也有歪談亂道的。黃文炳看了冷笑。正看到宋江在壁上題〈西江月〉詞和四句詩時，不覺大驚失色。心想：「這分明是反詩！誰寫在此？」再往後看，下面竟題署「鄆城宋江作」五字。覺得好像見過這人，一時又想不起來。就把酒保找來，問道：

「這兩篇詩詞是誰題在此處？」

「夜來一個客官獨自喫了一瓶酒，寫在這裡的。」酒保答。

「這人什麼模樣？」黃文炳追問。

「面頰上有兩行『金印』，多半是牢城營裡的人，生得黑矮肥胖。」酒保答。

「是了！」黃文炳說了一聲。立刻向酒保借了筆硯，取幅紙來把反詩抄了，藏在身邊，並吩咐酒保，不要刮去。

黃文炳下樓，在船中歇了一夜。次日，飯後，命僕人挑了禮物，一直送到府前。正值知府退堂在衙內，見門人報告是黃文炳前來拜見，就邀請在後堂招待。黃文炳說：

「文炳夜來渡江，到府拜望，聞知公宴，所以不敢擅入。今日重復拜見恩相。」

「通判是心腹之交，進來同坐何妨？下官有失迎迓。」

蔡知府客套地說。此時黃文炳為了邀功，故意打聽京師近來是否有新聞發生。蔡九說：

「家尊寫來書信上說：『近日太史院司天監奏報：夜觀天象，罡星照臨吳、楚，恐怕有人作亂。加之街市小兒謠言說：「耗國因家木，刀兵點水工；縱橫三十六，播亂在山東。」』因此，囑咐下官，緊守地方。」

黃文炳尋思了半晌，忽然笑道：

「恩相！事非偶然也！」

「這是反詩！不過照詩中看，只是個配軍！量他能做得什麼？」

說時從袖中拿出所抄的詩詞，呈給知府看。知府看罷，說：

「相公！不可小覷了他！剛才相公所言尊府恩相書中說的小兒謠言，正應在這人身上。」黃文炳道。

「何以見得？」知府問。

「『耗國因家木』，耗散國家錢糧的人，必是『家』頭著個『木』字，明明是指『宋』字；第二句『刀兵點水工』興起刀兵之人，『水』邊著個『工』字，明是個『江』字。這個人姓宋名江，又作下反詩，明是天數。」黃文炳解釋說。

「那麼『縱橫三十六，播亂在山東』二句呢？」蔡九追問。

「或是六六之年，或是六六之數，『播亂在山東』，今鄆城縣正是山東地方。這四句謠言已都應了。」黃文炳答。

「不知此間有這個人嗎？」蔡九仍有些疑惑。

「這個不難，只要拿牢城營文冊一查，便知。」黃文炳答。

蔡九覺得有理，立刻喚從人到庫內拿過牢城營裡文冊簿來看，蔡知府親自翻檢，看見後面果然有「五月間新配到囚徒一名，鄆城縣宋江。」黃文炳看了說：

「正是應謠言的人，非同小可！如是遲緩，恐怕走漏消息；可急差人捕獲，下在牢裡，再做商議！」

蔡九也覺事態嚴重，立即陞廳，叫喚兩院押牢節級過來。廳下戴宗應喏。知府說：

「你與我帶了公差，快去牢城營裡捉拿潯陽樓吟反詩的犯人，鄆城縣宋江來，不得有

誤！」

戴宗一聽，大喫一驚，心裡只得叫苦。隨即出了府來，點了眾節級牢子，都教他們各去家裡拿了各人器械，到他住處隔壁的城隍廟裡集合。戴宗吩咐完畢，見各人都散了。急忙作起神行法，趕到了牢城營裡，直接到了抄事房，推開門，看見宋江正在房裡。宋江一見戴宗，就把前日入城尋不到戴宗，獨自到潯陽樓喫酒的事說了。戴宗卻說：

「哥哥，你前日卻在樓上寫下了什麼言語？」

「醉後狂言，誰個記得！」宋江搖搖頭全不在意。

「剛才知府喚我當廳發落，叫多帶從人捉拿潯陽樓上題反詩的宋江。兄弟我喫了一驚，先去穩住眾公差，叫他們在城隍廟等候，我特來先報知你。哥哥，你看怎麼辦？如何解救？」戴宗焦急不已。

宋江聽罷，搔首不知癢處，只會叫著：

「我今番死定了！」

戴宗尋思了一會兒，說道：

「我教仁兄一個解危辦法，不知好不好？現在我已不能再耽擱，要馬上回去帶人來捉你。你可披頭散髮，把屎尿潑在地上，便倒在裡面，裝作發瘋，等我帶人來時你就胡言亂

語，我自去替你回復知府。」

宋江心想也別無他途，只得答應了。戴宗慌忙趕回城裡，直到城隍廟來和眾人會齊，一直奔到牢城營來，假意問道：

「哪個是新配來的宋江？」

牌頭引眾人到了抄事房裡，只見宋江披頭散髮，倒在尿屎坑裡打滾，見戴宗和眾人進來，便大叫：

「你們是什麼東西？」

「捉拿這廝！」戴宗暴喝一聲。眾人正要上前。宋江卻白著眼，亂打起來；口裡嚷道：

「我是玉皇大帝的女婿！丈人教我領十萬天兵來殺你江州人！閻羅大王做先鋒！五將軍做順從！給我一顆金印，重八百餘斤，殺你這般王八蛋！」

眾公差都停住了腳。說：

「原來是個失心瘋的漢子！我們拿他去何用？」

「說得是。我們且去回話。要拿時，再來！」戴宗說罷，引了眾公差回到州衙裡，回復知府道：

261

「原來這宋江是個失心瘋的人，屎尿穢汙全不顧，口裡胡言亂語，渾身臭糞，因此不敢拿來。」

蔡知府正要問緣故時，黃文炳已經從屏風後轉了出來，對知府說：

「看他寫的詩詞，不像瘋子。其中恐怕有詐，不管怎樣只顧拿來，若走不動時，扛也扛來！」

蔡知府見黃文炳說得十分有理，就命令戴宗說：

「你們只管去捉來！」

戴宗領了鈞旨，雖然心中叫苦，但又不能不服從。只好帶了公差去把宋江用個大竹籮扛了來。眾公差把宋江押在階下，可是宋江就是不肯跪，睜著眼，見了蔡九，依舊瘋瘋癲癲，胡言亂語。蔡九看了毫無辦法，問不出一點口供。這時黃文炳又說話了。他說：

「知府！且喚本營的差撥和牌頭來問，若是來時已經瘋了，便是真的。若是近日纔瘋，必是詐瘋。」

蔡九聽了連連點頭，立刻傳令喚來了管營和差撥。這兩人哪裡敢隱瞞，說宋江來時並不瘋。蔡知府一聽大怒，叫來牢子獄卒，把宋江綑了，一連打了五十大板，打得宋江一佛出世，二佛涅槃，皮開肉綻，鮮血淋漓，只得招了。此時宋江兩腿已被打得走不動，被牢

262

卒拖進了死囚牢裡收了。

蔡知府退堂後，邀請黃文炳到後堂飲宴，稱謝道：

「若非通判高明遠見，下官險些被這廝瞞過。」

「相公在上，此事也不宜遲，急急修封書信，差人星夜送到京師，報告尊府恩相知道，顯得相公幹了這件國家大事。」黃文炳又說。

蔡九聽了大喜，立刻寫了家書，命令戴宗，叫他連夜送去京師。隨後對黃文炳說：

「我信上已薦舉了通判的功勞，使家尊面奏天子，早早陞授一個富貴城池給通判，去享受榮華。」

黃文炳聽了，心花怒放，在知府衙門裡住了一夜，第二天便歡天喜地的回無為軍去了。

戴宗接了蔡知府的書信以後，煩惱了整夜，卻又想不出解救宋江的辦法。心想只有去梁山泊找軍師吳學究設法。於是安排李逵好好侍候宋江，自己換了行裝，便袋裡藏了書信、盤纏，出到城外，身邊取出四個甲馬①，在每隻腳上各拴了兩個，口裡念起神行法咒語，頃刻間就離了江州。行走的速度真像風馳電掣一般，一路上只喫些素飯、素點心，晚間投宿時，解下四個甲馬，取數箔金紙燒送了，才安歇。如此走了幾日，不覺已到山東地

界。此時正是六月初旬天氣，蒸得汗雨淋漓，滿身濕透，戴宗正覺得肚子有些餓了，又怕中了暑氣。卻正好望見前面樹林側旁有一座傍水臨湖的酒肆。戴宗撚指間就走到了店前，選了個乾淨的座位坐了。戴宗此時不能喫葷腥，所以只叫酒保隨便送些素菜來。不一會，酒保端來了一碗豆腐、兩碟蔬菜和三大碗酒。

戴宗正飢，又渴，一口氣就把酒、菜全喫了。正想再盛些飯時，只覺得天旋地轉，頭暈眼花，往凳子邊倒了下去。這時店裡走出一個人來，正是梁山泊的旱地忽律朱貴。朱貴看戴宗倒在地上，就叫兩個夥計去搜戴宗的身上東西，只見便袋裡搜出一個紙包，包著一封信，取過來交給朱貴。朱貴拆開一看，不覺大驚，半晌做不出聲來。這時夥計已經把戴宗抬進殺人作房裡去準備開剖，卻從戴宗身上溜下來一塊宣牌，朱貴拿起來一看，上面寫著「江州兩院押牢節級戴宗」。朱貴立刻說：

「且不要動手！我常聽吳用軍師說，這江州有個神行太保戴宗，是他的至友，莫非就是此人？但他為什麼要送書信去害宋江？」

朱貴就叫夥計用解藥把戴宗救醒，準備問個明白。當戴宗舒眉展眼，醒轉過來時，卻見朱貴拆開蔡九的家書在手裡，戴宗便喝道：

「你是什麼人？好大膽，用蒙汗藥麻翻了我，如今又把太師府書信擅開，拆毀了封皮，

「該當何罪？」

「這封信算什麼！就是大宋皇帝，我們也敢做對頭。」朱貴哈哈大笑起來。

「好漢，你卻是誰？如此狂言！」戴宗表情驚訝。

「俺是梁山泊好漢旱地忽律朱貴。」朱貴說。

「既是梁山泊頭領時，定然認得吳學究先生。」戴宗問。

「吳學究是俺大寨裡軍師，執掌兵權。足下如何認得他？」朱貴有意試探戴宗。

「我和他是至友。」戴宗答。

「兄長莫不是軍師常提起的江州神行太保戴院長嗎？」朱貴故意問。

「小可便是。」戴宗答。

「前時，宋公明斷配江州，經過山寨，吳軍師曾寄一封書信與足下，如今卻為何反來害宋三郎性命？」朱貴又問。

戴宗這才把宋江在潯陽樓酒後寫反詩的詳情說了一遍，才說：

「如今，我就是想去尋吳學究，想辦法解救宋大哥！」

「既然如此，請院長親到山寨裡與眾頭領商議良策，可救宋公明性命。」朱貴說罷。

一面慌忙叫準備酒食，請戴宗喫。一面就到水亭上，看著對港，放了一枝號箭；響箭到

處，早有小嘍囉搖船過來。朱貴帶戴宗直到金沙灘上岸，引至大寨。吳用見報，連忙親自下關迎接；見了戴宗，不免敘禮一番。吳用引戴宗到聚義廳和眾頭領相見。朱貴說起戴宗上山的緣故。晁蓋聽了大驚，便要點起人馬，下山去打江州，救宋三郎上山。吳用諫道：

「哥哥，不可造次。江州離此間路遠，軍馬去時，恐怕會『打草驚蛇』，倒送了宋公明的性命。此一件事，不可力敵，只有智取。吳用不才，略施小計，只在戴院長身上，定要救宋三郎性命！」

「願聞軍師妙計。」晁蓋問得急迫。

「如今蔡九差院長送信去東京，討太師回報，不如將計就計，寫一封假回書，教院長帶回去。信上只說：『把犯人宋江立刻解送京師，定行處決示眾，斷絕童謠。』等他解來此間經過時，再差人下山奪了。此計如何？」吳用說出妙計。

「好卻是好，只是沒人會寫蔡京筆跡。」晁蓋有些疑慮。

「吳用已思量在心裡了。如今天下盛行四家字體。所謂蘇東坡、黃魯直、米元章、蔡京，是宋朝四絕。小生曾認識濟州城裡一個秀才，姓蕭名讓，他會寫諸家字體，人稱『聖手書生』。不如就叫戴院長到他家，騙他說『泰安州嶽廟裡要寫道碑文，先送五十兩銀子在此，作安家之資。』便要他來。隨後就派人去把他家老小也接上山來，教他入夥，如

266

何？」吳用說。

「可是圖章印記怎辦？」晁蓋仍有些顧慮。

「這個小生也有主意。小生有個舊識，也是中原一絕，他也住在濟州城裡，姓金雙名大堅，雕刻一手好圖書玉石印，人稱『玉臂匠』，也可依計把他騙上山來。」吳用說。

晁蓋這時才覺滿意。當日安排筵席，招待戴宗。次日又煩請戴宗，帶著一百兩銀子，拴上甲馬下山，把船渡過金沙灘上岸，施展起神行法，奔到濟州去。不到兩個時辰，早到了城裡，尋問到了聖手書生蕭讓，原來蕭讓和玉臂匠是朋友，所以由蕭讓帶路，很容易的就也請到了金大堅。兩人見有五十兩銀子的重酬，所以都一口答應了。隨即都帶了工具，一齊同行，出了濟州城，行不到十里多路。戴宗說道：

「二位先生慢走，小可先去報知眾上戶來接二位。」

拽開步數，爭先去了。而這兩個則背著包裹，自慢慢地行走。看看已是未牌時候，約莫走了七八十里路，只見前面一聲唿哨響，山坡上跳下一夥好漢，約有四五十人，為首的正是矮腳虎王英。當時王英大喝一聲…

「孩兒們！拿這廝，取心來喫酒！」

蕭讓和金大堅卻也有一身本事，便逕奔王矮虎，三人纏鬥起來，大約戰了五七回合，

王英賣個破綻，轉身便走，兩人正要去追時，猛聽得山上鑼聲又響。左邊走出「雲裡金剛」宋萬，右邊走出「摸著天」杜遷，背後是「白面郎君」鄭天壽，各帶三十餘人，一齊上，才把蕭、金二人橫拖倒拽，捉到山寨去了。

到了山寨，吳學究早已在寨門外迎接，斥令眾人趕快鬆了二人繩索，連賠不是。並且說明了山寨求賢用人，有意請二人上山入夥，共聚大義。蕭讓、金大堅和吳用原是舊識，眼看已經到了山寨，只得推說⋯

「我們在此趨侍不妨，只恨各家都有老小，明日官府知道了，必遭禍害。」

吳學究笑道：

「二位賢弟不必憂心⋯⋯。」吳用話還沒說完。只見小嘍囉來報說⋯「都到了！」

「請二位賢弟，親自去接寶眷！」

蕭、金二人半信半疑，下到半山，只見數乘轎子，抬著兩家老小上來。二人都閉口無言，只得死心塌地，回到山寨入夥了。晁蓋一時大喜，山中設下宴席款待。

次日，吳學究請蕭、金二人安排了回書，交給戴宗，立刻起程送回江州蔡九知府處。

戴宗走後不久，只見吳用大叫⋯

「苦也！」

眾頭領一聽都驚訝萬分，急忙問道：

「軍師何故叫苦？」

吳用歎了口氣說：

「你眾人不知…是我這封信，倒送了戴宗和宋公明的性命。」

「軍師信上出了什麼差錯？」眾頭領大驚失色。

「是我一時不仔細。如今江州蔡九知府是蔡太師的兒子，而我讓金賢弟刻的卻是『翰林蔡京』四字，天下那有父親給兒子寫信用自己的名字？因此差了，戴院長回到江州必受盤問，查出實情，卻是厲害！」吳用說。

「快使人去追戴宗回來！」晁蓋說。

「不行！他作起神行法來，早晚已走過五百里了，只是事不宜遲，我們只有如此如此，或能救得戴宗和宋公明二人。」吳學究附在晁蓋耳旁說了幾句。

一時眾多好漢得了將令，各各整束行頭，連夜下山，往江州而去。

戴宗回到江州，當廳呈上回信。卻被黃文炳一眼識破，當堂把戴宗綑翻，打得皮開肉綻，鮮血迸流。戴宗捱不過毒打，只得招了。於是蔡九知府立刻陞廳，便喚當案孔目來吩咐道：

「明日午時三刻，將要犯宋江、戴宗押赴市曹斬首示眾。自古道：『謀逆之人，決不待時』，免致後患！」

當案的孔目姓黃，和戴宗私交頗好，只想救他，也別無良策，只圖替戴宗少延殘喘，於是靈機一動。當即稟道：

「明日是個國家忌日；後日又是七月十五中元節，皆不可行刑。直到五日後，才可行刑。」

蔡知府聽罷，依准了黃孔目的言語，直等到第六日早晨，先差人去十字路口打掃了法場。早飯後點起土兵和刀杖劊子手，約有五百餘人，都在大牢門前侍候。巳牌時分，獄官稟了知府，親自來做監斬官。黃孔目只得把犯由牌呈堂，當廳判了兩個「斬」字，使用片蘆席貼起來。當時打扮已了，就大牢裡把宋江、戴宗五花大綁；又用膠水刷了頭髮，綰個鵝梨角兒，各插上一朵紅綾子紙花；驅至青面聖者神案前，各給了一碗「長休飯」、「永別酒」，喫罷，辭了神案，轉過身來，搭上利子。六七十個獄卒早把宋江在前，戴宗在後，推擁出牢門前來。宋江和戴宗兩個面面相覷，各做聲不得。宋江只把腳來踢，戴宗低著頭只歎氣。江州府看熱鬧的人，真是壓肩疊背，何止萬人！押到市曹十字路口，團團鎗棒圍住，把宋江面南背北，將戴宗面北背南，只等午時三刻，監斬官到來開刀。

270

這時只見法場東邊，一夥弄蛇的丐者，強要挨入法場裡看，眾士兵趕打不退，正在相鬧著。只見法場西邊，一夥使鎗棒賣藥的，也強挨進來。士兵喝道：

「你這夥好不曉事！這是何等場所，也要強挨進來看。」

「你這裡算什麼！我們衝州撞府，哪裡沒去過？便是京師天子殺人，也讓人看；你這小地方，砍得兩個人，轟動了世界，我們便挨出來看一看，有什麼要緊的！」那夥使鎗賣藥的也開始起鬨。

鬧還沒了，只見法場南邊，一夥挑擔的腳夫，又要挨進來。士兵喝道：

「這裡哪有出路，你挑那裡去！」

「我們挑東西是送給知府大人的，你們如何阻擋我？」那夥挑擔的也和士兵鬧起來。

「便是相公衙裡的人，也只得去別處過！」士兵阻止。

那夥人就歇下擔子，都拿著扁擔，站在人叢裡看熱鬧。只見法場的北邊，一夥客商推兩輛車子過來，定要挨進法場。士兵喝道：

「你這夥人哪裡去？」

「我們要趕路程，能否行個方便？」推車的客商答。

「要趕路從別處過！」士兵阻止。

「你說得好！俺們是京師來的，不認得路，只知從大路走！」推車的客商笑著說。

士兵哪裡肯放，那夥客人齊齊地也都站著不動了。四處吵鬧不停，這蔡九知府也禁止不得。又見那些客商都爬到了車頂上去看。沒多時，只聽法場中間有人高聲喊道：

「午時三刻——。」

監斬官站了起來，猛拍一聲桌案說：

「斬訖報來！」

兩邊的劊子手便去開枷；行刑的人執定法刀在手。頓時全場鴉雀無聲。說時遲，一個個要見分明。；那時快，鬧攘攘一齊發作。；只見那夥站在車上的客商，剛聽得一個「斬」字，其中一個客人立刻取出一面小鑼兒，站在車上噹噹地敲得兩三聲，四下裡一齊動手。

又見十字路口茶坊樓上一個彪形黑大漢，脫得赤條條的，兩隻手握住兩把板斧，大吼一聲，像晴天響起一聲雷，從半空中跳下來，手起斧落，早砍翻了兩個行刑的劊子手，便往監斬官前砍來。眾士兵都急忙用鎗去搠，可是哪裡擋得住？眾人只有簇擁著蔡九知府逃命去了。

東邊那夥弄蛇的丐者，身邊都已掣出尖刀，看著士兵便殺；西邊那夥使鎗賣藥的也大發喊聲，殺倒了一排獄卒。南邊那夥挑擔的腳夫，掄起扁擔，橫七豎八，打翻了許多士

兵，連看的人也遭了殃。北邊那夥客人，都跳下車來，推著車子，往士兵身上衝撞。兩個客商鑽了進去，一個背著宋江，一個背了戴宗。其餘的人，有射箭的，有丟石頭的，也有取出標鎗來標人的。

原來這四方裡喊殺的人，都是梁山泊來的英雄好漢。但是對那個人叢裡殺人最多的黑大漢，卻沒人認識。但見他火雜雜地掄起大斧只顧砍人，晁蓋便叫背著宋江、戴宗的兩人，當時在十字街口，不問軍官、百姓，殺得屍橫遍地，血流成渠，一直殺出城來，不一會已殺到江邊，那黑大漢滿身是血，獨自還在江邊迫殺人。晁蓋大叫道：

「不干百姓事，休只管傷人！」

那黑漢此時哪裡聽得見，一斧一個，還是殺個不停。哀號之聲，好不悽慘。約莫離江沿岸上走了五七里路，只見前面盡是滔滔江水，一望無際，已沒有陸路。晁蓋看到此種情形，只得叫苦。那黑大漢方才叫道：

「不要慌！且把哥哥背來廟裡。」

眾人都過來看時，見靠江邊有一所大廟，兩扇門緊緊地閉住。黑大漢用兩斧把門砍開，便搶了進去，看到兩邊都是老檜蒼松，林木遮映，前面牌額上，四個金書大字，寫道「白龍神廟」。小嘍囉把宋江和戴宗背到廟裡歇下。這時宋江方纔敢睜開眼睛，見了晁蓋等眾

人，哭著說：

「哥哥，莫不是夢中相會？」

【註釋】

① 甲馬：一種畫有神佛像的紙。

② 宣牌：表明官職的牌子。

第十三章　天性

梁山泊山寨裡一連幾日設宴，慶賀宋公明父子的團圓。忽然感動了公孫勝，使他思憶起自己也有個老母在薊州，離家日子久了，不知她近況如何？所以也想暫別眾頭領，回家去省親。這日晁蓋又在山寨裡設下筵席為公孫勝餞行，宋江請他也去把老母接來山寨住。

公孫勝卻說：

「老母生平只愛清幽，喫不得驚怖，因此不敢請來。而且家中自有田產山莊，老母自能料理。貧道只去省視一趟就回來。」

晁蓋看公孫勝一片孝心，於是只得約定百日為期，請公孫勝再歸山寨聚義。餞行畢，眾頭領席散，卻待上山，只見黑旋風李逵眾頭領直送至金沙灘。公孫勝獨自往薊州而去。

275

在關下放聲大哭起來。宋江連忙問道：

「兄弟，你如何煩惱？」

不問則已，一問之下，李逵哭得更是大聲。半晌才說：

「這個去請爹，那個去望娘，偏只有鐵牛是土掘坑裡鑽出來的！」

「你如今待要如何？」晁蓋笑著問。

「我只有一個老娘在家裡，我的哥哥又在別人家做長工，如何能奉養我母親快樂？我想也去請她到山寨來享福。」鐵牛說。

晁蓋被鐵牛的一番孝心感動，就說：

「兄弟說的是，我這就差幾個人同你去把母親接來山寨。」

「使不得！李家兄弟生性不好，回鄉去必然有失。若是教人和他去也是不好，況且他性如烈火，到路上必有衝撞。他又在江州殺了許多人，哪個不認得他是黑旋風？且過幾時，等平靜時再去不遲。」宋江出言阻止。

「哥哥你也是個不公平的人！你的爺可以請上山來快活，我的娘由她在村裡受苦？豈不是有意要氣破我鐵牛的肚子！」李逵焦躁的說。

「兄弟不要急躁，只依我三件事，便放你去。」宋江說。

276

「哥哥，你且說哪三件？」李逵問。

「第一件，接了母親立刻回來，路上不可喫酒。第二件，因你性急，沒有人陪你去，只你獨自一人悄悄地接了母親就回。第三件，你使用的兩把斧頭，不准帶去。」宋江說。

「這有何難，哥哥放心，我全都依你。」李逵答得爽快。只跨一口腰刀，提條朴刀，帶了一錠大銀，三五個小銀子，喫了幾杯酒，與眾人打個招呼，就往山下走了。宋江放心不下，對眾人說：

「李逵兄弟此去必然有失，不知眾兄弟中誰是他同鄉？到他那裡探聽個消息。」

「只有朱貴是沂州沂水縣人，和他是同鄉。」杜遷說。

宋江立刻派人去山下酒店裡請來了朱貴，說明了情形。朱貴說：

「小弟有個兄弟在沂水縣西門外開酒店，正好回去看看。李逵的家是住在百丈村，他有個哥哥叫李達，替人做長工。」

「你店中我請侯健去接替，你即時上路！」宋江說。

朱貴領了語言，回到店裡收拾一下，便匆匆追趕下去。

李逵獨自離了梁山泊，一路上真的是不喫酒，不怠事。這天，已來到了沂水縣的西門外，看見一簇人圍著看榜示。李逵也擠在人叢裡，聽見有人讀著榜文說：

「第一名，正賊宋江，鄆城縣人。第二名，從賊戴宗，係江州兩院押獄。第三名，從賊李逵，沂州沂水縣人……」

李逵在背後聽了，正待指手畫腳，只見一個人搶向前來，攔腰抱住，叫道：

「張大哥！你在這裡做什麼？」

李逵扭過頭看，認得是朱貴，就說：

「你怎麼也在這裡？」

朱貴也不說話，拉著李逵一同來到了西門外近村的一個酒店內，找了間僻靜的房間坐了，才說：

「你好大膽，那榜上明明寫著要捉拿你，你卻還站著看榜，倘或被眼疾手快的公差拿了送官，如之奈何？宋公明哥哥怕你出事，所以讓我來打聽消息。我比你遲一日下山，卻早一日到。你如何今日纔到這裡？」

「遵從宋公明哥哥吩咐，教我不喫酒，所以路上走得慢了。」李逵說話時裝出一副可憐模樣。

朱貴看了同情，就說：

「你今日但喫幾碗無妨。這個酒店便是我兄弟朱富家。」

說罷，又叫出朱富與李逵相見。李逵一聽可以喫酒，樂得眉飛色舞，端起碗只顧喫，當夜一直喫到四更時分，安排些飯食，李逵喫了，趁五更曉星殘月，霞光明朗，便投村裡去。朱貴吩咐說：

「休從小路走，只從大朴灣轉灣，投東大路，一直往百丈村去，便是董店東。快接母親來此，和你早回山寨去。」

李逵答應了一聲。卻心中尋思道：「我就從小路走，卻不近些？大路走，誰耐煩！」便出門投百丈村來，約莫行了十數里，天色漸漸微明，看見露草中跳出一隻白兔來，往前路跑了，李逵就在牠後面趕了一陣，不覺笑道：

「這畜生倒引了我一段路程！」

正走之間，只見前面有五十來株大樹叢雜而生，時值新秋，葉兒正紅。李逵剛到樹林邊。突然跳出一條大漢，喝道：

「黑旋風在此！留下買路錢和包裹，便饒你性命，容你過去！」

李逵一聽哈哈大笑起來。說道：

「你是什麼人？敢冒用老爺名目，在這裡胡為！」

李逵挺起朴刀來奔那大漢，那大漢掄兩把板斧應戰，卻哪裡是李逵對手，早被李逵在

腿股上搠了一刀，跌在地上，一腳踏住胸脯，喝道：

「認得老爺嗎？」

「爺爺！饒你孩兒性命！」大漢趴在地下叫。

「我正是江湖上的好漢黑旋風李逵！你這傢伙辱沒了老爺名聲！」李逵說。

「孩兒雖然姓李，單名卻叫鬼，不是真的黑旋風。只是在江湖上提起爺爺大名，鬼也害怕，因此孩兒盜用爺爺名目，在此翦徑①。但有孤單客人經過，只要聽得『黑旋風』三字，撇了行李就走。」那大漢答。

李逵劈手奪過一把斧來，說道：

「你壞我名目，且教你先喫一斧！」

說罷，舉起斧來，作勢要砍。嚇得李鬼慌忙叫道：

「爺爺！殺我一人，便是殺我兩個！」

李逵聽了，住了手問：

「怎麼殺你一人，便是殺你兩個？」

李鬼臉上裝出一副可憐模樣，說：

「孩兒本不敢翦徑，只因家中有九十歲的老母，無人贍養，因此孩兒單提爺爺大名嚇

280

唬人，奪些錢財，贍養老母；其實並不曾敢害一個人，如今爺爺殺了孩兒，家中老母必是餓死！」

李逵雖然是個殺人不眨眼的魔君，聽得說了這話，感動了他惻隱之心。自肚裡尋思道：「我特地回來接娘，卻倒殺了一個養娘的人，天地也不容我。——罷！罷！我就饒了這廝性命！」放下板斧。李鬼爬了起來，跪在地上，納頭便拜。李逵說：

「我便是真的黑旋風，你從此別再壞我名目！」

「孩兒今番得了性命，自回家改業，侍奉老母。」李鬼答。

「難得你有這番孝順之心，我給你十兩銀子做本錢，便去改業。」李逵說著，就掏出一錠銀子交給李鬼，心中覺得十分舒暢，拿了朴刀，一步步投山徑小路而來。大約走到已牌時分，覺得肚子又飢又渴，而四處都是山徑小路，不見一家酒店飯館。正在焦急之間，只見遠遠的山凹裡露出兩間草屋。李逵見了，直奔過去。只見後面走出一個婦人來，鬢鬢邊插著一簇野花，搽了一臉胭脂鉛粉。李逵放下朴刀說：

「嫂子，我是過路客人，肚中飢餓，又尋不到酒食店，可否買些酒飯喫？」

那婦人見李逵這般模樣，不敢說沒，只得答道：

「酒倒沒處買，做些飯給客人喫！」

「也好！只多做些個，我肚中太餓了。」李逵答。

那婦人在廚中燒起火來，便去溪邊淘了米，拿來做飯。李逵卻轉到屋後山邊去淨手。只見一個漢子，一蹶一擺地走過來。李逵急忙轉過屋後，那婦人正要上山摘菜，打開後門撞見了漢子。便問道：

「大哥，你哪裡傷了腿？」

「大嫂，我險些兒不能和你見面了……」漢子就把遇著李逵的事說了一遍。那婦人立刻用手摀住漢子的嘴說：

「休要高聲！剛才家中來了個黑大漢，莫不正是他。如今正在門前坐，你去看一看；若是他時，你去尋些麻藥來，放在菜裡，教那廝喫了，解決他性命！」

李逵躲在屋後，全都聽了，心想：「這傢伙，我給了他銀子，饒了他性命，他倒反來害我，情理難容。」轉身到了後門，這李鬼恰待出門，被李逵一把揪住，那婦人慌忙自前門跑了。李逵手起刀落，早割下頭來，奔到前門去尋那婦人時，已不知去向。李逵回到屋裡，搜出了一些碎散銀子和釵環，連同李鬼身上的那錠十兩小銀子，一齊塞進包裹裡。這時鍋裡的飯早熟了，只沒菜蔬下飯，李逵便去李鬼的大腿上割下兩塊肉來，用水洗乾淨了，竈裡抓些炭火來燒；一面燒，一面喫。喫飽了，把李鬼的屍體拖進屋裡，放了把火，

282

把屋子全燒了。

李逵到了董店東時，已是傍晚。直奔進家中，推開門，剛踏進去，就聽見母親熟悉的聲音問道：

「進來的是誰呀？」

李逵仔細看時，見母親雙眼都盲了，坐在床上念佛。李逵喊一聲：

「娘！鐵牛回來了！」

「我兒，你去了許多時，這幾年都在哪裡安身？你的大哥只是在人家做長工，只賺得些飯食喫，養娘全不濟事！我時常思量你，眼淚流乾，因此瞎了雙目。你一向正是如何？」

娘站了起來，朝著李逵這邊說話。

李逵心想：「我若說在梁山泊落草，娘一定不肯去，我只有說假的。」於是應道：

「鐵牛如今做了官，特別來接娘去享福！」

「這可好了！只是我怎麼跟你去呢？」娘問。

「鐵牛背娘到前面，再找一輛車兒載去。」李逵答。

「你不如等大哥來，再商議吧！」娘說。

「等什麼！我自和娘去便了。」李逵說。

李逵背著娘，正要走，只見李達提了一罐子飯走來。進了門，李達便對哥哥招呼說：

「哥哥，多年不見！」

「你這廝回來做什麼？又來連累別人！」李達一見李逵就大怒的罵。

「鐵牛如今做了官，特地回家接我！」娘說。

「娘呀！休信他放屁！當初他打殺了人，教我披枷戴鎖，受了萬千的苦。如今又聽得他和梁山泊賊人一夥劫了法場，鬧了江州，已經在梁山泊做了強盜。前日江州行移公文到來，命令原籍追捕正身，結果又要捉我到官，幸虧我家財主幫忙，說『他們兄弟已十來年不知去向，也不曾回家，莫不是同名同姓的人冒供鄉貫？』又替我上下使錢，才不喫官司。現在出榜賞三千貫捉他！──你這廝不死，卻來家裡胡說亂道！」

「哥哥不要急躁，和你一起上山去快活如何？」李逵說。

李達一聽大怒，本要打李逵，但明知敵不過他，把飯罐撇在地下，一直去了。李逵心想：「他一定是去報人來捉我，不如及早走了。我且留下一錠五十兩的大銀子放在床上，大哥回家見了，必然不再追趕。」李逵解下腰包，取一錠大銀放在床上。叫道：

「娘，我這就背著妳走！」

「你背我去哪裡？」娘疑惑地問。

「妳休問，一定給妳快活就是了，我就背妳去。」李逵說罷，就背了娘，提了朴刀，出門往小路便走。

卻說李逵急奔到財主家報了，領著十來個莊客，飛也似的趕到家裡，看時，不見了娘，只見床上留下一錠大銀子。李逵見了這錠大銀，心中忖思道：「鐵牛留下銀子，背娘去哪裡藏了？必是梁山泊有人和他同來，我若趕去，恐怕丟了性命。想必他背娘去山寨裡快活！」於是對眾人說：

「這鐵牛背娘去，不知往哪條路上走了。這裡小路甚雜，怎麼去趕他呢？」眾人看著李逵也想不出辦法，停留了半晌，也就各自回去了。

李逵這時背著娘，只奔亂山深處僻靜的小路上走。看看天色晚了，李逵已背到嶺下。李逵認得這條嶺叫做沂嶺，要翻過嶺去，才有人家，娘兒兩個趁著星明月朗，一步步捱上嶺來。娘在背上說道：

娘雙眼不明，不知早晚。李逵認得這條嶺叫做沂嶺，要翻過嶺去，才有人家，娘兒兩個趁著星明月朗，一步步捱上嶺來。娘在背上說道：

「我兒，哪裡去討口水來我喫！」

「老娘，且待翻過嶺去，借人家歇了，做些飯喫。」李逵只得安慰著母親。

「我中午喫了些乾飯，口渴得受不了。」娘嚷著。

「娘！我喉嚨裡也乾得冒煙，妳且等背妳到嶺上，尋水給妳喫。」李逵也有些急躁起

來。

「我兒，實在渴死我了，救我一救！」娘的語氣已近乎哀求。

「娘！我也困倦得撐不住了！」李逵看看已捱到嶺上松樹邊的一塊大青石上，把娘放下，插了朴刀在側邊，吩咐娘說：

「娘！妳只耐心坐一坐，我去尋水來給妳喫！」

李逵聽見溪澗裡水響，就聞聲尋找過去，盤過了兩、三處山腳，來到溪邊，捧起水來喫了幾口。尋思道「怎麼才能夠把這水盛去給娘喫？」立起身來，東張西望，見遠遠的山頂上有個庵兒。李逵攀藤攬葛，上到庵前，推開門看時，卻是個泗洲大聖祠堂，面前只有個石香爐。李逵用手去提，原來卻是和座子鑿成的。李逵拔了一回，哪裡拔得動？一時性起，連那座子也一起提到前面石階上，用力一磕，把那香爐磕將下來；李逵拿了再到溪邊，把香爐浸在水裡，拔起亂草，把它洗得乾淨，挽了半香爐的水，雙手捧著，再尋舊路，走上嶺來，走到松樹邊石頭上時卻不見了娘，只見朴刀依舊插在那裡。李逵叫娘喫水，可是杳無蹤跡，叫了幾聲也不應。李逵突然覺得心慌，丟了香爐，定眼往四處裡尋找，並不見娘。走不到三十餘步，只見草地上團團血跡。李逵見了，一身肉都發抖，沿著那血跡尋去，尋到了一處大洞口，只見兩隻小虎兒在那裡舐一條人腿。李逵胸口感覺像被

鐵錘重擊了一般，停不住全身的發抖。說道：

「我從梁山泊歸來，特為了來接老娘。千辛萬苦，背到這裡，卻被你們這畜生喫了。

那大蟲拖著的這條人腿，不是我娘的，還有誰？」

「正是你這畜生喫了我娘！」

放下朴刀，從胯邊掣出腰刀。那大蟲到洞口時，先用尾巴去窩裡一剷，便把後半截身軀坐進來。李逵在窩裡看得仔細，把刀朝母大蟲尾底下，盡平生氣力，捨命攛戳，正刺中那母大蟲糞門。李逵使得力量，把那刀把也直刺進肚子裡去了。那母大蟲大吼了一聲，就洞口帶著刀，竟跳過澗邊去了。李逵拿了朴刀，從洞裡趕出來，那老虎負痛，一直搶下山巖裡去了。李逵還想要追，只見樹邊捲起一陣狂風，吹得敗葉從樹上如雨一般打將下來。自古道：「雲生從龍，風生從虎」，那一陣風起處，猛聽得大吼一聲，一隻吊睛白額大蟲跳了出來。李逵看那猛虎做勢撲過來，那李逵早把生死置之度外，不

心頭火冒三丈，赤黃色的鬍鬚都倒豎起來，將手中朴刀挺起，來搠那兩隻小虎。這大蟲雖小，被搠得慌時，也會張牙舞爪，鑽向前來；被李逵手起，先搠死了一隻；那另一隻往洞裡便鑽了進去，李逵趕到洞裡，也把牠搠死了，李逵就伏在洞裡，等了半晌，覺得洞外颳起一陣風，往外面張看時，只見那母大蟲張牙舞爪的往窩裡走來。李逵恨恨地罵道：

慌不忙，趁著那大蟲勢力，手起一刀，正砍中牠的頷下。那大蟲不曾再掀再翦，一者護著疼痛，二者傷著了牠的氣管。那大蟲退不過五七步，只聽得硼一聲，像倒了半壁山，登時死在巖下。那李逵一時間殺了子母四虎，還又到虎窩邊，拿著刀查看了一遍，只怕還有大蟲。然後才去泗洲大聖廟裡，睡到天明。次日早晨李逵去把母親的腿及剩的骨殖，用布衫包了起來，到泗洲大聖廟後，掘個土坑葬了。李逵跪在地上大哭一場，聲音好不悽涼。

李逵停了一會兒，覺得肚子又飢、又渴，於是收拾起包裹；拿了朴刀，尋著山路慢慢的走過嶺來。只見五七個獵戶都在那裡收窩弓弩箭。看見李逵一身血汗，走下嶺來，都不免驚得呆了。就問道：

「你這客人莫非是山神？如何敢獨自過嶺來？」

李逵心想：「自己是個三千貫錢捉拿的要犯，如何敢說真話，不如說個謊。」於是答道：

「我是過路客人，只因四隻大蟲喫了我娘，所以我把牠們都殺了。」

眾獵戶一聽，齊聲叫道：

「不信你一個人如何能殺四虎？就是李存孝和子路②也只打得一個。我們眾多獵戶，整整三五月來，連根虎毛也沒獵得！敢是哄我？」

288

「你們不信時，我和你上嶺上去尋著牠！」李逵說。

於是眾獵戶打起唿哨來，一霎時，聚集了三五十人，都拿著鐃鈎鎗棒，跟著李逵，再上嶺來。此時天已大明，都來到山頂上，遠遠已經望見窩邊果然殺了兩隻小虎，還有一隻母大蟲死在山巖邊，一隻雄虎放在泗洲大聖廟前。

眾獵戶一時歡騰起來，用繩索把死虎綑綁起來，抬下山去。就邀李逵一同去領賞。李逵卻歎口氣說：

「賞金給我何用！都送你們吧！」

獨自一人，消失在亂石叢中。

【 註釋 】

① 翦徑：攔路搶劫。

② 李存孝：後唐時猛將。子路：孔子弟子，姓仲名由。

第十四章 劊子手

劊子手楊雄，剛在市井裡行了刑回來，手上捧著掛紅賀喜的花紅緞子，突然攔腰撞出七八個壯漢來，為頭的一個叫「踢殺羊」張保，他們欺負楊雄是外鄉人，一鬨而上把花紅緞子等都奪了，楊雄卻冷不防被張保劈胸抓住，背後又被兩個拖住了手腳，施展不得。

正鬧中間，只見一條大漢挑著一擔柴走過來，看見眾人逼住楊雄動彈不得。那大漢路見不平，便放下柴擔，跳進人叢，將張保劈頭只一提，撇翻在路邊，那幾個破落戶見了，正要動手，早被大漢一拳一個，都打得東倒西歪，楊雄方纔脫得身，把本事施展出來，把那幾個破落戶都打翻在地上。張保見不是對手，爬起來跑了。

楊雄對那大漢拱手一拜道：

「請教足下高姓大名？貴鄉何處？」

「小人姓石，名秀。因隨叔父來此販賣羊馬，不期叔父半途亡故，消折了本錢，流落在此薊州，賣柴度日。」石秀答。

於是楊雄把石秀請到酒樓，喚酒保取了兩甕酒，切了幾盤肉，喫起來。楊雄說道：

「石家兄弟，你休見外。想你此間必無親眷，我今日想和你結為義兄弟，如何？」

石秀見說大喜，便連忙問說：

「不敢動問節級貴庚？」

「我今年二十九歲。」楊雄答。

「小弟今年二十八歲；就請節級坐，受小弟拜為哥哥。」石秀拜了四拜。楊雄大喜，說：

「我和兄弟今日喫個盡醉方休！」

正飲酒之間，只見楊雄的丈人潘公，帶了五七個人，直尋到酒店裡來。楊雄見了，起身說：

「泰山來做什麼？」

「我聽說你和人廝打，特地尋來！」潘公答。

楊雄指著身邊的石秀說：

「多虧這位兄弟救護了我，打得張保那廝見影也害怕。我如今已認了石家兄弟做義弟。」

「好！好！且叫這幾位兄弟喫碗酒了去。」潘公指著幾個一起來幫忙的兄弟們說。楊雄便叫酒保拿酒來，每人喫了三碗。再請潘公中間坐了，楊雄坐上首，石秀坐下首，三人又對酌起來。潘公見石秀一表人才，英雄器宇，心中甚喜，便說道：

「我女婿得你做個兄弟相助，也不枉了！以後公門中出入，誰敢欺負他！」

又問石秀道：

「叔叔原曾做什麼買賣？」

「先父原是操刀屠父。」石秀答。

「叔叔可曾省得宰牲口的工作？」潘公眼露親切的表情。

「自小喫屠家飯，如何不會宰殺牲口！」石秀笑了起來。

「老漢原也是屠戶，只因年老做不得了，只有這個女婿，他又在官府差遣，因此撇下這行衣飯。」潘公說。

三人酒至半酣，結算了酒錢。楊雄帶著石秀和丈人取路回家。楊雄剛進門就大叫道：

「大嫂，快來見過叔叔！」

只見布簾裡面應聲道：

「大哥，你那有什麼叔叔？」

「妳且休問，先出來相見了。」楊雄說。

不一會兒，布簾裡走出一個婦人。原來那婦人是七月七日生的，因此小字喚做巧雲。先嫁了一個吏員，是薊州人，喚做王押司，兩年前身故了，方纔嫁給楊雄，結婚還不到一年。石秀見那婦人出來，慌忙向前施禮。那婦人卻笑著說：

「奴家年輕，如何敢受禮！」

「我家後門是一條斷路小巷。有一間空房在後面。那裡井水又便，可做作坊，就教叔叔住在裡面，又便於照管。」

於是楊雄把結識石秀的經過都說了，且吩咐潘巧雲，收拾了一間空房給石秀安歇。

第二天，一早潘公就和石秀商量要開屠宰作坊。潘公說：

石秀聽了也十分歡喜，一口應允。於是潘公再尋了個舊時熟識的副手，便把大青大綠妝點起肉案子、水盆、砧頭，打磨了許多刀杖、掛鈎，整頓了肉案；搭起了豬圈，趕來了十幾頭肥豬，選個吉日開張肉鋪。眾鄰舍親戚都來掛紅賀喜，一連喫了兩日酒。楊雄一家

y

r

得石秀開了店，都歡喜。一向潘公、石秀自做買賣。不覺光陰迅速，已過了兩個多月，時值秋殘冬屆。石秀裡裡外外，身上都換了新衣新著。

一日石秀五更早起，出外縣買豬，三日後方回家來，卻見店鋪的門鎖了。又到家裡看時，肉店砧頭也都收起來了。刀杖家火也都藏起來了。石秀是個聰明人，看到這種情形，已經明白了。心中忖道：「常言『人無千日好，花無百日紅』，哥哥自出外當官，不管家事，必是嫂嫂見我做了這些衣裳，一定背後有話說。又見我兩日不回，必然有人搬弄口舌。心裡懷疑，不做買賣了。我也休用與他言語，自先辭了回鄉。自古道『哪有長遠心的人』」。石秀把豬趕在圈裡，就到房中換了衣服，收拾了包裹、行李，細細寫了一本清帳，從後面走到前宅。只見潘公安排下些素酒食，請石秀坐下喫酒。潘公說：

「叔叔，遠出勞心，自己趕豬回來辛苦。」

「丈丈①！請收過這本明細帳目。上面若有半點私心，天誅地滅！」石秀說。

潘公不覺笑了起來說：

「叔叔！老漢已知你的意了，叔叔兩日不曾回家，今日回來見收拾了家火什物，叔叔心裡一定以為是不開店了，因此要去。別說如此買賣甚好，便是不開店了，我也要養叔叔在家。不瞞叔叔說，我這小女先嫁得本府一個王押司，不幸沒了，今是二週年，做些功德

與他，因此才歇了兩日買賣。明日請報恩寺僧人來做功德，就要請叔叔照顧。老漢年紀大

了，不能熬夜，因此今日一起跟叔叔先說了。」

「若是丈丈這麼說時，是小人一時疑心了。」石秀面有一絲羞愧。當時喫了幾杯酒和

素食，也就回房裡安歇。

次早，果見道人挑了經擔到來，鋪設壇場，擺放佛像供器、鼓鈸鐘磬、香花燈燭。廚

下一面安排齋食。楊雄到申牌時分，回家走了一遭，吩咐石秀說：

「賢弟，我今夜正好當牢，不能前來，凡事請你多照顧。」

「哥哥放心，晚間兄弟替你料理。」石秀答。

楊雄走後，石秀自在門前照顧。此時天剛亮，只見一個年紀小的和尚，揭起簾子進來，

深深地和石秀打個佛號。石秀慌忙答禮道：

「師父少坐！」

隨後又見一個和尚挑著兩個盒子進來。石秀便叫道：

「丈丈！有個師父在這裡？」

潘公聽了，就從裡面走出來。那和尚便說：

「乾爺，如何一向不到敝寺？」

「因為開了這個店面，沒工夫出去。」潘公答。

「押司週年，無甚罕物相送，只此一些掛麵，幾包京棗。」那和尚說。

「啊！還叫師父壞鈔？」潘公就教石秀收過了，搬到裡面去，又端出茶點，請和尚喫。

這時潘巧雲正從樓上下來，不敢十分穿重孝，只是淡妝輕抹，就問說：

「叔叔，是誰送東西來？」

「一個和尚，叫丈丈做乾爺的。」石秀答。

潘巧雲臉上頓露桃花色的笑容說：

「是師兄海闍（ㄕㄜ shé）黎②裴如海，一個老實的和尚。他是裴家絨線鋪裡小官人，出家在報恩寺中。因他師父是家裡門徒，結拜我父做乾爺，長奴兩歲，因此叫他師兄。他法名叫海公。叔叔，晚間只來聽他講佛念經，真是一副好聲音。」

「原來如此！」石秀答得冷淡，心中已瞧出一分了。

潘巧雲便匆匆下樓來見和尚，石秀背叉著手，隨後跟出來，站在布簾裡張看。只見潘巧雲出到外面，那和尚便起來向前，合掌深深打個問訊。潘巧雲便說：

「什麼道理教師兄壞鈔？」

「賢妹，些少微物，不足掛齒！」和尚答。

「師兄，怎麼如此說呢？出家人的物事，怎生消受？」潘巧雲微笑著說。

「敝寺新造了水陸堂場③，若要請賢妹來瞻謁，只恐節級見怪！」和尚說。

「拙夫從不計較這些。我娘死時，亦曾許下血盆願心④，早晚也要到寺裡還了。」潘巧雲說。

「但有吩咐如海的事，小僧便去辦來。」和尚說。

「師兄多與我娘念幾卷經便好。」潘巧雲說。

這時丫鬟正從裡面捧出茶來。潘巧雲拿起一盞茶，用手帕去茶鍾口邊抹一抹，雙手遞給和尚。那和尚連忙接茶，兩隻眼涎瞪瞪的只顧睞潘巧雲的眼。潘巧雲一雙眼也笑眯眯的只顧睞這和尚的眼。人道「色膽包天」，卻不防石秀在布簾裡一眼張見，心裡早明白了二分。心中尋思道：「我幾番見那婆娘常常的只顧對我說些風話，我只以親嫂嫂一般相待。原來這婆娘倒不是個良人！莫教撞在我石秀手裡，說不定替楊雄出這一口氣！」石秀一想，一發明白了三分。便揭起布簾，撞將出來。那和尚連忙放下茶盞，嚇白著臉說：

「大郎請坐！」

潘巧雲也插口說：

「這個叔叔便是拙夫新結義的兄弟。」

「大郎貴鄉何處？高姓大名？」和尚說話時有些心虛。

「我麼？姓石，名秀！金陵人氏。專愛管閒事，替人出力，所以又叫拚命三郎！我是個粗魯漢子，禮教不到，和尚休怪！」石秀故意板著臉色說。

「不敢，不敢！小僧去接眾僧來赴道場！」連忙出門溜了。潘巧雲卻還叫道：

「師兄，早些回來！」

那和尚頭也不敢回，更不敢答應，一直奔去。潘巧雲送了和尚出門，就走了進去。石秀卻在門前低著頭只顧尋思，其實心中早明白了四分。

多時，才見行者⑤走來點了香燭。少刻，海闍黎引領著眾僧都來赴道場。潘公請石秀招呼，相待茶水已罷，打動鼓鈸，歌詠讚揚。只見海闍黎同一個一般年紀小的和尚做闍黎，搖動鈴杵，發牒請佛，獻齋讚供諸天護法、監壇主盟，追薦亡夫王押司早生天界。只見潘巧雲喬素梳妝，來到法壇上，執著手爐，拈香禮佛。那海闍黎見了潘巧雲就越顯得有精神，搖著鈴杵，唱動真言。那一堂和尚見他們兩個並肩摩倚的模樣，也都七顛八倒起來。替死者證盟⑥已畢，把眾和尚都請到裡面喫齋。海闍黎故意讓在眾僧背後，轉過頭來看著潘巧雲笑，她也掩著口笑。兩個處處眉來眼去，以目送情。石秀都瞧在眼裡，已經明白了五分。眾僧都坐了喫齋，先飲了幾杯素酒，搬出齋來，都給了眾僧襯錢⑦。潘公先來

298

賠個不是，自去睡了。

不多時，眾僧齋罷，都起身散步去了，轉過一遭，才再到道場。石秀看了不高興，心裡已經有了六分猜透了。只推肚子疼，自去睡在板壁後面。潘巧雲一時情動，那裡顧得被人看見，便自己去招呼。眾僧又打了一回鼓鈸，喫了些茶食、果品、煎點。海闍黎教眾僧用心看經，請天王拜懺，設浴召亡，參禮三寶。追薦到三更時分，眾僧都困倦了，這海闍黎卻越逞精神，高聲念誦。潘巧雲在布簾下久立，慾火熾盛，不覺情動，便教丫鬟請海師兄說話。

那賊禿慌忙來到潘巧雲面前。這婆娘扯住和尚袖子說：

「師兄，明日來取功德錢時，就對爹爹說血盆願心一事，不要忘了！」

「做哥哥的記得。」和尚說罷又像想起什麼似地又說：

「妳家這個叔叔好生厲害。」

「這個理他做啥！並不是親骨肉。」潘巧雲搖頭說。

「如此，小僧就放心了。」海闍黎說。

說時，就袖子中伸手去捏潘巧雲的手。她假意用布簾來隔。那禿賊笑了一聲，自去做判斛⑧送死人。沒想到石秀卻是在板壁後假睡，正瞧得清楚，心裡已明白了七分。

當夜五更道場滿散，送佛化紙已了，眾人都謝了回去，潘巧雲才上樓去睡。石秀獨自尋思了一陣，十分生氣，暗想：「哥哥如此豪傑，卻恨碰到這個淫婦！」忍著一肚皮氣，也自去作坊裡睡了。

次日，楊雄回家只喫個飯就又走了。只見海闍黎又換了一套整整齊齊的僧衣，直到潘公家來。潘巧雲聽得是和尚來了，慌忙下樓，出來迎接，邀入裡面坐定，便叫茶點來。她說：

「夜來多教師兄勞神，功德錢未曾拜納。」

「不足掛齒！小僧夜來所說血盆懺願心一事，特來稟知賢妹，若要還時現在正是時候。」和尚說。

潘公說：

「好，好。」潘巧雲忙叫丫鬟請父親出來商量。

「也好，明日只怕買賣緊，櫃上沒人照料！」

「放著石叔叔在家照管，卻怕怎的？」潘巧雲說。

「我兒出口為願，我看明日只得去了。」潘公說。

潘巧雲就去拿了些銀子交給和尚說：

「有勞師兄，不要嫌薄。明日準去上剎討碗素麵喫。」潘巧雲說。

「謹候拈香。」海闍黎收了銀子，說聲盼望的話，便起身要走，潘巧雲直送和尚到門外去了。

石秀自在作坊裡安歇，起來宰豬趕早。

是日，楊雄到晚上才回來。婦人等他喫了晚飯，洗了腳手，去催促父親來對楊雄說了還願的事。楊雄聽了馬上應允，就說：

「大嫂，妳便自說也何妨？何必勞動泰山！」

次日五更，楊雄起來，自去畫卯，承應官府。石秀也起來忙著做買賣。只見潘巧雲濃妝豔抹，打扮得十分清楚，包了香盒，買了紙燭，僱了一乘轎子，把丫鬟也打扮了。到了已牌時分，潘公換了一身衣裳，來對石秀說：

「相煩叔叔照管門戶，老漢和拙女同去還了心願便回。」

「小人自當照顧。丈丈要多照顧嫂嫂，多燒些香，早早回來。」石秀笑著說。而心中已瞧得八分了。

這時潘公丫鬟跟著轎子，一直往報恩寺奔來。那禿賊也已在山門外等候，看見轎子到來，喜不自勝，立刻迎了上去。把潘巧雲和老丈引到水陸堂上，已經安排下香花燈燭，有

十數僧人在看經，潘巧雲都一一道了萬福；參禮了三寶；禿賊引潘巧雲到地藏菩薩面前，證盟懺悔，便化了紙，請眾僧自去喫齋，只留著徒弟陪侍。那和尚卻說：

「請乾爺和賢妹去小僧房裡拜茶。」

海闍黎便以回報乾爺、賢妹的齋食為由，硬留下乾爺、賢妹喫了幾瓶素酒，把潘公灌醉，再勾搭賢妹成姦。而且兩人約定，以後只要楊雄不在時，就在後門擺出一個香桌兒，燒夜香為號，海闍黎便進去幽會。只怕五更睡著了，卻買通了一個知心的頭陀，到後門敲打木魚，高聲叫佛為號。如此暗中往來，不覺已經將近一個多月。

石秀依然每日收拾了店面，自在作坊裡歇息。每日五更便起身料理店務，只聽得報曉頭陀，來這裡敲木魚高聲叫佛。石秀是個聰明人，早明白了九分，暗自思量道：「這條巷是條死巷。如何有這頭陀，連日來這裡敲木魚叫佛？事有可疑！」石秀仔細一聽，叫的是：

「普渡眾生救苦救難諸佛菩薩！」

石秀聽得蹺蹊，便跳將起來，去門縫裡張看，只見一個人，戴頂頭巾，從黑影裡閃將出來，和頭陀一齊走了，隨後便是丫鬟迎兒來關門。石秀瞧時，已然明白十分。心中恨道：

「哥哥如此豪傑，卻娶了潘巧雲這個淫婦！倒被這淫婦瞞過了，做成這種勾當！」

巴望著天亮，把豬肉抬出去門前掛了，賣個早市；飯罷，去外面要了一趟欠帳，日中前後，直走到州衙前來尋楊雄。剛走到州橋邊，正迎見楊雄。楊雄就問說：

「兄弟，哪裡去？」

「因為去討賒帳，就來尋哥哥。」石秀答。

「我常為官事，從不曾和兄弟盡興喫三杯，找個地方坐坐？」楊雄說著，就引了石秀到州橋下的一個酒樓上，揀一處僻靜的閣兒裡，相對坐下，叫酒保拿來好酒，安排些海鮮下酒。二人飲過三杯，楊雄見石秀只低著頭尋思。楊雄是個性急的人，便問道：

「兄弟心中似有些不樂，莫不是家裡有甚言語傷觸了你？」

「家中無甚言語，哥哥也待我如同親骨肉一般，只是有句話不知該不該說？」石秀作十分為難狀。

「兄弟何故今日見外？但說不妨！」楊雄說。

「哥哥每日出去，只顧承擔官府，卻不知背後的事。這嫂嫂不是良人，兄弟已看在眼多遍了，只是不敢說。今日見得仔細，忍不住來尋哥哥，我直說了，哥哥休怪！」石秀終於把話說了出來。

「我背後不長眼，你說這人是誰？」楊雄沉住了氣說。

「前回，家裡做道場，請那個禿賊海闍黎來，嫂嫂便和他眉來眼去。第三日又去寺裡還血盆懺願心，丈丈和嫂嫂兩個都帶著酒味回來。我近日只聽得一個頭陀直到巷內敲木魚叫佛，那傢伙敲得作怪。今日五更我起來看時，看見果然是賊禿，戴頂頭巾從家裡出去，像這種淫婦，要她何用？」石秀說得仔細。

楊雄聽了大怒，拍著桌案說：

「這賤人怎敢如此？」

「哥哥休怒。今晚都不要提，只和每日一般。明日只推說外宿，三更後再來敲門。那賊禿必然從後門先走，兄弟一把拿來，由哥哥發落。」石秀說。

「兄弟說的是！」楊雄說。

「哥哥今晚且休胡言亂語！」石秀再次囑咐。

「我明日約你就是！」楊雄答。

兩人又飲了幾杯，楊雄一語不發，算了酒錢，一同下樓，剛出了酒肆，只見四五個虞候正在找楊雄，說是知府在後花園裡等候，叫楊雄去耍一趟鎗棒。楊雄只好吩咐石秀先回家去。

楊雄到了後花園，見知府和賓客都已坐在園中。楊雄使了好幾回棒，知府看了大喜，叫人取酒來，連賞了十大盅，楊雄都喫了。眾虞候又請楊雄去喫酒，到了晚上，喫得大醉，被人扶著回家。潘巧雲見丈夫醉了，就叫丫鬟迎兒幫著扶上樓去，點著一盞明晃晃的燈，楊雄坐在床上，迎兒去脫鞋，潘巧雲替他解除頭巾。楊雄見解了頭巾，一時氣憤湧了上來，指著潘巧雲罵道：

「妳這賤人！好歹要結果了妳！」

潘巧雲大喫一驚，不敢回話，且服侍楊雄睡了。楊雄一頭上床睡，一頭還罵著：

「妳這賤人！骯髒潑婦，那廝敢在大蟲口裡沾涎！妳這……妳這……我不會輕放過妳！」

潘巧雲哪裡敢喘氣，直待楊雄睡著。看看五更，楊雄睡醒了，討水喫。潘巧雲起身舀碗水遞給楊雄喫了。桌上殘燈尚明，楊雄喫了水，便問：

「大嫂，妳夜來不曾睡？」

「你喫得爛醉了，只在腳後倒了一夜。」潘巧雲說話時裝得十分可憐。

「我不曾說了什麼話吧！」楊雄問。

「你往常酒性好，但喫醉便睡。我夜來只是有些放心不下。」潘巧雲說。

「石秀兄弟已有幾日不曾和他快活喫三杯，妳在家裡也安排些請他。」楊雄說。

卻見潘巧雲什麼也不應，自坐在床邊，眼淚汪汪地哭，口裡歎氣。楊雄驚異的問：

「大嫂，我夜來醉了，又不曾惱妳，做什麼哭泣？」

潘巧雲仍是掩著淚眼只是不答應。楊雄連問了幾聲，潘巧雲才一邊哭，一邊說：

「我爹娘當初把我嫁給王押司，是望我白頭偕老，誰想半路相拋！今日只為你十分豪傑，終身有個依託，誰想你不替我做主？」

有些急躁，把她從床上扯得站起來，務要問她煩惱。潘巧雲反倒越哭越厲害。楊雄已

「妳且說了是怎麼回事？」楊雄有些不耐。

「我本待不說，又怕你著了他道兒。欲待說來，又怕你忍不住！」那婦人說。

「又作怪了，誰欺負妳，我不作主？」楊雄問。

「我說了，你別生氣。自從你認了義弟石秀來家中住，初時還好，後來看看你不歸時，就來對我說：『哥哥今日又不回來了，嫂嫂自睡，也好冷落。』我只是不睬他，這已不止一日了，這個且不說。昨日晚間，我在廚房洗臉，這廝從背後走來，看見沒人，從背後伸隻手來摸我胸前說：『嫂嫂，妳有孕也無？』被我打脫了手。本待要聲張起來，又怕鄰舍得知笑話，巴望你早早回來，卻又爛醉如泥，又不敢說。我真恨不得殺了他。你還親

切地問『石秀兄弟』呢？」潘巧雲編造了謊言。

楊雄聽了，一時火起，心中罵道：

「『畫虎畫皮難畫骨，知人知面不知心。』這廝倒來我面前說了許多海闊黎的閒話。

口中恨恨地說：

「他又不是我親兄弟！趕出去便罷！」

到了天明，楊雄下來對潘公說：

「幸了的牲口都醃了吧，從今日起便休要做買賣！」

一霎時，把櫃子和肉案都拆了。石秀天明時正拿了肉出來門前開店，只見肉案和櫃子都拆了。石秀是個聰明的人，如何不明白？心中笑道：「是了，必是楊雄醉後出言，走漏了消息，倒喫這婆娘先反說了我無禮。她教丈夫收了肉店。我若和她分辯，教楊雄出醜，我且退一步，別作計較。」主意既定，石秀便去作坊裡收拾了行李。楊雄怕他羞恥，也自先走了。石秀提了包裹，跨了解腕尖刀，來向潘公告辭說：

「小人在宅上打攪了許多時，今日哥哥既是收了鋪面，小人告回，帳目已自明明白白，如有毫釐昧心，天誅地滅。」

潘公被女婿吩咐了，也不敢留他，由他自去了。

石秀只在靠近巷內尋個客店安歇，租了一間房子住下。自尋思道：「楊雄和我結義，他雖一時聽了婦人之言，心中怪我，我也務要使他明白真相。」在店裡住了兩日，就去楊雄門前探聽，當時只見小牢子拿了鋪蓋出來。石秀心裡明白，今晚必是楊雄當牢。回到店裡。睡到四更便起來，跨了這口防身解腕尖刀，悄悄地開了店門，轉到楊雄後門口巷內；伏在黑影裡張望，正好是五更時候，只見那頭陀挾著木魚，來到巷口探頭探腦。石秀一閃閃在頭陀背後，一隻手扯住頭陀，一隻手拿刀往他脖子上一擱，低聲喝道：

「海闍黎和潘公女兒有染，他如今正在裡面睡著；我如今敲得木魚響，他便出來。」頭陀答。

「你說，我便饒你！」石秀把刀稍用力一勒。

「好漢饒命，我說。」那頭陀答。

「你不要掙扎！若高做聲，便殺了你！你老實說，海闍黎那賊禿是否在裡面？」

石秀向頭陀手裡先奪了木魚，又脫了衣服，將尖刀就頭陀脖子上一勒，便勒死在地上。石秀穿上了直裰護膝，一邊往腰上插了尖刀，把木魚直敲入巷子裡。海闍黎在床上聽見木魚敲得咯咯地響，連忙起來披衣下樓。迎兒先來開門，和尚隨後從門裡閃將出來。石

秀還是把木魚敲個不停。那和尚悄悄喝道：

「只顧敲做什麼？」

石秀也不應，讓他走到巷口，一交翻倒，按住喝道：

「不要做聲！做聲就殺了你，只要剝了你衣服便罷！」

海闍黎看出是石秀，哪裡敢動，讓石秀剝得精光。石秀悄悄地去腰邊摸出刀來，三四刀就把和尚搠死了，再把刀放在頭陀身邊。自己回到店裡，輕輕地開了門進去，悄悄地上床睡了。

這日清早，一個挑著擔賣糕粥的老者王公，點著一個燈籠，出來趕早市。走到死屍邊，不小心卻被絆了一跤，把一擔糕粥全傾潑在地下。王公摸了半天，才撐起來，卻看兩手腥血，大叫起來。一時左鄰右舍聽得，都開了門出來，用火照時，只見遍地都是「血粥」，兩具屍首躺在地上。眾鄰舍抓住王公，直到薊州府裡。知府陞廳，聽了王公的供詞，命令仵作行人會同里正去驗屍，回來稟復知府說：

「被殺和尚是報恩寺海闍黎裴如海，旁邊頭陀係寺後胡道。和尚一絲不掛，身上被搠了三四刀致命。胡道身邊見有凶刀一把，只是項上有勒死傷痕。係是胡道掣刀搠死和尚，懼罪自行勒死。」

知府把報恩寺的主持找來，也問不出來由。正感難以決斷。當案孔目稟道：

「眼見這和尚裸形赤體，必是和那頭陀幹不公不法勾當，互相殺死，不干王公的事。

不如放了王公，就此結案。」

知府也就如此判了。

不久，前頭巷裡的一些好事子弟，做成了一支曲兒。唱道：

「堪笑報恩和尚，撞著前生冤障；將善男瞞了，信女勾來，要她喜捨肉身，慈悲歡暢。

怎極樂觀音方纔接引，早血盆地獄塑來出相？想『色空空色，空色色空』他全不記多《心

經》上。到如今，徒弟度生回，連長老涅槃街巷。若容得頭陀，頭陀容得，和合多僧，同

房共住，未到得無常勾帳。只道目連救母上西天，從不見這賊禿為娘身喪！」

後頭巷子裡的好事子弟，也做了首〈臨江仙〉，唱道：

「淫戒破時招殺報，因緣不爽分毫。本來面目忒蹊蹺：一絲真不掛，立地喫屠刀！大

和尚今朝圓寂了，小和尚昨夜狂騷。頭陀刎頸見相交，為爭同穴死，誓願不相饒。」

於是兩支曲兒，條條巷都唱起來了。潘巧雲聽得目瞪口呆，卻不敢說，只是肚裡暗暗

地叫苦。

楊雄在薊州府裡；有人告訴他有個和尚、頭陀被殺之事，心裡已有些明白。尋思道：

「此事準是石秀做出來的。我日前一時錯怪了他。我今日閒些，只去尋他，問個真實。」

正走過州橋時，只聽得背後有人叫道：

「哥哥，哪裡去？」

楊雄回過頭來，見正是石秀。就說：

「兄弟，我正沒處尋你！」

「且來我住處，和你說話。」石秀說著，就把楊雄拉到客店裡的小房內，說道：

「哥哥，你現在知道兄弟沒有說謊吧！」

「兄弟，你休怪。我是一時愚蠢，酒後失言，反被那婆娘瞞過了。說兄弟許多不是，今特來負荊請罪。」楊雄說。

「哥哥，兄弟雖是個不才小人，卻是個頂天立地的漢子。只是怕哥哥日後中了奸計，因此來尋哥哥，我有證據給你哥哥看。」石秀說罷，拿出了和尚、頭陀的衣裳。

楊雄看了，心頭火起。大叫道：

「兄弟休怪。我今夜碎割了這賤人，出這口惡氣！」

「你又來了！你既是公門中人，如何不知法度？你又不曾拿得證據，如何殺得人？若是小弟胡說，豈不殺錯人了？」石秀笑著說。

「怎能就此罷休？」楊雄說。

「哥哥，只要依兄弟的計畫行事即可。」石秀挨近楊雄耳邊把計畫說了。楊雄就離了客店，且去府裡辦事，至晚回家，和平常一般，也不說什麼。

次日，天明起來，楊雄對潘巧雲說道：

「我昨夜夢見神人怪我，說有舊願不曾還得。今日我閒些，須和妳同去東門外嶽廟裡還了那炷香願。」

「既是如此，我們早喫些素飯，燒湯洗浴了去。」潘巧雲答。

「我去買香紙，僱轎子。妳便洗浴了，梳頭插帶了等我。就叫迎兒也去走一遭。」楊雄吩咐了，就又到客店裡約好石秀。石秀說：

「哥哥，你若來時，只教在半山裡下了轎，三人步行上來，我自在一個僻靜處等你。」

楊雄約了石秀，再去買了香紙回來。潘巧雲和迎兒都已經打扮得整齊。轎夫也早已扛了轎子到門前侍候。楊雄就對潘公說：

「請泰山看家，我和大嫂燒了香便回。」

「多燒香，早去早回。」潘公答。

潘巧雲上了轎，迎兒跟著，楊雄也隨在後面，離開了東門，楊雄低聲吩咐轎夫說：

「替我抬上翠屏山去，我多給你些轎錢。」

不到兩個時辰，已來到翠屏山上。山上都是亂墳荒塚，青草白楊，並無庵舍寺院。當時楊雄把潘巧雲抬到半山，叫轎夫歇下轎子，拔去蔥管，搭起轎簾，叫潘巧雲出轎來。婦人問道：

「怎麼來到這山裡？」

楊雄叫轎夫在山下等著，也沒講話，只引著潘巧雲並迎兒往上爬，約莫上了四、五層山坡，只見石秀坐在上面。潘巧雲先是一驚，隨即說：

「香紙如何不帶上來？」

「我已先叫人帶上來了。」楊雄說。

楊雄把潘巧雲引到一座古墓前。此時石秀把包裹、腰刀、桿棒都放在樹根邊，走上前來，說：

「拜揖嫂嫂！」

潘巧雲故做剛才發覺的模樣，說：

「不想叔叔也在這裡！」

楊雄此時突然變了臉色，說：

「妳前日對我說，叔叔多遍用言語調戲你，又用手摸妳胸前，問妳有孕了未？今日這裡無人，妳兩個對個明白！」

「妳認得麼？」

石秀兩眼圓睜，便打開包裹，拿出海闍黎和頭陀的衣服，撒在地上。說：

「哎呀！過了的事，提它做什麼？」潘巧雲搖著手說。

潘巧雲看了，飛紅了臉，無言可對，石秀颼地掣出腰刀，便與楊雄說：

「此事只須問迎兒！」

楊雄一把揪過迎兒，跪在面前，喝道：

「小賤人，快說實話！」

「賊賤人！丫鬟已招了，妳若說出實情，饒你一死。」

嚇得丫鬟迎兒把潘巧雲和裴如海的姦情全都說了。楊雄轉過身來對潘巧雲說：

「這都是我的不是了，你看舊日夫妻情面，就饒恕我這一遍吧！」那婦人跪在地上哀求。

石秀看楊雄似有些心軟。趕緊說：

「哥哥，含糊不得！須要嫂嫂說得仔細。」

「賤人！妳快說！」楊雄催說。

於是潘巧雲只得把偷和尚的事，統統說了。石秀才說：

「今日三人已對質清楚，任從哥哥處置！」

「兄弟，你替我拔了這賤人的首飾，剝了衣服，我自『服侍』她。」楊雄說。

石秀就把那婦人的首飾衣服都剝了。楊雄割兩條裙帶把婦人綁在樹上。石秀就把迎兒的首飾也去了，遞過刀來說道：

「哥哥，這小賤人留她做什麼？一起斬草除根。」

楊雄接過刀，迎兒見勢不妙，欲待要叫，被楊雄手起一刀，揮作兩段。潘巧雲早已嚇得呆了。只叫著：

「叔叔，勸一勸……。」

楊雄把刀先挖出了舌，一刀便割了，再一刀從心窩裡直割到小腹下，噴出一股鮮血，把楊雄、石秀濺得如同血人一般——。

驚得白楊樹上的鳥都飛了起來。

【註釋】

① 丈丈：宋朝時對老者的尊稱。

② 闍黎：梵語Acavya的譯音。高僧可為眾僧的軌範者。

③ 水陸堂場：佛教設齋超度水中、陸地上的死者，名水陸齋（也就是前文說的水陸道場）。水陸堂場是作水陸齋、水陸道場用的屋子。

④ 血盆願心：《血盆經》是佛經名，又名《女人血盆經》。血盆願心是指女人許下的心願。

⑤ 行者：修行佛道的人。

⑥ 證盟：把死者的姓名寫在紙上燒給神的一種儀式。

⑦ 襯錢：做佛事時散給和尚的錢。

⑧ 判斛：做給鬼喫的一種麵食叫做斛食，判斛，是說把斛食散給鬼。

第十五章 尾聲

這日，天和氣朗，月白風清。宋江、盧俊義為首；吳用和眾頭領為次拈香，公孫勝作高功，主行齋事，關發一應文書符命；與那四十八員道眾，每日三朝，至第七日滿散。

宋江要求上天顯聖，特教公孫勝把祈詞書上青紙，焚化奏聞天帝。每日三朝，卻好到第七日三更時分，公孫勝在虛皇壇最上層，眾道士在第二層，宋江等眾頭領在最下層，眾小頭目和將校等都在壇下，一齊懇求上蒼，務要顯靈。只聽得天上一聲巨響，如裂帛相似，正是西北乾方天門上。眾人看時，像直豎金盤，兩頭尖，中間闊，喚做「天門開」，又喚做「天眼開」。裡面發出的亮光，射人眼目，霞彩繚繞，從中間捲出一塊火來，形如栲栳①，一直滾下虛皇壇來。那團火繞壇滾了一遭，竟鑽入正南地下去了。此時天眼已

合，眾道士走下壇來。

宋江立刻叫人用鐵鍬、鐵鋤頭，掘開泥土，掘不到三尺深淺，只見一個石碣，看時，上面都是龍章鳳篆蝌蚪之書，人皆不識。眾道士中有一人姓何，法諱玄通。對宋江說道：

「小道家間祖上留下一冊文書，專能辨驗天書。貧道可以把它譯出。」

宋江聽了大喜，連忙捧過石碣，教何道士看了。良久才說：

「此石上都鐫刻著義士一百零八員。兩側的一邊是『替天行道』四字，一邊是『忠義雙全』四字。頂上皆有星辰南北二斗、下面卻是尊號。」

眾人看了無不驚訝。宋江與眾頭領說：

「原來我們都是一夥的人，上天顯應，合當聚眾。」

當日「忠義堂」上大設宴席，狂歡達旦。

【註釋】

① 栲栲：竹製和柳條製的盛器，像竹籠之類。

總結

研究成果與方向

研究成果與方向

《水滸傳》是中國第一部用白話文寫成的長篇章回小說。它在中國古典小說中的地位和代表性，當不亞於《紅樓夢》。但無可否認的，近年來研究《紅樓夢》的狂熱，已在國際間引起了一股澎湃的浪潮，《紅樓夢》的研究已被公認為一門有系統的學科，謂之「紅學」。而梁山水滸澤畔一百零八位草莽英雄的感人事蹟，似已注定難與大觀園裡賈寶玉、林黛玉的愛情纏綣故事相提並論，而躍登「水學」之殊榮了。究其原因，是《水滸傳》中的一些容易引起爭議的問題，在前人的努力探索與追尋之下，都似已有了定局，縱使仍有些疑慮，恐怕在沒有新資料的發現或出土之前，已很難引起新的發展與突破。

此次參加「時報文化出版公司」中國歷代經典寶庫改寫的行列，正好得以實現了我

廿年來的心願。猶清晰記得,當我在淡江中文系大三時,選修了葉慶炳先生所開「明清小說研究」的課程,葉師就以《水滸傳》做為研究分析的對象,我們在聽得驚喜耳熱之際,還要忙著翻查刑法替武松、潘金蓮、西門慶和王婆判刑定罪,真是既有趣又熱鬧。當時我就萌生了改寫《水滸傳》的念頭,沒想到直到今天,才在「時報文化出版公司」的敦促下得償宿願。為此,我又把擱置多年的《水滸傳》各種回本找來,並參酌若干今人改寫的本子,以及日人駒田信二譯的《水滸傳》,重新且仔細地讀了幾遍。同時也翻檢一些身邊的前人在《水滸傳》研究方面的論文。得知前人在《水滸傳》的研究上,已經有了相當豐碩的成績。

前人的研究成果

大概前人在水滸方面的研究,多拘囿於傳統的方法與範疇。總結言之,他們的成就有三方面:

(一)「水滸」故事的歷史淵源與演變:他們都一致公認《水滸傳》不是一時、一地、

一人的創作，它的成書是經過長時期的孕育發展的。書中主要人物，如宋江等卅六人的事

蹟，在《宋史》中都略有記載。而宋元之際編定的話本《大宋宣和遺事》則又是後來《水

滸傳》成書的最初藍本。而元代寫「水滸」人物的雜劇，更豐潤了《水滸傳》的枝葉。

（二）《水滸傳》的作者與版本：把許多零星的「水滸」故事編集成長篇章回小說的人究

竟是誰？在明朝人的意見中已多數偏重相信是由施耐庵與羅貫中先後撰修。然施、羅二人

的生平資料，卻不甚可考。除非有新的資料出現，否則縱持懷疑態度，也很難找到實證。

至於版本上大致分簡本、繁本與殘本三類。以回目分，則簡本中有百十五回本、百十回本

及百二十回本三種，而繁本則有百回本、百二十回本及七十回本等三種。殘本則又有《新

刻京本全像插增田虎王慶忠義水滸全傳》、《李卓吾原評忠義水滸全傳》、《京本增補校正

全像忠義水滸傳評林》等三種。他們似皆公認自從金聖歎改編七十回本流行之後，其餘各

本已都難與匹敵。

（三）《水滸傳》文字表面上的一些問題：他們多就《水滸傳》的文字上發現的一些疑難

或加詮釋，或加考證。例如：《水滸傳》中的地名、官名、衣食住行、風俗習慣以及土話

諺語、寧波方言和譯號等等的研究考證。然皆僅及於《水滸傳》一書的文字表面的問題。

以上的研究成績，大概可從粹文堂的《中國文學研究新編》及河洛出版社的《水滸研

究》諸書中得知。

近年的研究方向

至於近年來研究《水滸傳》的學者，除了傳統研究的承襲外，卻有了某些新的突破與轉變，他們已能從水滸故事的外在而進入內在；以探討《水滸傳》本身或作者的思想意識以及它與社會形態的關係。例如：《水滸傳與中國社會》(三民)、〈水滸傳的天命觀念〉(〈鵝湖月刊〉)、〈水滸傳思想性略述〉(〈今日中國〉)、〈水滸傳對歷代流寇影響之研究〉(〈大陸雜誌〉)等等。這種新的見解，無形中把《水滸傳》帶入了一個新的價值判斷。再者，也有幾篇直探《水滸傳》寫作技巧研究的文章出現，我想能擺脫版本上的細節，而去研究小說的文學價值，這應該是一件十分可喜的現象吧！

是否有新的途徑

由於我改寫了金聖歎七十回本《水滸傳》的經驗，對研究《水滸傳》這部小說，產生了兩種不甚成熟的見解，不知是否能另闢一條蹊徑。

第一：改寫《水滸》，賦予新的主題，新的價值判斷，使它更契合當今的社會需要。諸如我在本書前言中所提及的，〈緣〉、〈心魔〉、〈禍根〉、〈寶刀、市虎、功名〉、〈天性〉、〈劊子手〉諸章的寫法。它完全利用《水滸傳》中原有的素材與人物，而只在情節中做極輕微的變動。例如我在〈緣〉一章中，為了使魯智深成為一位「與我佛有緣」、「他日必得證果」的僧人，就不得不狠下心來，讓魯智深在佛殿上跪了一整夜，以覺悟自己所犯的罪孽。當魯智深離開文殊院時，我又增加了一場「文殊院的寶殿背面，正升起了一輪旭日，萬道霞光四射」的特寫鏡頭，以象徵佛的莊嚴與智深的頓悟。結尾上我更把原著中瓦官寺的被燒而改成重建，以完成智深與我佛的因緣。又如我在改寫本〈逼上梁山〉一章中，寫林沖投奔梁山時的結尾是「只見船尾一道波浪，久久不能散去，一隻小船已駛

325

進迷茫的黑暗之中」。有意留給讀者一個林沖上梁山，是否即為沉淪於黑暗的暗示。又如〈人頭祭〉與〈天性〉二章中，我為了要強化武松與兄弟的手足情深和李逵的孝順天性，不得不讓兩人在祭奠亡兄及亡母時，發出悽厲的哭聲。而在〈劊子手〉一章中為增加戲劇效果，不得不藉血腥味，以「驚得白楊樹上的鳥都飛了起來」。

我之所以敢這麼做，是基於今本《水滸》原已非本來面目，再做一次「整容」又何妨！

第二：是否能藉《水滸》故事的類比與對比技巧中，去肯定該書或該書作者的思想觀念和藝術手法。例如《水滸》中有三則精彩的殺淫婦故事：分別是宋江殺閻婆惜、武松殺潘金蓮、楊雄殺潘巧雲。而在類比的檢討下發現閻婆惜十八歲、潘金蓮二十餘、潘巧雲也二十餘，這是三人的第一個類同。再就出身看：閻婆惜常去妓院唱曲兒，潘金蓮是大戶人家的丫鬟，潘巧雲是王押司的遺孀，似乎在當時社會上的地位都不高，這是第二個類同。而三人所以被殺的「罪行」，都是一個「淫」字。這種有意的安排，恐怕不能以巧合來解釋。這或許是作者（我不敢說一定是施耐庵）道德觀的暗示或無意間的流露吧！

再如《水滸》中有四則殺「虎」的故事：分別是武松景陽岡打虎、李逵沂嶺殺四虎、解珍、解寶兄弟獵虎和楊志汴京殺市虎牛二。他們使用的工具是武松用手用腳、李逵用朴

326

刀、解氏兄弟用毒箭、鐵鈎。唯獨楊志用的是一把殺人不見血，得個「快」字的家傳寶
刀。這種安排是否是作者有意暗示了殺虎容易，除市虎（人害）難的喟歎？我們再細玩味
之，武松打虎是表現了他醉後的勇猛，李逵殺四虎是激於他失去母親後的孝思，解氏兄弟
殺虎是迫於衙門法令的催促，而楊志殺市虎牛二是基於無賴百般欺凌下的義憤。四則殺虎
的方式與表現的主題完全不同。這是否又是作者有意在賣弄他的藝術技巧呢？

從類比的整理後，當會發現《水滸》中還用了強烈的對比技巧，以增強小說的衝突性
而達到暗示性的諷喻效果。例如《水滸》中殺人的多是官差：武松是都頭、林沖是八十萬
禁軍教頭、宋江是押司、魯達和楊志是提轄、楊雄是節級……而且殺人犯可以藉出家以為
掩飾，所以魯達成了魯智深、武松化為武行者，這真是「放下屠刀，立地成佛」的莫大諷
刺。再如作者偏偏安排了一場魯智深爛醉後，帶著狗肉大鬧文殊院這佛門淨地的高潮，而
和潘巧雲苟合私通的竟是海闍黎。

以上所及《水滸傳》的種種，都是我在改寫過程中的膚淺心得與體會。它正代表了
我過去對《水滸傳》了解的總結，也表明了我未來研究《水滸》可能去依循、嘗試的新途
徑。

中國歷代經典寶庫⑫

水滸傳——梁山英雄榜

編撰者──傅錫壬

編　輯──康逸藍

責任企劃──洪小偉、楊齡媛

校　對──謝惠鈴

總編輯──余宜芳

董事長──趙政岷

出版者──時報文化出版企業股份有限公司
10819台北市和平西路三段二四○號三樓
發行專線─(○二)二三○六─六八四二
讀者服務專線─○八○○─二三一─七○五
(○二)二三○四─七一○三
讀者服務傳真─(○二)二三○四─六八五八
郵撥─一九三四四七二四時報文化出版公司
信箱─一○八九九臺北華江橋郵局第九九信箱

時報悅讀網──http://www.readingtimes.com.tw

法律顧問──理律法律事務所　陳長文律師、李念祖律師

印　刷──縎億印刷有限公司

五版一刷──二○一二年四月十三日

五版三刷──二○二三年七月二十四日

定　價──新台幣二百五十元

時報文化出版公司成立於一九七五年，
並於一九九九年股票上櫃公開發行，於二○○八年脫離中時集團非屬旺中，
以「尊重智慧與創意的文化事業」為信念。

水滸傳：梁山英雄榜 / 傅錫壬編撰. -- 五版. -- 臺北市：時報文化，
2012.04
面；　公分. --（中國歷代經典寶庫；12）

ISBN 978-957-13-5526-9（平裝）

857.46　　　　　101002726

ISBN 978-957-13-5526-9
Printed in Taiwan